インパール作戦中、ビルマの山林内を進撃する日本軍兵士

(上)ビルマ・エナンジョン油田地帯を占領せんとする日本軍
(下)インパール作戦において出撃準備中のインド国民軍

NF文庫
ノンフィクション

新装版

「烈兵団」インパール戦記

陸軍特別挺身隊の死闘

斎藤政治

潮書房光人新社

「烈兵団」インパール戦記——目次

第一部　血戦場コヒマに潜行す

第二部　われインパール道を転進せり

第三部　地獄の戦線を行く

第四部　工兵功績班奮戦す

写真提供／著者・雑誌「丸」編集部

「烈兵団」インパール戦記

第一部　血戦場コヒマに潜行す

牙城コヒマへの道

昭和十九年四月六日――この日は朝からどんよりとくもり、モヤが視界をさえぎるように低くたれこめていた。そのなかを私たちは黙々と、機械的に歩きつづけていた。

だれもかれもが無言だ。もちろん疲労もあろうが、極度の緊張感のためである。行軍の先頭に立って歩く私は、心の中でしきりに、一昨日もらった命令文を反芻していた。

『斎藤軍曹以下八名はすみやかに前進、コヒマ西北方八マイル地点のズブザ橋梁を爆破し、敵の補給路を遮断すべし』

まさに重大使命というほかはない。コヒマが友軍に攻略されたか、されないのかもまだ未知数なのに、コヒマからさらにデマプール方向の八マイル地点に潜行しろというのだから、その命令の重にして、かつ大であることをイヤがおうでも感じずにはいられない。

それは私ばかりではない。いま、ガニマタで私のすぐ横を銃の負革を首にかけ、銃を真横にして歩いている鈴木兵長も無言だし、その後からおくれてならじとつづく初年兵は、まだ戦闘の経験がないのだから、その緊張ぶりは大変なものであろう。

チンドウィン河を渡河したのが三月十五日の夜半で、それから今日まで二十三日間、峨々《がが》たる峻嶮のアラカン山脈を、二十日間の食糧と兵器、弾薬、被服などを「背負子《しょいこ》」にして背負ってきたのだから、もう体力にも限界がきたろうし、食いのばしてきた食糧も心ぼそいかぎりとなった。

コヒマに行ったら「チャーチル給与」が山積されている!? それが私たちの唯一の願いなのだ。戦争の勝利はもちろんだが、なんでもいいから腹いっぱい食いたい、というのが第一であった。食糧は日ごとにへって背負子がかるくなり、行動はらくになるはずなのに、いっこうにそれを感じないのは体力が消耗したからであろう。

もう何時ごろだろう。時計を持っている者もいない。すでに正午ちかいかもしれない。このころになると、くもり空から糸をひくような雨が降り出した。

ときおり砲声が聞こえる。〈コヒマだな〉と心の中でつぶやく。チンドウィン河を渡っていらいだれもが夢にまで見てきた敵の牙城コヒマが、もう目睫《もくしょう》の位置にせまりつつあるのだ。そぼ降る雨の中を、私以下八名は、なおも機械的に行軍をつづける。

「班長殿、そろそろ昼食にしませんか」

と、鈴木兵長が声をかけてきた。そういわれてみると空腹が感じられる。

「うん、そうだな……昼飯を食うか」

後方をふり返ってみると、稲岡候補生らの初年兵たちもホッとした表情だ。どの顔を見てもカミもヒゲものびほうだいで、目ばかりがギョロギョロとしている。道路下の太い灌木の下に、八人がよりそうようにして冷たい飯盒めしをかきこむ。

もう副食物などはなく、塩をなめながら食う。

「こんな飯盒めしは終わりにしたいですネ。熱いごはんに味噌汁、塩鮭にたくあんボリボリといきたいですネ」

ひょうきん者の鈴木兵長がこういって笑った。

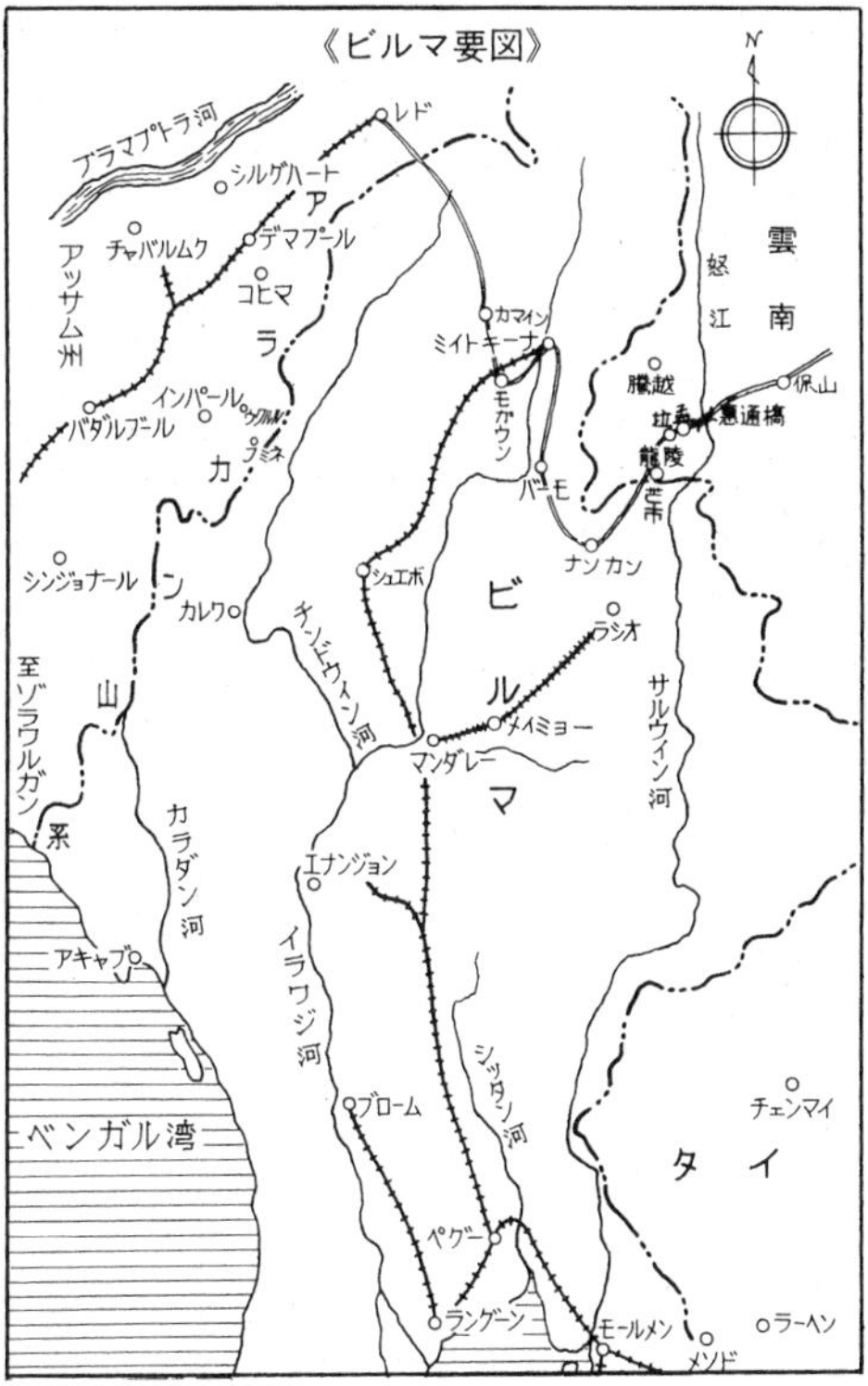

「そう願えたら申し分なしですが、とにかくヘソがあくびをするくらい、何でもいいから腹いっぱい食べられたら本望です」

と、大矢上等兵が最小限の望みを吐露《とろ》した。

　昼食を終わるとふつうなら、煙草を一服というところだが、煙草はとっくに吸いつくしていた。当時煙草を吸わなかった私は、なんら痛痒を感じなかったが、吸う連中はヒイヒイというほど苦しんでいた。そのへんの松葉だの、枯葉などを紙に巻いて吸っていたが、これでも気休めくらいにはなったらしい。

とにかく、コヒマに行ったら飯も腹いっぱい食えるし、煙草もケツからヤニが出るほど吸える、という期待がわれわれの心を刺激して、がんばりの要因となったことは事実である。

「さあ……出発準備」——私はこう指示をして立ち上がった。小雨はまだ降りつづいている。この雨は、やがて訪れる雨将軍の前ぶれではなかろうか。

道路上に出ると、また私と鈴木兵長が横に並び、その後を他の初年兵がつづくという隊形になる。

「班長殿、この雨の中、山砲隊の連中はひどいでしょうネ」と鈴木兵長が心配をする。

私たちがズブザ橋梁の爆破を命ぜられて先行する以前は、この砲兵隊の連中と相前後して行動をともにしたものだ。だが、チンドウィン河を渡河して山岳地帯に入り、アラカンの峻嶮が行く手をはばむようになると、野砲を牽引する馬がつぎつぎとたおれ、とても前進は不可能な状態となり、野砲は置きざりにされた。

野砲がだめとなれば、山砲が最大の火器である。解体された山砲もしばらくは駄馬によって搬送されたが、やがてこれらの馬も、たおれてゆき、兵隊による臂力《ひりょく》搬送がはじめられた。こうなると兵も下士官も将校も、階級差などはなかった。

全員が一丸となっての臂力搬送は、さながらお祭りのミコシの観を呈した。分解をした砲身、車輪などの部分を、何人かでかつぎ上げる。そして勇ましいかけ声をかけるのだ。ワッショイ、ワッショイ——。

一等兵も伍長も、准尉も中尉も、階級差などかなぐりすてたこの「ワッショイワッショイ」組が通ると、他の徒歩部隊は道をゆずり、「ご苦労さん」の声を汗だらけの背にかけたものだ。そして、「ああ砲兵隊でなくてよかった」と思ったのは私ひとりだけではあるまい。その分解搬送が連日つづいたのだから、その体力の消耗はいかばかりだったろう。

これら山砲隊の苦労をみるとき、私は合掌したいほどの感動にとらわれていた。

輜重《しちょう》隊の苦労ぶりも、また特筆に価しよう。背負子に小さいが重そうなものをになう何名かの老兵の一団をみた。

「ご苦労さんです。重そうですが何ですか？」と問う私に、

「こりゃ、山砲の弾丸だんな、しんどいこってす、わいらこの弾丸を一発ずつ背負うと、つぎの集積所まで行くんやさかい、ほんまにしんどいですわ」

アラカン越えの各兵種の苦労はなみなみならぬものがあったろうが、この山砲の弾丸一発ずつを背負子にのせて、前線に向かうこの関西なまりの老兵をとくに〝いとおしく〟思ったのは、もう年齢も三十歳を越える年配に見えたせいもあろう。

故国では、妻も子もきっとこれら老兵のつつがなきことを祈っているにちがいない。それにくらべ、私など〝チョンガー〟の身軽さである。

だが、一発の弾丸を、チンドウィン河畔からリレー式に、老輜重兵のオッサン連が背負子に背負ってコヒマまで着くには、じつに二十数日を要することになる。

こんな補給手段で戦争が成り立つのだろうか、などの危惧《きぐ》もおこってきたが、〝大日本は

神国なり〃の戦陣訓の一節が脳裏に浮かんで、これを否定する。こんなことを考えながら、私たちは歩一歩とコヒマに近づきつつあった。

ときおり砲声が聞こえる。きっとそこがコヒマなのだろう。戦場という修羅場が私たちがくるのを、大口を開いて待っているのだ。だとすると、私たちの一歩前進は、一歩死にちかづくことなのかもしれない。不安と期待の交錯する感情がわいてくるのをどうすることもできない。

こんなことをくり返し、くり返し考えながら、機械的に歩きつづける。雨はどうやらやんだ。だが、モヤが低くたれこめている。

道路下にたき火をしている友軍の兵が四、五名見えた。

「おい鈴木、小休止だ。あそこのたき火であたらせてもらおう」

私がこういってたき火に近づき、

「すみません、ちょっとあたらせて下さい」と声をかけると、

「さあ、どうぞどうぞ」と場所を提供してくれたのは一、二度会ったことのある光機関（諜報部）の金子大尉だった。

「やあ、烈の工兵隊の方ですネ」

大尉は私たちの部隊名まで知っていた。

チンドウィン河の渡河前に、私たちの中隊は村田平次中隊長の発案で、全員の鉄帽の後ろに小さな赤い布をつけていた。だれいうとなく「赤とんぼ」と呼んでいたこのマークを見て、烈の工兵だとわかったのだろう。

「これからコヒマまで、どれくらいの距離でしょう」と聞くと、五マイルくらいだろうとのこと。

「では、元気で健闘して下さい」という金子大尉の声を背中に聞いて、私たちはふたたび道路上をひたひたと歩きはじめる。

それにしても、二日前にズブザ橋梁の爆破を命ぜられたとき、配属連隊（歩兵第百三十八連隊）の命令では、将校を長とする八名という編成だったのが、なぜ出発直前に下士官を長とする八名に変更されたのだろう。将校を長とするような重要価値がないのだろうか。

一枚の地図すらあたえないで、コヒマ西北方八マイル地点などとしごくあっさりいわれたが、戦場経験の浅い新品軍曹の私に、これだけのことを命ずるのは、どうしても理解に苦しむ。まずちょっとやらせてみろ式の軽い考え方があったのではないか、などとも考えられた。

砲声いんいんというとちょっと大ゲサだが、断続的に聞こえる砲声がいよいよちかくなる。

私たちより一足さきに尖兵としてコヒマに向かった歩兵第百三十八連隊の渡大隊に配属された、わが中隊の富田小隊は、もうコヒマに突入しただろうか。

夕やみせまるころ、私たちは旧コヒマのナガ族の部落で、富田小隊の伊藤修治軍曹に出合った。私はさっそくたずねた。

「おい、どうだ敵情は……」

「コヒマはもう陥落さ。今晩はこの部落でゆっくり寝て、あすは残敵掃討といったところだろう」

「本当かおい、そんなにかんたんに陥ちたのか？」

「そうとも、もうろくに砲も撃ってこないだろう」

なるほどそういわれてみれば、行軍中ときおり聞こえていた砲声も聞かれない。すでに陽はとっぷりと暮れていた。私たちはかっこうの家を見つけて宿舎とした。夕食の準備をしているとき、伊藤軍曹（私と同年兵で天津の下士官候補者隊も同期）が、

「おい、斎藤、豚肉を持ってきたぞ」といって、豚の足を一本持ってきてくれた。そして、さらに、

「どぶろくを飲むならおいてゆくぞ」

とあまりきれいではないツボをさし出した。ふたをとると、プーンとすっぱい香りがした。

豚肉こそまさに珍味である。チンドウィン河を渡っていらい二十数日ぶりの肉の味は、この世にこれほどうまいものがあったのかとさえ思えるしろものだった。どぶろくも飲んだ。酸味はあったが、けっこうほろりと感じたからアルコール分があったのだろう。酔いが心地よく体内をめぐった。ドッと疲労感に襲われ、グッスリと寝こんでしまった。

敵兵とのハチ合わせ

一夜明けた四月七日、朝食をすませるとすぐ出発準備をした。この日はきのうとうって変わった好天だった。

昨夜は暗くてあまりはっきり見えなかったが、グルカ兵の死体があちらこちらに散乱していた。

〃コヒマ残敵掃討〃をする目的でここに残る伊藤軍曹と、「おい、おたがい死了《スーラ》にならんようがんばろう」とはげまし合って、私たちは旧コヒマの部落を後にした。

　間もなく舗装のしてある三叉路にでた。そこで私たちの目にとまったのは、わが軍の攻撃を受けて擱座《かくざ》炎上したジープ、トラック、装甲車などで、みにくい残骸をそこ、ここにとどめていて、まだ、くすぶりつづけている車もあった。

　しばらく進んで行くと、兵舎らしい建物があって、その隣りに大きい建物が見えた。

「班長殿、きっと倉庫ですよ、何かエサがあるかもしれません、行ってみましょう」

　鈴木兵長は、歩度を伸ばして倉庫に近づいた。

「ありました、ありましたよ、何かたくさん積んであるようです」

　一同は倉庫内に入って驚いた。南京袋の積荷は米だし、白い袋には砂糖が入っている。一部はガソリン臭く、敵兵が逃げる際に、日本軍に食われることを嫌ってガソリンをかけたものと思われた。

　私たちは眼の色を変えて、米、砂糖、乾燥野菜を、携行できる限り背負袋に押しこんだ。

「煙草はないか、探してみろ」

　鈴木兵長が懸命に探したが、ついに煙草は発見できなかった。一同が戦利品を背にして、

「さあ、当分の餌に不自由はしない、元気で出発だっ」

　私が行軍をうながすと、一同は足取りも軽く、コヒマ～デマプール道の反対側の山腹道をすすんだ。

　はるか渓谷のかなたに軍公路らしきものを見る地点に到達してまもなく、「ポカン」とい

うなにやら間抜けた音がしたかと思うと、われわれの位置から約五十メートルほど先方で、大音響とともに砲弾が炸裂した。

敵さんもまだ全員が逃げたわけではないらしい、などと考えていると、またも発射音がしてさらに弾着がちかづいてきた。

「おい、どうやらねらい撃ちにされているらしいぞ、各人距離をおいて山かげに入るぞ！」

こう私が叫んで、兵隊に山かげに入ることを指示したとき、先頭をゆく私と鈴木兵長の頭をかすめた第三弾が、山頂付近で炸裂した。敵は弾着を測定しながら撃っているのだ。

八人はイナゴをちらしたように、間隔をおいて一気に頂上までかけのぼり、反対斜面に下りてホッとして、たがいに顔を見合わせた。

初年兵は実弾に見舞われたのが最初だったので、さぞびっくりしたことだろう。山かげに入ってしまえばこっちのもの、ひとまず休憩をすることにした。

「班長殿、さっきの弾丸ですが、ヒルヒルヒルという音がして気持が悪いですね」

と大矢上等兵がいう。

「あのヒルヒルという音を出すのは迫撃砲で、ほかの砲だとシュドンさ」

と私が説明をすると、高田衛生上等兵が、

「敵の連中も大したことはないですね。われわれ八名を狙って八発もうって、からきし当たらないのだから……」

「おいおい、当たったら大変だろう」

私はそういいながらも、敵の撃った砲弾八発を数えていたとは、初年兵の緒戦にしては、

インパールの敵陣へと出撃する挺身隊。著者は烈兵団の工兵として参加し、部下７名をともなってズブザの橋梁爆破という困難な任務をあたえられた。

その落ちつきぶりはほめてよかろうと思った。

休憩後は敵側の山腹道をあきらめて、反対側の斜面を前進した。

やがて薄暮がせまってくるころ、コヒマ方向でしきりと銃砲弾の炸裂音がしてきた。おそらくは、友軍が残敵掃討戦を展開しているのだろう。

もう迫撃砲の目標にされることはあるまいと、敵側の山腹道に下りて前進をつづける。と、向こうから軍靴の音をひびかせながら近づいてくる友軍の一隊と出合った。約一コ中隊ほどの兵力である。先頭を歩いていた中尉が声をかけてきた。

「やあ、君たちはどこの部隊ですか」

ていねいな口調だった。

「烈の工兵です！」

「ほほう、烈の工兵の君たちが、こんなわずかな兵力でどこへ、何の目的で行かれるのかな」

「はい、ズブザの橋梁爆破を命ぜられて行く途中です」

「それは大変な任務だな。われわれは五八（歩兵五十八連隊の略称）だが、残敵を追ってその目的を終わり、いまコヒマに引き揚げるところなんだが、班長、地図でも持っておるのか？」

「いいえ地図はありません、命令ではコヒマ西北方八マイル地点ということですから、カンにたよってまいります」

「カンね、そりゃ大変だ。とにかく、これからはもう友軍は一名もおらないはずです、全部が敵でしょう。十分注意をして行って下さい。成功を祈ります」

と、激励をしてくれた。行き交う兵隊たちも口ぐちに、「気をつけてやれよ」とか、「しっかりたのむぞ」と、お国なまりの新潟弁で声をかけてくれた。

この先には友軍がもういない――私は歩兵中隊長の言葉を反芻していた。そうすると、コヒマからデマプール方向にもっともふかく潜行しているのが、私を長とする斎藤挺身隊なのか。思わずブルブルという武者ぶるいをおぼえた。

それにしても、いま私たち八名が背負袋の底にそれぞれ携行している二キロずつ、合計十六キロの黄色薬でコトたりる橋梁なのだろうか、という危惧の念もおこったが、このことは「光機関」やその他の密偵により偵察ずみなのだろうから、と思い直した。

やがて夕やみがこくなり、野営をする位置を敵の襲撃にそなえて応戦しやすい高地にえらび、一人ずつ交替で立哨兵を警戒に当たらせる。

夕食後まもなく、

「班長殿、下の道路を日本軍らしい兵隊が通っています！」

立哨中の柳本一等兵の声に私は、「敵情でも聞こうか」と考えて気軽に、銃も持たずに下の道路にいそいでおりた。

すでにあたりは暗く、はっきりした兵力はわからないが、足音から判断すると、一コ分隊くらいであろうか。私は彼らの後から、

「もしもし、あなた方はどこの部隊ですか」

と声をかけた。すると、それには答えず「ジャップ」と叫んでいる。この最初の一言を聞いた私は、飛び上がらんばかりにおどろいた。

友軍どころではない、「敵兵だ！」と感ずると、くるりと反転し、フルスピードで一同がいる高地に走りながら叫んだ。

「おい、敵だ、敵兵だ！」

大声で叫んだつもりだが、のどがかすれたようでひびかなかった。

もちろん、敵兵もびっくりしたことだろう。偵察にでもきたのであろうが、突然、背後から声をかけたのが日本兵だったのだからムリもない。

あまりの出来事におどろきあわて、射撃するどころか、彼らも度を失って走り去ったようだ。

五八の中隊長の別れの言葉に、「これから先は友軍が出ておりませんよ。全部、敵ばかりです」という一言があったのをわすれていたウカツさをしみじみと悔いたのであった。

不安はつのって

その夜は、緊張しながら交替で仮眠をした。明けて四月八日、モヤが立ちこめる山腹道を八人はいぜん、歩きつづけていた。

コヒマ西北方八マイル地点となっているからには、もう間もなくその地点にさしかからなければならず、ズブザ橋梁というのだから川もあるはずである。目測だけでも地隙《ちげき》らしい樹林があって見当がつくだろうと、それればかり私は考えていた。

「おい鈴木、もうコヒマから八マイルはたしかにきたはずだ。どうだ、ここから見ると遠くてはっきりしないが、向かいの山に地隙らしい線があるように見えるんだが……」

私の指さす方を、鈴木兵長以下がひとみをこらして見ている。

「班長殿、どうもそうらしいですね」

「だとしたら、この辺りから地隙方向に見当をつけて下りるか」

私は全員を道路下に集めていった。

「これからいよいよ谷間に下りる。ツタやツルが見るとおり密生をしているが、がんばって下りよう」

全員が「はい」とうなずく。やがて私たち八人は、千古不易ともいうべき灌木の群生している、まさに前人未到の大ジャングルをすこしずつ下りはじめた。

ツルをはらい、ツタに足をとられてひっくり返ったり、ツルに顔をはじかれたり、悪戦苦闘の連続で、かくごはしていたものの現実はきわめてきびしかった。

小銃をもち、帯剣をつり、前弾入れ、後弾入れに小銃弾を満タンにし、水筒、雑のう、防毒面をぶら下げ、工兵の七つ道具ともいうべき円匙（スコップ）、十字鍬（ツルハシ）、ノコギリ、オノなどのいずれかを持ち、背負袋には二キロの黄色薬（爆薬）のほか食糧と衣服が入っており、行動の鈍さはやむをえないものがあって、この谷間下りは遅々として進捗《ちょく》しなかった。

「おい休憩だ」——私の声でみなは銃を投げ出し、背負袋をはずして倒れこむようにして休む。

「腹が空いたようです、班長殿！」

つよい近眼鏡をはずした稲岡候補生が、汗をふきながら空腹をうったえた。なるほど樹間からあおぐ太陽はすでに高い。

「おい、体重七十五キロの稲岡が腹がすいたというから、昼飯にするか。では現在地で昼食——」と、私が声をかけた。

「豚肉の焼いたものを持っておる者は、一人じめにしないで供出だぞ！」

鈴木兵長がこういって笑った。

中隊長とわかれてはやくも五日目だ。時間はわからないが日々の出来事を私は、従軍手帖に書きつづけていた。

ぱらぱらの飯盒飯をかきこむ。旧コヒマで伊藤軍曹がくれた豚肉もこれでつきたが、まだ砂糖と干しぶどうがあるのが心づよい。

やがて食事が終わり、ふたたび八名の山下りがはじまった。

三時ごろであったろうか、ものすごいスコールが降ってきた。身体をぬらし、一名でもマラリアにかかったら大変だ、それだけ行動が鈍ってしまう。そこで大樹の下の雨の当たらない場所をえらんで休むことにする。

気になるのは、コヒマ方向で銃砲火がしだいに熾烈さをくわえてきていることだ。さきの伊藤軍曹のいう、「あすはコヒマの残敵掃討さ」が本当なら、こんなはげしい銃砲音がするわけはなかろう。

なにかしら不吉な予感がしてならない。敵が兵力を増強し、反撃に転じたのではなかろうか。

雨はいつはてるともなく降りつづき、夕やみがせまるジャングルの中は雨のせいで、ことさらにはやく暗くなった。

大樹を中心にそのまわりに携帯天幕をひき、これにくるまるようにして眠りをむさぼることにした。

私は目も心もさえてなかなか眠れない。

コヒマ方向で、ときおりパッパッという砲の発射の閃光が見える。閃光が見えてから音が聞こえるまでの秒数を読もうとするが、つぎからつぎと撃つので音速の三百四十メートル／秒を基準とした測定法は無為に終わった。

私たちが雨をさけ、大樹の下で疲労のため眠りこけ、翌朝、夜明けとともに渓谷へけんめいに下るころ、コヒマではわが中隊の富田、辻村の両小隊が、敵の十字砲火のなか、コヒマ

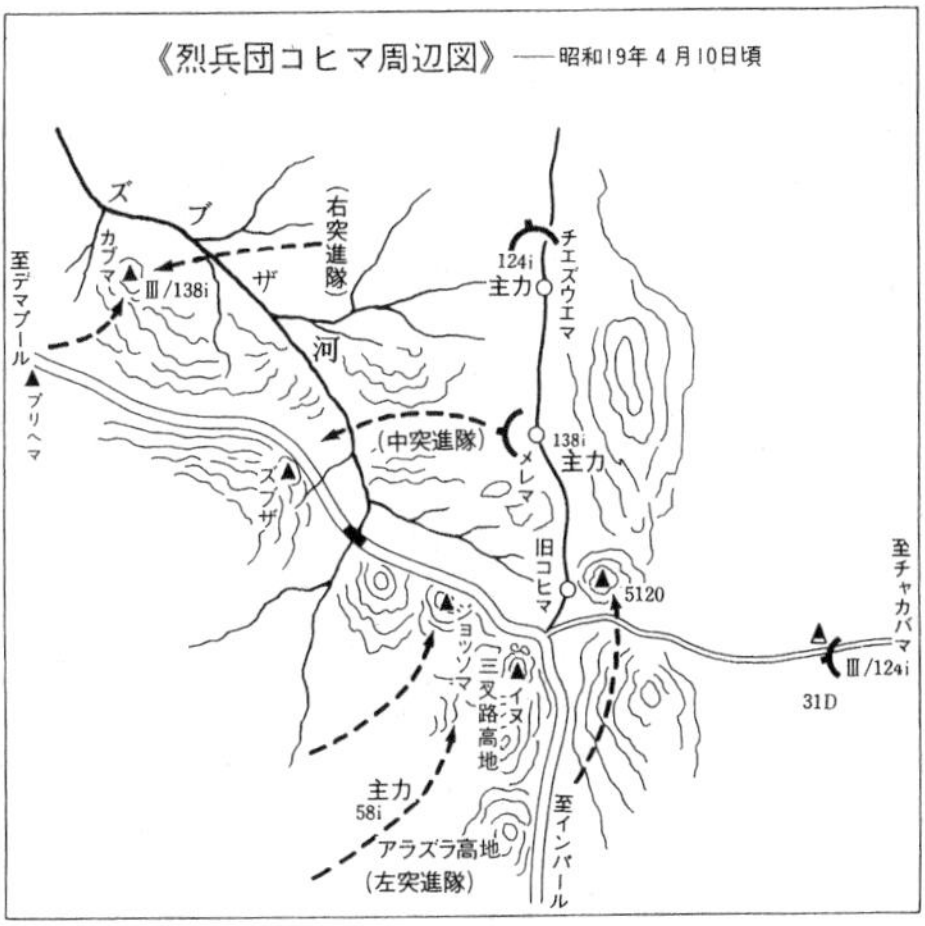

《烈兵団コヒマ周辺図》——昭和19年4月10日頃

攻略戦に参加していたのである。

　九日の早朝、眼をさました私は一同を起こす。もう飯盒の中はカラっぽだ。飯盒飯は炊けない。いままで手をつけずにいた乾パンを食うように指示をする。この乾麺包《かんめんぽう》は、水を飲みながら食わなければ、たちまちのどづまりを起こすしろものである。だれの水筒もすでにカラっぽだ。とにかく、この密林を一刻もはやくおりなければならない。おりさえしたら、きっと水があるはずだ。

　卵から孵化《ふか》した亀の子はよちよち歩きで、まっすぐに海に向かって行くが、その心理に共通するものがあるのかもしれない。こけつまろびつという表現があるが、そのような状態が二時間くらいもつづいたろうか、ようやく樹林のかなたに川の流れを見たときは思わず、万歳をさけびたいほどうれしかった。

　全員が川までかけより、水筒にゴボゴボとくむのももどかしげに、のどをうるおした。川はきれいに澄み、日本の川をみる思いがした。

　さて、それからの進路である。

渓谷にたいし直角に近い形でそそいでいる川をさかのぼると、きっと軍公路に出られるだろうと判断し、行動の秘匿《ひとく》ということもあって、比較的小さい川をえらんですすむことにする。川の縁はあんがい歩きやすい。

しばらく行くと、たくさんの靴あとがあるのを発見する。靴あとは日本兵の軍靴のものではなく、すべて横幅が広い、いわゆる敵のドタ靴のあとだ。いよいよ敵地だ、いつ敵兵と遭遇しても応戦できるように兵隊にも注意をする。

「おい、いよいよ敵さんが近いぞ、警戒を厳重にしろよ！」

と声をかけ、私以下四名が川の左側を、鈴木兵長以下四名は右側をすすませる。

残されている足あとを見ると歩幅も大きく、相当の大男か、それとも小走りに走ったあとのようだ。

しかもその足あとの進行方向はすべて、私たちの歩いている方向とはまったくのぎゃく方向をむいていた。

これはちょっとおかしい。日本軍の進攻で逃げたのだろうか。だが、コヒマ方向での銃砲火の音は、日を追ってはげしくなるばかりである。不安はつのるが、私たちの任務はただ一つ、ズブザ橋梁の爆破を実施するのみだ。

橋だ、攻撃目標だ！

途中、きのうをしのぐものすごいスコールに出くわした。例のごとく近くの灌木の下に、全員が身を寄せ合ってぬれるのをさける。コヒマ方面からは、この雨の中でも砲声、銃声がはげしく聞こえてくる。わが中隊の連中はどうしていることだろう。

　雨が小降りになったので、川ぞいにふたたび前進をはじめた。両側の雑草がドタ靴にふみつけられて、一条の細道の観を呈している。

「おい、敵さんの足あとで大変だぞ、警戒を厳重にしろよ」

　と、私は声をおし殺して注意をする。

　なおも前進をつづけて行くうち、何か聞きなれぬ音がしてくるのに気づいた。

「とまれ！　あの音は……」

　鈴木兵長が足をとめ、耳に手を当てて聞き耳をたてる。「ガアーガアー」とたしかに聞こえる。

「自動車の音ですよ、まちがいないですよ」

　大矢上等兵が、確信にみちた声でいいきった。

「よし、軍公路が近いことははっきりした。もう少し行こう」

　私が足音をしのばせて歩き出すと、後続の者もこれにならって静かに、そして体ぜんたいがこれ神経という警戒ぶりで前進をする。

　スコールのあとは幸いにもモヤが立ちこめており、行動の秘匿には好つごうだ。川の左に灌木の茂みがあったので、まず装具をおろし、偵察のための基地にすることにした。それぞれ携帯天幕をはり、樹枝や草で完全に偽装をほどこした。

　おりからのモヤを幸いに、飯盒炊さんで夕食をすませると、日没をまって、すぐに私は鈴木兵長と二人で、付近の地形の偵察に出た。

　川ぞいに前進してまもなく右側の台上に出ると、敵の車両がヘッドライトをちらつかせながらさかんに往来している。これが軍公路なのであろう。二人は暗さを幸いに、そろりそろりと前進をつづけ、軍公路の百メートル近くまでせまった
　車両がいそがしく往来をつづけている。兵員、武器、弾薬、食糧などをコヒマに輸送しているのであろう。牽引車にひかれた砲車も行く。まさに陸続という形容詞そのままである。ただただ、おどろきの目を見はるばかりであった。

　一方のわが軍は、途中、馬がたおれて野砲をすて、山砲は臂力搬送で運んできたものの、弾丸は輜重隊の老兵が背負子に一発ずつ背負って運んでいるのだ。

　これらのことを考え合わせると、補給の差のはなはだしさに思いをいたし、それが戦闘の勝敗の岐路になるのではなかろうか、という暗雲が頭をかすめる。つい三、四日前にコヒマ落城と思われたにもかかわらず、コヒマ方面における銃砲声の日ごとに熾烈さをくわえるのは、戦力を盛り返した敵が反撃にうつったことを物語っているのではあるまいか。

「おい鈴木、これだけの重車両がどんどん通過するところをみると、へなちょこの橋ではないぞ」

「そうですね、命令をもらったときは、木橋のような話だったのですがね」

　私と鈴木兵長は設営地に引き返すと、軍公路上の敵の車両数のおびただしいこと、この戦闘の容易でないことを全員に話した。

　高田衛生上等兵が、砂糖湯をつくってくれた。それから八名が車座になり、これからの行

動について打ち合わせをする。そのころ、ひとしきり沛《はい》然たるスコールが降り、雨滴が天幕をたたく。ここで私は決断を下した。

「オレと鈴木兵長の二名は深夜をまち、ズブザ橋梁の偵察に行ってくる。その結果により爆破の予定をたてる。お前たち六名は上手に一名、下手に一名の警戒を交替で行なう。その場所はいまオレが示す。もし、オレと鈴木兵長が明朝まで現在地点に帰ってこない場合は、戦死もしくは何らかの事故があったものとして稲岡候補生が指揮をして、いままできた道を逆行して中隊に帰れ」

「班長殿」――と高田衛生上等兵が声をあげた。

コヒマ～デマプール間の軍公路では、1日1600台の英印軍車両が往復していた。

「高田もいっしょにつれて行って下さい。足手まといにならないようにしますし、何かのときに役立ちたいと思います」

　何かのときの役とは、負傷でもしたときのことをいうのだろう。

「それはありがたいが、今夜の行動は隠密を第一とする。だから鈴木とオレの二人でたくさんだ」

　夜半の行動であるし、初年兵は戦闘経験がないのでその点も心配だ。

結局、偵察行は私と鈴木の二人で行なうことにした。

このころコヒマ方面の銃砲火は、いくぶん静かになっていた。後日わかったことだが、この日のコヒマの戦闘で、わが中隊の藤田軍曹、小野伍長、尾形伍長の三分隊長と川崎、辻本の両上等兵、吉田一等兵が戦死をとげ、須釜分隊長、松山上等兵が重傷をうけたのだった。

九日の深夜、編上靴を地下足袋にはきかえた私と鈴木兵長は、六名の初年兵の、口には出さないが、「どうぞ元気で帰ってきて下さい」という瞳を背中に感じながら、足音を忍ばせて軍公路をめざして歩み出した。

昼と夕方に降った雨で、地下足袋がすぐにぬれて感じがわるい。月夜というほどの明るさはないが、ほのかな明るさを感じさせる夜だ。

あれほど頻繁だった敵の車両通過がうそであるかのように、軍公路は静まり返っていた。私たちは、まさに全身これ神経という警戒ぶりで、軍公路ににじりよる。

そして、警戒兵も付近にまったくいないのを確認してから、私たちは静かに軍公路にはい上がった。何という立派なアスファルト道であることか。思わず目を見張った。道幅はゆうに十メートルはあろう。これが敵の補給路なのだ。この山間部に、こんな立派な舗装道路があろうとは信じがたいが、厳然たる事実なのだ。

「班長殿、立派な道路ですね」

さすがに鈴木も、驚嘆の声をあげた。

「どうやら敵さんはいないらしいな。左側の山への曲線部が橋の位置らしいから、山側によってしばらく行ってみよう」

私がこうささやいて歩き出すと、まもなく道路の左側に何物かがあるのを発見した。

「おい鈴木、何か車があるらしいぞ、静かに近づいてみよう。敵兵がおるかもしれないぞ」

二人が泥棒猫のように足音をしのばせてちかづいてみると、それは装甲車だった。故障でもしたのだろうか。

「班長殿しずかに……」と鈴木兵長がいって山側の上をゆびさした。夜目にはあまりはっきりしないが、ガケの上に兵舎らしい建物がならんでいる。私はこのとき、直感的にあたりに人のけはいを感じとった。もし発見されたら、飛んで火に入る夏の虫だ。

「おい鈴木、道路の反対側にうつって前進しよう」

危険をさけて私と鈴木兵長は、山の斜面の反対側の路面下を歩くことにした。

日本軍のなかで、もっとも敵地のおく深くにいるのが私たちだと思うと、思わず体がブルッとふるえてくる。装甲車のとまっている位置から三、四百メートルほどきたと思われるところで、ついに二人は攻撃目標を発見したのだった。

「おい鈴木、橋があるぞ、橋が……」

「ああ、橋です、目的の……」

私と鈴木兵長の二人はひとみをこらして近づいていった。ところが、そこにあった橋は、私たちが考えていたものとは、まったく異なったものだった。

鉄橋も鉄橋、それも左右二条にかけられたとてつもなく頑丈なものだった。私と鈴木はあまりにも予想とかけはなれた、りっぱすぎる鉄橋の上に登ってみた。

それはまさに、重戦車の通過にも十分にたえるであろう。この鉄橋を、各人二キロ、合計十六キロの爆薬で破壊しようというのである。

「おい鈴木、橋の下にもぐってみるぞ！」

私は橋の構造を調べにかかった。いまは爆破教範による薬量の算定など、とてものことやる余裕などはない。一に経験からくる応用とカンにたよる以外にない。

外部装置による橋一条の爆破には、最小限四十キロは必要であろう。しかし、四十キロぜんぶをとりつけたとしても、完全に鉄橋の切断はできまい。一時的に車両の通過をはばむにすぎないだろう。

昼間はあれほど喧騒をきわめた軍公路も、いまは死んだように静まりかえり、わずかに私と鈴木兵長の呼吸音が聞こえるだけであった。

ここにいたって、私は心をきめざるをえない。橋梁爆破が第一義の命令であること、これを実行するためには中隊長に連絡をして爆薬の補給を受けよう――と。私と鈴木は橋梁下から設営地にもどるべく、きたときとは逆のコースをたどって帰途についた。

足音をしのばせながら設営地に帰ってみると、さすがに初年兵ばかりで心細かったのだろう、私たちの姿を見てホッとしたようだった。

私はさっそく、これまでのことをかいつまんで説明をして聞かせ、私の決心を話した。

時刻は深夜だが、全員がひとみをこらして聞いている。

「それで、明朝払暁とともに稲岡候補生と影松一等兵の二名は、オレの書く連絡文を中隊本部にとどけるのだ。道順は、いままできたところを逆行して旧コヒマに行けば中隊本部がおろうし、戦況によっては、こちらに前進しておるかもしれん。他の部隊に会ったら中隊の位置を聞き出し、一刻もはやく爆薬の補給がたを連絡してくれ」

命令を受けた二名は、さすがに緊張しきっている。だが、初年兵とはいえ、稲岡候補生は頭脳明晰かつ体格頑丈。柔道二段の彼なら、きっと重要連絡を確実にやってくれるだろうと思われた。

払暁ちかく二名は、私たち六名の激励と期待をになって出発をした。ぶじ連絡に成功してくれるよう、私も神に祈りながら彼らを見送った。

夜が明け放たれるや、たちまち軍公路で車の音が聞こえ出した。

朝食を終えた私と鈴木兵長の二人は、どのていどの車両が通るか偵察をしようと、地形を利用して見やすい地点に進出し、道路上を見はった。

大型車にホロをかけて陸続とコヒマ方向に行くのは、兵員を満載しているらしい。牽引車による砲車がぞくぞくとつらなるように行くのは、十五センチ榴弾砲だろう。

とにかく、ゆうに十メートルはあろうかという道幅の軍公路に、敵の車がひしめき合って往来をしているのだ。なかでもめだつのは、赤十字のマークをつけた中型車。しきりとデマプール方向に走り去るのは、コヒマの戦場で傷ついた兵士を後送しているのであろう。

コヒマ方向の銃砲弾の音はさらにはげしく、戦闘のすさまじさが感じられる。チンドウィン河からはるばると、徒歩部隊がかろうじて通れる道路に補給をたよらなければならない友軍と、この広いアスファルト道を補給路とする敵との差をまざまざと見せつけられ、一刻もはやくこの二条の鉄橋を爆破して、敵の補給を遮断しなければならないと私は痛感した。

今朝がた出発させた稲岡候補生らが中隊に到着し、爆薬をもつ応援隊を誘導してくるのを四日間とすると、十三日の夕刻までにはおそくとも到着できよう。そうしたら、その夜のうちに鉄橋爆破ができるだろう。

彼らはいまどのあたりを歩いているだろうなどと考えると、体重八十キロにちかい巨軀の稲岡候補生が、行軍中に汗でくもる度のつよい近眼鏡をはずして眼鏡の玉をふく仕草まで見えてくるようだ。

連絡兵かえらず

戦場という息づまるような圧迫感から、少しでものがれたかったのかもしれない。私がきれいな小川を見つめながら、いろいろと故郷のことなどを考えていたとき、「班長殿！」とよぶ高田衛生上等兵の声を聞いた。とたんにコヒマ戦線の現実の私にもどった。

「どうした？」

「はい、軍公路の監視をいま大矢と交替してきましたが、さきほどコヒマ方向に牽引車砲が八門もつづけて行きました。その他の車両もどんどんコヒマ方向に行っており、大型車両のホロのなかには、兵隊がぎっしり乗っております」

もちろん兵員輸送もあろうが、おびただしい軍需物資の輸送が、間断なくつづいていることであろう。そんな感じで聞くせいか、砲撃音の大きいのは英印軍のものに聞こえてくる。あの銃砲声のとどろくたびに、どちらかの兵が生命を落とし、あるいは傷ついているのだ。

戦争というもののきびしい現実に、暗い気持に襲われる。

敵の軍公路の監視をさせたところで、しょせん何の役にも立つまい。むだだとは百も承知しながらあえてさせているのは、怖いもの見たさの心理があったのかもしれない。

しかしながら、いまのこの兵力と爆薬では、どうすることもできない。いっそのこと、六名で軍公路に潜行し、敵の兵員輸送車に「アンパン」（破甲爆雷）でも投げつけてやりたい衝動にもかられた。コヒマ方向の銃砲撃がはげしくなるにつれ、こうして軍公路を拱手《きょうしゅ》傍観しているのが申しわけなくなってくる。

「おい、むだ死にするなよ」――といった中隊長の顔が明滅する。「やはり爆薬をまつのが最良の方策だ」とみずからにいい聞かせる。

こうした戦況の不安と、望郷のせつなさにさいなまれた日が四日間つづいた。十三日になっても、爆薬をもった兵隊を案内してくるはずの稲岡候補生は、姿を見せなかった。

ひょっとしたら、途中で敵兵と遭遇して射殺でもされたのではなかろうか、などという危惧の念もわいてきた。

四月十四日――この日は朝からはげしい銃砲撃の音が聞こえた。銃砲声からの判断では、戦場が私たちの位置に近づいてきたという感じである。

だとすると、友軍が逐次、敵を圧迫し、ズブザ方面にまで進撃をしてきたのではあるまいか。

楽観的な考えもわいてきた。インパールを陥落させた「祭」と「弓」の両兵団が、応援にきたのかもしれない。だが、敵機の来襲は日ごとにはげしくなっている。中隊を出てから十日も経過したいま、彼我の戦況は、まったくのところ見当がつかなかった。

その日の昼ごろだった。上の監視に当たっている大矢上等兵が、

「班長殿、敵です！　二名、川ぞいに下ってきます！」

さすがに声は心なしかふるえていた。私はチラリとその方向に目をやる。偵察にでもきたのだろう。私は小声で指示をした。

「鈴木兵長、お前と柳本は下流から、オレと大矢は上流からゆく。はさんで捕虜にするぞ、最悪の場合は射殺だ、その指示はオレがする」

鈴木と柳本が下流にまわり、私と大矢は敵兵をやりすごしてから、「それ行けっ」の私の声に合わせて敵をはさんだ。私たち四名の出現に、二名のグルカ兵はどれほどおどろいたことだろう。

「ホールドアップ」という私の連呼にも応ぜず、銃をかまえようとした一瞬、私の「撃て！」の声がとんで、銃声がこだました。敵兵の一人が、清流にもんどりうって転げこんだ。もう一名もたしかに手応えがあったと思われたが、姿が見えない。曲がりくねった下流に私は走った。もし彼をとり逃がしたら、私たちの設営地がたちまち襲われることになるだろう。

少し下った川の屈曲部で、もう一人のグルカ兵は砂地に倒れこんでいた。まだ生きているようだ。彼は下腹部を貫通されており、呼吸をするたびに傷口から血があふれた。

その彼が、しきりに私を招くのだ。気色がわるかったが、近づいた私に、何かしきりとしゃべった。英語かグルカ語かわからない。そして、右手をかすかにさし出す仕草をするのは、握手をもとめているのだろうか。私は銃をおいて彼の手をにぎった。死寸前の彼の手は心な

しか冷たく、小きざみにふるえていた。

　私の手をまさぐるようにしながら、彼はまた何かを語った。いったい何を語ったのだろう。国に残してきた父母のことか愛児のことか、また妻のことだったかもしれない。

　私には、その時間がやたら長く思われたが、せいぜい二、三分の出来事だったかもしれない。哀願とも怨嗟《えんさ》とも思えるこのグルカ兵のまなざしは、あれから四十有余年を経過したいまでも、私の心のなかにやきついている。

　高田衛生上等兵が川の水を手ですくって、彼の唇をぬらしてやった。とたんにグルカ兵がガックリと息絶えたが、その手はまだ私の手にたくしていた。執念ともいうべきであろう。

　小川の流れは、二名のグルカ兵の血で、赤くいろどられた。

「おい、うめてやろうや」という私の指示で、設営地の反対側の小高い地点をえらび、円匙で穴をほり、二人の遺骸をならべて埋葬した。

　おたがい敵味方にわかれて戦場にかり出されたものの、個人同士に何のうらみがあろうか。私もやがてはこんな最後をとげることであろう。彼らの最後は、けっして彼らのみではない、戦場にあるもの全部の最後であろうことを考えた。

　敵兵を射殺した銃声は、きっと敵がたにも聞こえたであろう。とすると、偽装をほどこしているとはいえ、この設営地もけっして安穏とはいえない。

　夕方になっても、稲岡候補生らは帰ってこなかった。私もいつまでもこの位置で、敵の車両の通過ばかり見ているわけにはいかない。食糧もしだいにへってきているので、私は鈴木兵長とも相談して、つぎのような決心をした。

今夜中に爆薬の補給をえられない場合は、明朝そうそう現在地を撤収し、ひとまず中隊の位置まで後退して、爾後の行動の指示をあおぐ——これは、他の兵隊にもつたえた。

この日わが設営地にちかく、はげしい銃砲声が聞こえたのは、当時歩兵第百三十八連隊に配属されたわが工兵隊の成原分隊が、ズブザの敵陣地の攻撃に決死隊として参加し、敵味方いりみだれての至近戦闘となり、おたがいに手榴弾の投げ合いを演じたものと、後になって知った。

話によれば、つぎのようである。

結果は、高地に布陣した敵が有利であった。点火された手榴弾が転がってくると、いきなりこれをひろい上げ、投げ返すという壮烈きわまる戦闘を反覆し、成原分隊長は右前膊部を手榴弾の破片で貫通され、重傷を受けたもののこれに屈せず、左指で小銃の引鉄をひいて射ちまくり、点火されて転がってくる敵の手榴弾を左手で投げ返したという。

この激戦で、彼の分隊の那古屋、佐藤の両兵長、新谷、横田、長谷川各上等兵、西口一等兵が戦死をとげ、のこる全員が重軽傷を受け、また、歩兵の攻撃も頓挫したので、やむなく後退したのだという。

私が中隊に爆薬補給の連絡にだした、稲岡候補生と影松一等兵の二名は、中隊に出合うまえに成原分隊とめぐり合ってこの攻撃分隊に合流、この戦闘に参加して両名ともに負傷したため、私たちのところへ連絡にこないのも当然だった。

当時の戦況はきわめて流動的で、変化に応じて移動を命ぜられ、工兵隊のように中隊単位ならまだしも、小隊あるいは分隊単位で配属される場合が多く、そのため相互の連絡などとるすべもなく、稲岡、影松の行動をいささかも責められる状態ではなかったのだ。すべてを知ったのは、旬日の後のことであった。

　十五日の明けがた、六日間をすごした設営地をあとにして、私以下六名は川ぞいに下っていった。

　コヒマの戦況はどうなっているのだろう。連日、敵の補給状態を見てきただけに不安だった。下りかけて間もなく、先頭を行く私はギクリとして足をとめた。川の右岸に天幕が張ってあるのを目にしたからだ。

「敵か？」私は銃の安全装置を無意識にといた。反射的というべきだろう。

「とまれ！」――後続の者もいっせいにとまって、遮蔽物に身をよせた。この天幕で露営をしているくらいなら、大した兵力ではあるまい。六人で急襲したら、かならず勝てる。私はこう考え、ふたたび天幕をくい入るようににらんだ。日本軍の携帯天幕をつなぎ合わせたようにも見える。友軍かもしれない。

　息づまるような何秒かがすぎた。と突然、天幕から飯盒をぶら下げて出てきたのは、日本兵も日本兵、いまは富田小隊にいるが、北支からバンコクまで私の教育班にいた、高橋健司上等兵だった。

「おい、高橋！」

　私はこうさけぶと、やにわに走った。

「あっ……斎藤班長殿！」

　高橋もびっくりして天幕に向かってどなった。

し、富田小隊長も、

「小隊長殿、斎藤班長殿が生きて帰ってきました!」

その声に天幕からドヤドヤと出てきた兵隊が、「元気でよかったです」を連発してくれた
「おい斎藤軍曹、元気だったか、よかったよかった。中隊長殿も十日以上連絡がないので、もう全員戦死ではないかと心配をされておる。早く行って元気な顔を見せてやってくれ」

と、私たちの無事をよろこんでくれた。

私はさっそく、ズブザの橋梁は、携行した爆薬では爆破が不可能なこと、稲岡、影松を中隊に連絡に出したことを、かいつまんで話した。

「中隊本部は、一キロほどはなれた大きい川の対岸のジャングルに設営されているから、早く行ってやれ」という小隊長に別れを告げて、私たちは中隊本部へいそいだ。

『斎藤軍曹以下元気で帰隊』の報は、いちはやく中隊長に告げられたとみえて、中隊長が走り出て迎えてくれた。型通り、

「斎藤軍曹以下六名、ただいま帰りました!」と報告をしたとき、中隊長のひとみがうるんだように私にはみえた。

ズブザ橋梁は鉄橋で、しかも二条であること、軍公路における敵のすさまじいばかりの補給の状態は、中隊長から歩兵第百三十八連隊長鳥飼恒男大佐へと逐一報告された。すると、おり返し、『工兵隊は、即時ズブザ橋梁を爆破すべし』の命令が下達された。

ところが私は、中隊に帰りついたという安心感が手伝ったわけでもあるまいが、とたんに下痢にやられた。とにかく便意ばかり催し、ジャングルにかけこんで水状のものを出す。終

わったと思ってズボンを上げて数歩あるくと、また催すのだ。これが半日くらいつづくと血便となった。

ズブザ橋梁爆破のための一隊が、中隊復帰した翌日の薄暮に出発ときまった。そして中隊長以下十八名の決死隊が編成された。私はもちろん道案内の重要な任務があるので、そのメンバーにくわえられた。

しかしながら、中隊に帰った日にはじまった夜っぴての腹痛とあわせ、そのたびのジャングル通いに、ほとんど眠るいとまもなかった。

朝――つまり橋梁爆破の当日、高田衛生上等兵がいたく心配をしてくれた。もう血便というより桃色がかった肉とも思えるものがおりていたのだ。

その高田が炊さん時の木炭を石の上でつぶし、粉末にして私に飲ませた。この木炭の粉が、当時の日本軍の唯一の下痢どめの薬とされていたのだ。飲みにくいことは筆舌につくせない。だが、私は治りたい一心でそれを飲んだ。

きたない話で恐縮だが、そのころは用便用の紙などあるはずがなく、木の葉か草っ葉専門だから、肛門もはれ上がっていた。高田ヨーチンが、

「班長殿、この下痢の状態では決死隊参加はむりです。中隊長殿に言って、だれかと交替してもらった方がよいですよ」

と再三、私のことを心配してくれた。高田上等兵の厚意は嬉しかったが、

「決死隊の人選が終わってから、そんなことがいえるか」

と口調つよくいった。だが、体もふらふらしていたし、便意も相変わらずだったので、

「どうせ長くはもつまい。決死隊で今晩行って、死場所を得るのにちょうどよかろう」と、私はすっかり覚悟をきめていた。

火を吐く戦車砲

やがて薄暮がおとずれ、ズブザの山なみがシルエットとなって浮き出るころ、中隊長以下十八名は、それぞれ四キロの爆薬を背負って設営地を出発した。辻村少尉がトップで一列縦隊である。

しばらく歩くと、はやくも肛門がすれて痛くなった。ふしぎと便意がないのは、極度の緊張のためであろうか。黙もくとすすむうち、先日、私たちがすごした設営地跡に到着した。それから川ぞいに左の台上に出る。一人がようやく通れる細道があって、それを行くとズブザの橋梁ちかくに出るのだ。

『斎藤軍曹、小隊長の線まで急いで前進!』

という逓伝《ていでん》がくる。急いで小隊長のところに行くと、

『斎藤軍曹は、小隊長の二十メートルまえを前進!』

と命ぜられた。これは小隊長のタテだなと考える。「弾丸に当たるときは、どこにいても当たるさ」とふてくされたわけでもないが、「どうにでもなれ」という気で前進をつづける。暗夜といっても、鼻をつままれてもわからないほどの暗さではない。足元の細道が見えるていどだった。

もうここから三、四百メートルで橋梁に到達すると思われる地点まできたとき、前方で物音がして、人の気配を感じた。『工兵の橋梁爆破を援助するため、歩兵百三十八連隊から約一コ中隊の援護歩兵が協力をする』という命令文を思い出し、歩兵がすでにこの線まできて待機していると考えた私は、ずかずかと近づいて、

「おい、どこの部隊だ、一三八か？」

と声をかけたとたん「ガチャガチャ」という音がした。「あっ、これは敵だ！」ととっさに感じた私は、「前方に敵！」とどなるや身の危険を感じ、がばっとその場にふせた。と、

「ダダ……ダッ」自動小銃の弾丸が私の頭の上をかすめた。

何たる不覚――私は心のなかでつぶやいた。敵の歩哨線にひっかかったのだ。敵の手ぐすねひいて待ち受けているところに、「おい、どこの部隊だ、一三八か」――なんという間抜けな軍曹殿だったことか。

「おい斎藤、敵はどこだ」

中隊長が匍匐《ほふく》をして、私の横ににじり寄ってきた。この間にも、敵はやけくそに射ってくる。

「おい軽機前へ、鈴木兵長、急げ！」

さすがに中隊長は戦闘のベテランだ。中国の大陸戦線時代、いくたの戦闘に参加し、二度も負傷をした。戦場経験が豊かなだけあってあわてない。やがて、鈴木兵長のチェコ機関銃が火を吐いた。私もねらい射ちなどのぞむべくもなく、手あたりしだいに射ちまくる。

と、暗黒の夜空に赤と黄の信号弾がうち上げられ、つづいて照明弾が上げられ、吊火の赤

黄と照明弾が夜空をいろどった。

「おい、一斉砲撃がくるぞ、全員左側のガケに下りろ！」

中隊長がどなった。全員がちかくのガケに転がりこむように身をひそめたとたん、時をおかず敵の砲弾が射ちこまれ、周辺の地面をゆるがせる。しかし、砲弾はすべて対岸で炸裂した。どうやら敵も威嚇《いかく》射撃の域をでないらしい。

ガケ下に転がりこんだ兵隊たちを、中隊長が人員点検をした。一名たりない。土谷一等兵の姿がない。先刻の敵の銃撃にやられたのかもしれないが、さがしにもどる余裕はない。

「橋梁爆破の企図は見破られてしまった。もう台上から橋に近づくことは不可能だ。これからただちにこのガケを下りて川に出る。川ぞいに橋に前進をするが、点火具だけはぬらすなよ」

中隊長はこう口ばやにいうと、さらに私にいった。

「おい斎藤軍曹、貴様が先頭でガケを下りろ！」

小枝が密生する前人未到のガケを、私は〝先頭〟という責任感も手伝って、こけつまろびつしながらすすんだ。顔も手も傷だらけだったろう。とにかく橋梁爆破の企図が暴露したいま、ことは急がなければならない。あせりにあせる私の嗅覚に、ガソリンのにおいがした。

「中隊長殿、さっきからガソリンくさいですが、鼻のせいでしょうか」

「いや、オレも先刻からそう思っているんだ。おそらく日本軍の飛行機の爆撃を警戒して、こんなガケにまで分散してかくしてあるのだろう」

けんめいのガケ下りが終わって、川の縁に出てホッとする。急きょ人員を点検して川の左岸ぞいに、私と中隊長が先に立って歩きだす。息もつまるような時間だ。

やがて、橋梁が夜目にも見える位置まで近づいた。橋梁上ではエンジン音がしきりと聞こえる。はてな、と思ったつぎの瞬間、敵の戦車砲が火をふいた。私たちの橋梁爆破を察知し、戦車が先まわりをして待っていたのだ。砲弾が川のあちこちの岩に当たって炸裂する。中隊長がさけんだ。

「おい斎藤、敵の奴ら……こちらの計画を見破って、戦車でまちぶせていたのだ。これ以上は近づけまい」

つづいて戦車砲が火を吐いた。

「残念だが、橋梁爆破は断念する以外にない。川ぞいに下ることにする。辻村少尉は兵を掌握しながら最後尾を退《さが》れ！」

その間にも戦車砲の射撃がつづいて、弾着が渓谷をゆるがせる。

「おい斎藤軍曹、オレの二十メートル後方を後退しろ！」

やれやれ、こんどは後方のタテ代わりだ。五、六十メートルほど後退したころ、突然、右岸のガケ上でにぶい爆発音がしたと思うと、天に冲すると思われる火柱がまい上がった。渓谷がその炎で、真昼のように照らし出された。まさかこんな大きな照明弾があるはずがない。いったい何だろう。こんな状態でガケ上から狙撃されたら、ひとたまりもないだろう。どえらいことになったと思いながら、なおも後退の歩度をはやめた。

ドドーンというにぶい音は先刻とおなじだが、こんどは位置がちがう。「ああ、そうか」──あせりと恐怖のどん底にあえぎながらも、この爆発源がドラム缶であることを知った。

私たちが後退すれば、またその地点のガケ上で爆発がくり返されるのだから、この天に冲する炎と私たちの距離はかわりがなかった。

私は最後尾を、ときおり川に転倒しながら走りつづけた。何本くらいのドラム缶が爆発したのだろう、十五本にも二十本くらいにも思えたが、実際は七、八本か十本くらいだったかもしれない。

ドラム缶を距離をおいて置き、これを導火索か、それに似た火具で連絡しておいて、つぎつぎ誘発をさせたものと思われた。

ようやくドラム缶爆発地帯から脱して、私が一息入れたとき、後を追ってくる足音に気づいた。〈敵が追ってきたか〉――暗いなかを音のする方向に腰射ちをするべく、銃の安全装置をといて誰何《すいか》をした。

「だれか！」の声に、「樋川です」といって近づいてきたのは、全身これぬれネズミの、私より一年先輩の樋川衛生軍曹だった。

「班長殿、どうしておくれたんですか」という私の問いに、

「いや面目次第もないよ。第一回の敵の砲撃のとき川にひっくり返って、眼鏡を川の中に落としてしまってワヤさ。あわてて、一度は敵さんの方に走ったんだ。ようやく気がついて追及してきたというわけよ」

だが、この衛生軍曹ドノ、設営地を出るときは、きわめてサッソウとしていたのだ。

「オレもヨーチンばかりぬっておるのが唯一の仕事だと思われたら心外だ。これでも初年兵時代は射撃でならしたものだ。まだまだ腕はおちてはおらんぞ」

こう勇ましくいうと、だれかが敵から奪った銃剣つきの小銃をになって出かけて行ったのだが、そのおもかげもいまはどこにもなかった。

「班長殿、持って行った小銃はどうされました？」

と聞こうかと思ったが、逃げるときにじゃまになって、投げすててきたにちがいない。先輩の自尊心を傷つけることになるので聞かなかった。とにかく薬のうだけは後生大事に肩からつるし、だきかかえているのは殊勝というべきだったろう。

軍公路を行く敵兵員輸送車。機械化の進んだ英印軍はアスファルト道を利用し、大兵力を移動した。

危険地域を突破した中隊長以下は、最後尾の私と樋川軍曹の到着をまっていた。暗やみをすかして見える中隊長のヒゲが、いつもなら威勢よく両端がピンとはね上がっているのだが、水のなかを走りまわったせいかダラリとたれ下がっており、よく漫画に出てくる「支那大人」のヒゲさながらなので、思わずニヤリとする。

この夜の緊張と激動によっ

て精神と肉体の両面を刺激されたためか、あれほどの下痢がうす紙をはぐように回復をした。神はまだ私を見すてなかったのだろう。まことふしぎではある。

敵の厳重な警戒網をおかして、ズブザ橋梁爆破を、実施するのが不可能だと判断した歩兵百三十八連隊長は、つづいて『工兵中隊はズブザ方面の軍公路に進出し、敵戦車への肉薄攻撃を敢行すべし』という命令を下達してきた。

もうこのころは、昼間の行動ができないほど、敵機の跳梁がはげしくなっていた。

こうして、中隊長以下二十名の対戦車肉薄攻撃隊が編成され、各人がアンパン（破甲爆雷）二コずつを背負って、夕方ちかく設営地を出発した。そのころから降り出した雨は、ときを追ってはげしさをくわえていった。

道案内役は、またも私と鈴木兵長の二人であった。今宵の戦車攻撃は、デマプール寄りの軍公路の屈曲部が、地形上からもかっこうの攻撃地点と判断して、その位置に誘導をするべく前進をつづける。

雨はいよいよはげしさをくわえてくる。雨将軍の先駆けであろうが、車軸を流すという形容は、こんな雨をいうのだろう。暗さは暗し、川縁を手さぐりの状態ですすんだ。

そろそろ先日の潜伏場所（グルカ兵二名を射殺した所）に着いてもよいがと思うが、なかなかその地点に達しないのみか、川中に見なれない岩石がごろごろと露出していて、あの川とはちがって見える。途中から他の川に入ったのだろうか。

「中隊長殿、斎藤はどうやら道をまちがえたようです」と報告をする。

「うむ……暗いし、この雨だからまちがえたかな」といって、

「斎藤と鈴木は、オレといっしょに付近の地形を偵察してくる。松永少尉以下は現在地点で待機」と指示をした。

三人は川の左の斜面をすべりながら登る。静かに百メートルほど前進すると、ボウと明るい火が見えた。

「おい、静かに前進だぞ」とささやく。しのびやかに近づくと、天幕を張りタキ火をしているのは敵兵であった。豪雨のなか、天幕で火をたいて暖をとっているのだ。声高にさかんに話し合っている。

ふとかなたを見ると、その天幕はわずかな数ではない。方向をまちがえたばかりか、敵陣地のど真ん中に案内してしまったのだ。

「おい斎藤、こりゃ敵さんの陣地の真ん中だぞ！　こりゃ処置なしだ、後退だ！」

三人は松永少尉以下のところにもどった。

「斎藤たちは暗さと雨で、どうやら道をまちがえたらしい。いま上に行ったら敵陣の真ん中で、敵さんもそれぞれ天幕の中でたき火をしている。そのうちに夜も明けよう、今夜はやむをえん、引き揚げよう」

中隊長がこういうと、K曹長が、

「道案内が、まちがって敵陣の真ん中に誘導するとは……」と、私をとがめるようにいう。

「おいK曹長、そう怒るな、しかたあるまい」と中隊長が私をかばってくれたのはうれしかった。

このK曹長は日華事変の勃発直後、豊台付近の戦闘で中隊が殊勲をたてたとかで、彼もそのおこぼれに浴し、金鵄勲章功七級に叙された。

わが工兵連隊で金鵄勲章をもっている者は、K曹長をのぞいて一名もおらず、儀式のときの略授佩用のさいは肩で風を切る、といったぐあいであったのに、実戦のおりの彼の所作行動は、金鵄にはほど遠いものであった。

かくして全員はずぶぬれで、降りしぶく設営地に悄然と引き揚げた。中隊長が解散前にいった。

「用意周到、綿密な計画をもってなる斎藤軍曹にして、この誤りである。今後は斎藤のみならず、このようなことがないように……」

私はほめられたような、けなされたような複雑な気分であった。

わが忘れざる日

橋梁爆破も戦車肉薄攻撃も、いずれも不成功に終わった工兵隊だったが、その他の部隊も攻守ところをかえて苦戦をしいられていた。

工兵中隊は渓谷を撤収、メレマ高地に転じた。

そして攻撃から守備をよぎなくされた。すでに雨将軍の襲来と食糧の欠乏とは、極度に戦況を不利にしていた。

敵側の反対斜面に壕をほったが、降りしきる雨は壕内にどんどん侵入してくるありさまで、もう私たちには安住の地はなかった。

ナガ族の「モミ」を徴発、というより略奪に近いやりかたで集める経理担当者の苦労も大変なものだったろう。

配給されたモミを鉄帽に入れて、適当な棒でツクのだ。ところが、雨期のおとずれで乾燥がわるく、脱穀も容易ではなかった。調味料は岩塩だけだった。

ほの暗いランプの壕のなかで、天井のあちこちからもれる雨だれを見ながら、戦争の現実というものの悲惨さをかみしめているとき、

「おーい、斎藤軍曹！」と、私を呼ぶ声がした。

まもなく泥靴を重そうにして入ってきたのは、成原伍長だった。

「おい成原どうした、負傷をしたそうだが、もうぐあいはいいのか」

「ああ、大したことはないのだが……」というものの、右手前膊を手榴弾の破片が貫通しているのだからさぞ痛かろう。首からつった血と泥によごれた包帯が、雨の最前線を思わせる。

私のとなりにどっかと腰を下ろした彼は、いきなり私の手をにぎりしめると、

「おい、オレはくやしい……」

といったかと思うと、はらはらと涙を流した。

「どうしたというのだ。お前ほどの男が、それほどくやしいというのは容易なことでなかろう」

灯火にうつし出された成原伍長の軍衣袴は泥にまみれ、どす黒く変色しているのは血痕だろう。

私がズブザ橋梁爆破のために潜行中の最後の日――つまりグルカ兵を射殺したとき、近い

位置で銃砲声がはげしく起こったが、それは歩兵中隊と成原分隊の敵陣地攻撃で手榴弾を投げ合い、また投げ返すという近接戦闘であったが、そのとき成原分隊は戦死者六名を出し、のこる全員が負傷をした。彼は分隊長として負傷者を野戦病院に入院させ、みずからは右手の負傷にもかかわらず、片手ながらも中隊の戦力になろうと、この豪雨のなかを中隊にたどりついたのだった。

戦況と戦死者、戦傷者の報告をして、中隊長から、「大変だったろうな、よく健闘してくれた。その手ではむりもできまいから、大事にしろよ」と、いたわりとねぎらいの言葉をかけられ、ホッとしたところを、中隊指揮班の壕近くで呼びとめられた。

「おい成原伍長、お前は分隊員を六名も戦死させ、自分が負傷をしたからとはいえ、戦死者の遺体の一つも収容しないでおめおめと帰ってこられたもんだな」

冷徹きわまるK曹長の言葉だった。

「おい斎藤軍曹、オレはくやしい。これから一人でメレマの山を下り、敵陣に突っこんで卑《ひ》怯《きょう》者の汚名をそそぐんだ。そして戦死をさせた分隊員のところに行くんだ。お前ならオレの気持がわかってくれるだろう」

まさに男の涙である。私もともに泣いて、彼の左手をしっかりとにぎった。雨将軍も二人の話にもらい泣きをするように、いぜん降りしきっていた。

明けて四月二十九日。この日は天長節であるとどうじに、連隊創立記念日で、歩兵部隊の軍旗祭に匹敵する祝日であった。戦争がなければ盛かつ大の祝宴があるはずだが、現在の状況では祝宴などのぞむべくもない。

せめて白い飯をタクアンと味噌汁で腹いっぱい食いたい、これがその当時の私たちの願いだった。

戎衣は泥と汗と血にまみれ、編上靴も破れた姿で集合した谷間で、中隊長の号令ではるか東方の祖国の繁栄を祈り、みずからの健闘をちかったが、戦死、戦病死、落伍者が続出した兵力はすでに半減していた。

昨年のきょう、中国北部の徳県で編成を完結したわが工兵第三十一連隊が、一年後のいまインド領に進入し、これほどの苦戦をしいられようとは、いったいだれが想像したことであろう。

遙拝が終わると、それを合図のようにメレマ山の頂きをこいモヤが流れ出した。戦局の悪化は日を追って私たちにも感じられたが、それを口にする者はだれもいなかった。

それからまもなくのこと、「おーい、爆音だぞ……」と警戒をつげる声が各所におこった。この雲の低くたれこめた悪天候をおかして、敵さん、またきやがったか、と思ったとき、

「おーい、友軍機だぞ！　日の丸だ、日の丸だ！」

と叫ぶ声がする。私は疑いながらも、壕から出て空をあおいだ。

「本当だ、友軍機だ！」

私は絶叫した。迷彩をほどこした戦闘機がいま、苦戦をしいられている友軍のコヒマ上空を乱舞しているのだ。

「おい、日の丸を出せ、日の丸を振れ！」

だれかが狂気のようにどなった。と、ひとりふたりと寄せ書のある旗をけんめいにうち振

った。

それがわかったのだろう。何機かの友軍機が、メレマ上空を翼を左右にうち振りながら旋回をした。それは、「よしわかった、つらいだろうが、がんばってくれ」とはげましてくれているようだった。

ひくい雲の下を飛び交う友軍機は十数機にも、二十数機にも、また三十数機にも思われた。やがて友軍機は隊形をととのえるとジョソマ、ズブザの敵陣に向かって銃爆撃にうつった。それに呼応するように対空砲火がはげしくひびいて、陣地全体の上空が弾幕におおわれた。それに対し友軍機が、その弾幕をかいくぐるように敵陣地を反復攻撃する。それもほんの数分だった。

やがて友軍機は一機また一機と、潮騒《しおさい》のように去った。その機影がだんだん小さくなり、はては豆つぶからケシつぶほどになり消えはてても、まだ私たちは立ちつくしていた。

だれもかれもが友軍機の出現に、おさな子が母親におやつをねだって泣くような声を出して、「わあわあ」「おいおい」とはずかしさも外聞もわすれて、手放しで泣いた。

四月三十日。この日は私にとって、生涯を通じて忘れられない日となった。

『斎藤軍曹、及川伍長、至急中隊長の壕に集合!』という逓伝に、私と及川源二の二人は雨のためにすべる急斜面を、ときには四つんばいになりながら中隊長の壕に着くと、私と及川の顔を交互に見ていた中隊長が、

「おい斎藤、及川。いままで何度となく決死隊に出てもらって骨をおらしたが、今度というこんどは生命を投げうってもらわねばならないことになった、たのむぞ!」

沈痛な表情でこういって、図のうから命令文をとり出し、『歩一三八作命〇〇号、工兵隊は分隊長以下二名の二組をズブザに潜入せしめ、攪乱部隊となり、敵機甲部隊を肉薄攻撃すべし』と読み上げ、黙然とひとみをふせた。

「二人とも中隊長のもっとも信頼する分隊長だけに、『死にに行け』というようなもので、じつに断腸の思いであるが、どうだ行ってくれるか」

「はい」――私も及川も緊張した面もちで答えた。

「兵器係の小西軍曹に、すでに連絡をしてあるが、各人破甲爆雷を五コずつ合計二十コを受領して、きょう日没をまって出発だ。それぞれ一人ずつ連れて行く兵隊は、いずれお前たちと死をともにするのだから、すきな兵隊をつれて行ってよろしい」

死をともにする兵隊だから、すきな兵隊をつれて行ってよろしい――これは中隊長の私たちに対する最後の思いやりであったろう。

中隊長の壕から兵器係の小西軍曹の壕に向かうときに、

「おい及川班長、いよいよおダブツだな」というと、

「ああ全巻の終わりさ」とこともなげに答えた。

私は一体、だれをつれて行こうかと考えた。そして、北支那の初年兵時代からいっしょに行動している、高田貞雄上等兵と心にきめた。及川はおなじ旭川出身の後輩、松井幸作上等兵をえらんだようである。

その日の午後、破甲爆雷を兵器係から受領し、服装も軽く出発準備をして夕刻を待った。

そのころから、ものすごい雨が降り出した。急坂の凹部を、さながら川のような雨水が流れ、

日が暮れるころはさらに降り方がはげしくなった。

私と及川とは、それぞれ一名の兵をつれてまず、山頂近い中隊長の壕に向かった。出発の申告をするためだ。急坂ですべるので何度も転びながら、かろうじて中隊長の壕にたどりついて、「中隊長殿、中隊長殿！」と連呼すると、それに答えて、「おお斎藤に及川か。この雨ならすべって山登りもできまい。きょうは中止にして明日にしろ、わかったか。出発は、一日延期だ」

これを聞いて思わずホッとした。一日、命がのびたというものだ。

一夜が明けた。

「斎藤班長、元気かな」

壕の前を通りながら声をかけたのは渡辺伍長、通称ナベさんで通る命令受領員だった。

「元気というのは、こんなものなのかな。まだ、お陀仏にならんだけありがたいというわけさ。ところで、こんな早くにきたところをみると、夜じゅう歩きつづけてきたのだろう？」

「ああ。急ぐ師団命令で、中隊は一三八の配属がとかれ、連隊に復帰すべしという命令を持ってきたというわけさ。じゃまた……」

といってのけ、斜面に足をとられながら中隊長の壕をめざして登って行った。

それから約二、三十分後のことだった。『斎藤軍曹、及川伍長、中隊長の壕に至急集合』の逓伝がきた。すべりながら行ってみると、

「おい斎藤、及川。貴様ら運のよいことに、いま渡辺伍長が師団命令を持ってきた。第一中隊はすみやかに連隊に復帰すべしという要旨だ。四月三十日付だから、きのうの一三八の命

令は取り消しさ、ズブザ行きは中止というわけだ。おい、それにしてもゆうべの雨は、まさに天佑神助だったな。あの雨がなければ、お前たち四人、いまごろはどうなっていたかわからないぞ」

こういって、例のヒゲをピンとしごき、私と及川の肩をドンと痛いほどたたいて、

「こらこらぼやぼやせんと、はよう連隊復帰の出発準備をせんかい」

とふたたび先刻より痛く、二人の肩をたたいた。このとき、中隊長の細い眼尻に光るものが、きらりとあったのを、私は見のがさなかった。

生と死の間で

友軍の戦況の不利、食糧欠乏、弾薬不足、戦死戦傷者の続出などにかかわりなく、雨将軍がようやく猛威をたくましく発揮しはじめた。

この雨がマンゴーを実らせる意味で、ビルマではこれを〝マンゴー雨〟などとよんでいたが、当時のわれわれには、そんな風流な表現どころでなく、まさに〝殺人雨〟とよんだ方がふさわしかった。

メレマ高地から連隊に復帰をするため、移動をはじめたものの、昼間は敵機の跳梁がはげしいため夜行軍のみで、歩きながら眠るという珍現象を体験した。疲労のゆえに、このような状態になるのだ。

また、夜行軍で樹の根株があると、後方からくる者がそれにけつまずかないように、「こ

こに樹の株がある!」と、後の者にその場所で注意をうながすのだが、切り株の位置に関係なく逓伝するものだから、わすれたころに株にイヤというくらい足をぶっつける。こんなことがうるおいのないそのころの、愉快といえば愉快な出来事だった。

夜行軍で休憩をしてすわりこむと、出発の合図もわからずそのまま寝込んで、おいてきぼりをくう兵隊もおり、残した分隊長も大あわて、残された者も目をさましてびっくりということを、どれくらいくり返したであろうか。とにかく食糧不足、疲労の蓄積は、肉体的にも精神的にも、兵隊をいちじるしく鈍重にしてしまっていた。

旧コヒマにちかい位置に布陣している、連隊本部に到着したのは夜半だったが、その日の昼間の砲撃でジャングルの大樹が中間からちぎれ飛んだりして、人員にも馬匹にも被害を受け、てんやわんやの最中であった。そして連隊長が例のカン高い声でさかんに指示しているのも、なつかしかった。

こうしてわが中隊は旧コヒマの、敵側の反対斜面の山すそに分散して壕をほり、反撃の機会をうかがうこととなった。

ここに陣どった五月上旬ごろの敵の砲撃はものすごく、数えたわけではないが砲数七百門ともいわれていた。これがいっせいに砲撃を開始すると、ゴウゴウと天地が鳴動をした。そのうえ、敵機は朝から晩まで頭上を飛びまわった。わが方に飛行機がないのと、対空砲火のないことを知りつくした傍若無人のふるまいというべきであろう。

『工兵隊の二コ小隊は、歩兵第百二十四連隊第三大隊第十一中隊に配属、五一二〇高地の敵陣地を奪取、その後すみやかに該地に防御陣地を構築すべし』

の命令を受け、わが松永、富田の両小隊が村田中隊長の激励の言葉を背に受けて、旧コヒマ下の陣地を出発したのは、五月四日の暮色せまるころであった。

五一二〇高地は、コヒマ周辺において戦略上、欠くことのできない重要地点で、聞くところによるとここ十数日、この高地をめぐる争奪のため、彼我血みどろの戦いが反覆されているという。五一二〇高地を制するものコヒマを制する——とまでいわれていたのだった。

そこで現在、英印軍のためにうばわれているこの五一二〇高地へ、私たちが奪回を命ぜられて出発、となったわけである。

わが松永小隊も過去一ヵ月間にわたるコヒマ周辺の戦闘で、約半数近くの兵隊がやられて二十名たらずになっていたし、また富田小隊も同様だった。

服装も作業のしやすい軽装にという命令で、地下足袋をはき、円匙、十字鍬などは防音をほどこし、荷作り網で背中にしばりつけた。それに明朝には帰る予定なので、食糧は携行せず、水筒に水をみたしただけを持った。

小隊は一列縦隊になって前進をした。旧コヒマに出るところに地隙があり、ここで歩兵部隊と合流をした。この地点で歩兵の中隊長と工兵隊のわが松永、富田小隊長が、これからの行動について打ち合わせを行なう間、しばらく地隙のなかで待機をする。

私が腰をおろし、銃を抱いてこれからのことを考えていると、

「おい斎藤……いやに神妙な顔して。なんだかカゲがうすいようだぞ」

といいながら近づいて、私の横にどんと腰をおろしたのは、同年兵で富田小隊の先任分隊長の伊藤軍曹だった。いつも明るくほがらかだ。

「おい、なにかいいニュースでもないか」と私がいうと、

「なんだお前、きのうの重大ニュースを知らないのか」

「知らないな……一体なにがあったんだよ、相変わらずの伊藤情報……私物ニュースだろう？」

「いや、これは確度甲も甲さ、友軍の応援に臼砲《きゅう》がきたんだ」

「本当か」という私に、彼はいちだんと声を高めて、

「本当も本当、それがさ、コレヒドール島を占領したときに鹵獲した臼砲《きゅう》だそうだ。それを解体してはこんできて組み立てて、三日前に二発射ったそうだ。一発目は目標から少しはずれたそうだが、二発目は敵陣地の真ん中に命中した。そのため、敵の奴らが何百名か何千名かがやられ、敵さんのトラック三、四台が一日がかりでも、戦死者や戦傷者を運びきれなかったそうだ。大変な戦果さ」

「それなら、その調子で臼砲をどんどん射ってもらったらよかろう」

「ところが残念ながら、現在は二発しか弾丸がないそうだ。とにかく、その臼砲一発に何トンもの爆薬が必要なんだそうで、弾丸の補給がつかないのだ」

「なんだ、二発で全巻の終わりか」

という調子で、死と生の間にある連中がこんな話に花を咲かせているのは、余裕《よゆう》があるせいだろうか、いやそんなことはありえない。やけっぱちか、あるいは戦争ズレからであろう。こんな話でもしなければ、窒息しそうに思えたのかもしれない。

さらに伊藤軍曹がいちだんと声高に、

「おい、このニュースは大本営発表より確度甲だぞ。日本兵の慰問にな、慰安婦の連中が、私たちだって大和撫子、前線の兵隊さんよ頑張って頂戴、身を投げ出してサービスをしてあげるわってえな調子で、アラカン越えをして、もうすぐコヒマ付近に着くらしいぞ。斎藤、こらっ、涎《よだれ》を流すなよ、はっはっはっはっ」

伊藤軍曹の饒舌《じょうぜつ》ははてしなくつづいたが、「全員集合」という富田小隊長の指示で、終わらざるをえなかった。各小隊が、それぞれの小隊長をかこむ隊形で集まる。

「今後の行動について話す。わが松永小隊は、歩兵部隊とともに五一二〇高地に突撃を敢行し、該地を占領後はすみやかに掩蓋陣地を構築し、明払暁、中隊に帰る予定」

私は体のなかがぞくぞくとした。突撃など、いまだかつて経験がないのだ。

「なお富田小隊は、第二線陣地に当たる。突撃の時間は、だいたい明朝零時半の予定」

いよいよきたるべき時がきたのだ。直面する死に対し、おそろしいということではない。男らしくないかもしれないが、問題は死にいたるまでの道程だ。砲弾の直撃をくらって木端みじんになったり、頭部に貫通銃創を受けたら、イチコロで死了《スーラ》だから「元頂《テンホウ》」である。だが、手とか足がちぎれたり、腹をやられて臓腑《ぞうふ》がどろどろと露出するような死に方は、したくないと思う。

およそ私という男は〝痛さに弱い〟ことは人後におちない。妙な自信だが、重傷者を見ても気持がわるくなるのだ。

歩兵部隊が地隙を出て、前進をはじめる。わが小隊もそのあとについて、そろそろと動き出す。

ときおり、けつまずくので、なんだろうと、ヤミをすかしてしゃがんでみると死体だ。死屍るいるいという形容はちょっと大げさだが、ここかしこに転がっている。あまり気持のよいものではない。臆病者の私である。入隊前は人一倍こわがり屋で、夜の便所ゆきも甘言をろうして妹をさそったものだ。外便所だったからなどということは、理由にはなるまい。

そんな小胆者の私が闇夜、しかも死体のごろごろ転がっているのに、それにけつまずきつつ歩いても、さしてこわいと思わないのはなぜだろう。胆力が「すわった」などということはない。戦場という異常な雰囲気に、こわさの感覚がマヒしてしまったのかもしれない。

この死体の転がっている地点で、歩兵の中隊長から、『別命があるまで、現在地点で待機』という命令がたっせられた。

そのころから、ポツリポツリと雨が降り出してくる。怪談にはうってつけの夜だなと思う。死ぬと人魂になったり幽霊になるなら、このコヒマ周辺はお化けで氾濫《はんらん》するだろう、などとまたつまらないことを考える。

この地点までくると、彼我の射ち合いが、さながら花火大会のような美しさをみせた。砲陣地が火ぶたを切ると、発射のさいの閃光がパッパッと明滅する。機関銃の曳光弾が美しい火箭《かせん》をひいて流れる。色とりどりの信号弾が、吊火の美を競うようだ。

この雨のなかをいろどる戦火を見ているうちに、幼き日の花火大会の思い出がふと浮かぶ。

「班長殿……班長殿」

高田衛生上等兵が、あたりをはばかるように私を呼ぶ。「なんだ」と、いままで故郷のことなどをしきりに反芻しているときに声をかけられ、たぐっていた追憶の糸をプツンと切られた不快さが手伝って、ちょっと声があらくなった。

「なんだ高田」

彼も私の不機嫌さを読みとったのか、ちょっとためらいをみせたが、

「班長殿……イギリス兵の雑のうの検査をやってみませんか」

と提案をする。さきほどけつまずいて、ヤミのなかで顔を土につけるようにして死体をたしかめたとき、いやに背丈が長いと思い、ふたたびすかして見ると英兵の死体だった。顔の部分がいやが応でも見えた。鼻だけがいやに高く、天狗の面がパッと頭にひらめいた。身長はゆうに二メートルはあるだろう。ヤミのなかで、恐怖心が手伝って大きく見えたのかもしれない。

これらの死んだ敵兵の雑のうを検査し、あわよくば戦利品の恩恵にあずかろうというのだから、彼も顔にない図太い神経をもち合わせているのかもしれない。彼は北支那いらい終始一貫、私と行動をともにしている兵隊だ。

「よし、いっちょうやるか」

私も、彼の提案に同調した。そこここに転がっている英兵、グルカ兵をとわず、片っぱしから雑のうやポケットを調べたが、なかなか収穫がない。

「おい、こいつらもそうとうシケているらしいぞ」

と、私がいうと、「そうですね、ナムアミダブツ」と、高田上等兵が殊勝にも念仏をとなえたので、私もおくればせながら「ナムアミダブツ、ナムアミダブツ」をくり返してとなえた。

あいにく雑のうが死体の下になっていると、二人で「セーノ」と小声で呼吸を合わせて転がした。死体はかたいのと、案外やわらかく、ぐにゃぐにゃしたのと二種類あったようだ。

この二人の協同作戦で乾パンというのか、ビスケットというのか四、五十枚を戦利品としていただき、これを食ったときのうまさは、こんなにうまいものがあったのかと思ったくらいだから、当時、私たちがどれほど食物に飢えていたかは、これによってもはかり知れよう。

高田は、煙草も何本か手に入れたようだったが、これに無縁の私は権利を放棄した。

雨のなかの私と高田上等兵の雑のう検査は、大戦果こそあげられなかったが、小隊全員に乾パン二枚ずつを配給できたのだから、まあまあの成績だったろう。

私たちが雑のう捜索にけんめいのころ、井沢伍長、及川伍長の両分隊長は、つれだってその辺を物色し、英軍が飛行機から物量投下に使ったパラシュートを何枚か集めてきた。夜目にも色とりどりの美しさがわかった。青、赤、白などで、この色で投下する品物の区別がわかるのだそうだ。

井沢分隊長が、パラシュートから細いロープを取りのぞいた、布の部分を一枚私にくれた。

「品物は上等だ、絹かもしれん。これでシャツをつくったら、大変よろしいだぞ《ミアジ・ゴンレィ》」

私は彼の厚意に「ありがとう《チィズンテンバレィ》」と、背中の円匙にくくりつけた。

井沢分隊長がいうように、この生地でシャツや服がつくれる日がはたしてあるのだろうか。

雨がすこし小降りになった。ズブザやジョッソマの敵の砲陣地がいっせいに火をはき、私たちの頭上を、ゴォッゴォーッとぶきみな音をたてて砲弾が飛ぶ。

後方でのものすごい炸裂音が、耳朶《じだ》にささるように感じる。第二線砲陣地を構築している富田小隊付近で炸裂しているようだ。

もう午後十一時ごろであろう。雨が上がったのに、天幕をかぶって兵隊たちが、がさがさやっているので、何をしているのかと聞くと、先ほど高田上等兵のせしめてきた煙草を回しのみしているところだという。天幕をかぶっているのは、敵から煙草の火をかくすための処置である。

私は当時、煙草をすわないので、喫煙者の心理はわかるすべもなかったが、突撃をまえにして、渇望ひさしい煙草にありついたのだから、さぞ満足したことだろう。

真夜中の突撃行

銃を抱いてすわりこみ、突撃の時機をまつのだが、しきりに尿意をもよおす。つい先ほど放尿をしたばかりなのに、またすぐに出るような気がする。緊張をしたら尿意をもよおすということを何かの本で読んだことがあるが、本当のことだとつくづく思った。

やがて歩兵部隊が静かに前進を開始した。私たちも、これにおくれじと前進をする。傾斜地で少しずつ登り坂になっている。この坂を登り切ったところに敵陣地があるのだと思うと、ブルブルッと身がひきしまるのをおぼえる。

やがて石垣があるところまできた。歩兵部隊が右側に石垣にそって展開し、工兵隊は左側に展開した。

松永小隊長が歩兵中隊長のところに最後の打ち合わせに行ったそのとき、敵の砲陣地がいっせいに火ぶたを切った。ものすごい発射音がしたかと思うと、私たちの頭上を砲弾の流れがゴォッと行きすぎ、後方の第二線陣地付近で地軸をゆるがして炸裂をする。

三、四分ほどのはげしい砲撃が、申し合わせたようにハタとやんで、静寂をとりもどしたと思われるころ、「天皇陛下万歳」とさけぶ肺腑をえぐるような声が、第二線陣地方向から起こった。はっとしたとき、ふたたび「天皇陛下万歳」、つづいてまた一回、合計三回の「陛下万歳」がはっきりと聞こえた。一種、厳粛な気分におそわれる。

これまで何人、何十人の最後を見たが、「天皇陛下万歳」と聞いたのは、これがはじめてであると同時に、最後でもあった。

これは後日わかったことだが、万歳を三唱して戦死をとげたのは、第二線陣地で作業中の富田小隊の伊藤政男上等兵（北海道上川郡当麻町出身）で、右上膊右肩胛骨に砲弾の破片を受け、いまはのきわに最後の声をふりしぼってそれをさけび、命絶えたという。

この砲撃で富田小隊は青木伍長以下、九名もの戦死者を出した。悲壮のなかにも冷厳ともいうべき伊藤上等兵の万歳三唱を聞いて、感慨に耽《ふけ》っていると、小隊長が打ち合わせから帰ってきた。

突撃は午前零時三十分――各人が手榴弾を投てきしていっせいに突撃をする、という。その突撃を支援するため、山砲が三門で三発ずつ合計九発を撃ってくれるそうだ。俗に気は心というが、これなどがそうだろう。それにしても、友軍の支援射撃が九発とは、あまりにも情けない。

それはともかく、実戦で手榴弾を使ったことがない初年兵たちのための、手榴弾の使い方を低い声で説明する。あまりむずかしいことではない。安全栓のヒモを口にくわえて引き抜き、撃針の部分を鉄帽に「ガン」とぶつける。シュッという音の点火をたしかめてから、投てきをすることを教える。

敵前の至近距離で手榴弾の使用法を教えこむなど、ドロナワ式の最たるものだろう。考えてみると、これら初年兵も、入隊して二ヵ月ほどで南方第一線につれてこられたため、正式に一期の教育も終わっていないのだから、手榴弾ばかりでなく、兵隊としての初歩的なことも教育を受けていない、気のどくな〝皇軍の一人〟というべきだろう。

昭和15年12月の出征当日の著者の姿。故郷である北海道美瑛町の神社にて撮影。

『突撃二十分前！』――低い声で、歩兵からの逓伝がくる。やがて『十分前』が告げられる。私はまたも先刻から、しきりと尿意をおぼえる。

「おい、突撃にはうんと走らねばならん、いまのうちに小便をしておけ！」

私がこう声をかけると、みながそれぞれの場所で放尿をする。屁を放ったのは鈴木兵長で、「いたちの最後っぺさ」と低い声で笑った。突撃前、死か生かを目前にしてこれができるのも、やはり野戦生活三年の間にきたえた実力であろう。

「点火準備！」

小隊長の低いが、どっしり重い声が伝わる。私も極度の緊張に、手榴弾をもつ手がかすかにふるえる。

「点火っ……投げ！」

砲弾の流れがやみ、やや静寂をとりもどした五一二〇高地の台上付近は、手榴弾の炸裂音が相つぎ、大きな爆風を巻きおこした。

「突撃にっ……前へっ！」

小隊長の上ずった声を合図に、

「それッ、行けっ！」

私は腰くらいの高さの石垣を登ると、台上をめざしてけんめいに走りつづけた。周辺いたるところで機関銃、小銃、自動小銃ら、彼我の銃声が一度にほえたてる。

私は夢中で必死に走った。チラリと頭の片すみに、老父のはげ頭と妹の顔がよぎった。そして、なにかくやしいような、泣きたいような感情だったのは、やはり私が弱兵の部類だったからであろう。けんめいに走るのだが、頭ばかり先行して、足がもつれそうだった。

私は高地の中心部まで一気にかけ上がった。肺も心臓もはりさけるような息のはずみようだ。ところが、なんとこれで彼我の射ち合いは終わっていたのだ。

「工兵隊、工兵隊集合！　分隊長！　兵員を掌握！」

松永小隊長の声だ。そこここに死体が転がっている。一体は私の足もとに投げ出されたような形で転がっており、赤十字のついた双眼鏡のケースが夜目にもはっきりとみえた。いまの突撃で、わが歩兵部隊の軍医が戦死をしたのだ。

工兵隊には幸い一名の戦死者も、負傷者もなくホッとする。歩兵部隊は、さっそく奪取した陣地の配備につく。

既設の敵陣地は、相当な掩蓋《えんがい》がほどこされていた。わが工兵隊は、それの破損部の補強にとりかかった。小石まじりのかたい土質で円匙での掘削《くっさく》はできず、すべて十字鍬にたよる以外になく、作業の進捗も意のままにいかない。

歩兵部隊が死守するであろうこの陣地だ、できるかぎり頑丈にするのが工兵隊の任務である。

作業をする私たちの腕にも、自然に力がはいる。

ときおり、敵の砲陣地からの狂ったような砲撃を受けるたびに、退避をする。

無数の砲弾の流れが発するゴオッという音が頭上をこえて、二線陣地付近で炸裂する下で、汗みどろの作業がつづけられた。

すでに明け方もちかいであろう。一睡もしていないせいか、頭のしんがボーッとしている。それに、たまらなく空腹を感じる。そこへ歩兵の中隊長がやってきた。

「工兵さん、どうもご苦労さまでした。おかげで陣地もだいぶ頑丈になりました。もう間もなく夜明けですから、引き揚げて下さい」

これには松永小隊長が答えた。

「これからこの陣地につかれて頑張られるのですから、すこしでも補強させて下さい。機関銃の掩蓋を、もうすこしやります」

責任観念の人一倍つよい小隊長は、小隊全員を指揮し、つかれた兵隊を休ませると、みずからも十字鍬をふるって作業をつづけた。

友軍機、現わる

夜はまったく明け放たれた。モヤが消えるといっきょに夜のベールがひきはがされたという感じである。

「さあ、引き揚げるか」と小隊長が兵員を点検し、後退をはじめたときである。ドーンと一発、にぶい発射音がした。私たちは、小隊長の「ふせろ！」の号令を聞くまえに、遮蔽物を利用し、全員がふせていた。これこそコヒマ突入いらい一ヵ月間の戦闘体験でえた、防御のための反射神経の発露であろう。

「ドカーン」という炸裂音が身辺をつつむだろうと予測をしていた私たちは、意外に小さい音にとどまったのを、〈おかしいぞ〉と思ったが、やはりそれは砲弾ではなく、発煙弾だった。

各砲陣地に対し、目標を指示する発煙弾だったのだ。間髪をおかず、敵の各砲陣地からいっせいに砲撃音が起こった。もう躊躇はゆるされない。

「しまった、後退の時機を失したな。斎藤軍曹、どうする？」

小隊長のやや上ずった声が砲撃の合い間に、とぎれとぎれ聞こえた。

「小隊長殿、後退はもうむりです。うしろに凹地があります、その線まで匍匐《ほふく》で退りましょう」

　私は、どなるようにさけぶ。

「よし、凹地まで匍匐だぞ！」

　小隊長の声がひびいた。

　中隊の位置に帰るには、稜線をどうしても越えなければならない。その稜線をいま越えれば、たちまち銃砲弾で狙い射ちにされ、おそらく全滅はまぬがれまい。

　私は匍匐をしながら、チラリと稜線に目を走らせたが、敵側から丸見えなのだから、まずは絶望だ。小隊長の「おい、斎藤どうする」という言葉を、心の中でくり返してみる。

　小隊長は、私より兵隊の年次も若いし、年齢も若い。それで、一年先輩の私に何かしら遠慮しているのだろうか。いや、そんなことはあるまい。これは、この人の天性なのだろう。なにごとも〈こうだ〉と自分の考え方をゴリ押しにはしない。だからといって、信念がないかというとそうではない。

　私以下、井沢、及川の分隊長に、この小隊長のもとでならいつ死んでもよいと思わせる、人徳のある小隊長である。

　その間にも発煙弾を目標に、各砲陣地からの砲撃が、ますますはげしさをくわえてくる。何十コかの太鼓をいっせいに打ち鳴らすという形容が適切であろう。

　幸い私たちの位置が、高地のすぐかげという好条件にめぐまれ、ことごとく砲弾は台上で、もしくは頭上を通りすぎて二線陣地方向で炸裂する。

私たちが凹地と見たのは、雨期には雨水を流す側溝のようであった。ふせると、ちょうど体がすっぽりとかくれる幅六、七十センチ、深さ三十センチほどのものであった。

「小隊長殿……この溝をできるだけ深く掘って、万一に備えた方がよいと思います」

と私が提案をする。

「よし、各人なるべく間隔をおいて掘るんだ。敵火の下の散兵壕構築の要領だぞ！」

この敵火の下における散兵壕の構築というのは、姿勢を低くしての作業、つまり、寝ながら壕を掘ることをいう。

寝ながらの作業で壕もだんだん深くなり、やがてすわれるほどの深さになる。全員が汗たらたらである。

「おい、腹がへったな」

鈴木兵長が、まず空腹をうったえた。敵弾のはげしいときはさして感じなかった空腹が、砲撃がやみ、壕もすわれるていどの深さになったのだから、「腹がへった」と感ずるのも当然だろう。

もっとも昨夕、中隊を出発するときに食っただけで、終夜一睡もせず、突撃をしてから作業と、休みなしで、口に入れたものというと、敵さんの死体からいただいた乾パン四、五枚と、水筒につめてきた水だけである。その水もほとんど飲みつくしていた。

だが、空腹だといってさわいでばかりいられないことに気づく。壕は深くなったが、上空からの遮蔽物はまったくないのだ。敵の飛行機がきたら、銃爆撃で一たまりもあるまい。

「壕はできたが、屋根がないと飛行機から丸見えだぞ」

と私がいうと、鈴木兵長が、

「よし、オレがよいものを見つけたぞ、持ってくるから待ってくれ」

彼は壕からはい出すと、そのへんに散乱しているトタン板を一枚ひきずってきた。動作のはやい彼は、またすぐに何枚かをよせ集め、それを壕の上にならべると、たちまち屋根ができ上がった。

これで屋根の心配は解消したが、空腹はいよいよつのる一方である。まさに処置なしとは、これをいうのだろう。

空腹と寝不足にたえかねて、すわったままですでに眠りこけている者もいる。鈴木兵長が、

「じつはね……班長殿、鈴木はたいした戦果を上げました。大本営発表とはいきませんが……」

といって、ニヤリと笑った。なんだろうと思っていると、

「班長殿には、これを進呈します」

出したのをみると、拳銃だった。六連発で引鉄をひくたびに、丸い弾倉がクルリクルリとまわる回転式になっている。

「弾丸も四、五十発はあります。ゆうべ突撃したでしょう、そのときこちらの突撃にびっくりした奴らがおいて逃げたんでしょう。班長殿には拳銃を……鈴木はまだいい戦果があるんですよ」

こういって、彼が手にしたのは、なんと機関銃であった。

「これはきっと優秀な軽機です。こんどの戦闘には、オレの機関銃手の腕前を見せてあげま

すよ」

そういうと、右腕をポンとたたいた。

鈴木はもともと歩兵科の出身で、軽機の射手だった。そのせいか工兵に転科をしたあとも、軽機を見ると、腕がムズムズしていたのかもしれない。

「ほーら、弾丸もこんなにあるんですよ」

弾丸のつまった弾倉を五、六コ出して見せた。

この二日間ほど曇天だったのに、この日にかぎって空が晴れ、青空がのぞくようになった。はじめはさほど感じなかったが、トタンがだんだん熱せられてくるにしたがって、灼けつくような暑さを感じはじめた。

この時間になると、高地の上空を敵機がしきりに飛んでいるし、壕外に出て風に当たることもできない。さりとてトタンをとりはらうこともならない。

ただすわってシャツのボタンをはずし、ハアハアと炎天下の犬みたいに、はずむ呼吸に全身を波うたせているばかりだ。

「おい鈴木、お前の名案のトタンが、こんなに暑いものとは知らなかったぞ」

私がうらみをこめるようにしていうと、ポタポタとしたたる汗を、シャツのそででしきりにふきながら、

「班長殿、鈴木、一生の不覚でした」

と笑った。ハアハアと息をはずませながら、がまんをしなければならないことのつらさ。

さきほど陽が昇ってまもないのにこの暑さだと、日中になったらどれくらいの暑さになるだ

ろう。それが夕方までつづいたら、人間の干ものができ上がってしまうのではないかとさえ思われた。

「こんなとき、昨夜くらいの雨がほしいですね」

と高田上等兵が、半裸にちかい姿でぼやく。

飯を食わずとも、水を飲まずとも、生理現象は時と場所をえらばない。私は幸い、脱糞は未明に寸暇をさいて、砲弾のくる反対斜面に下りて発射してきたので、その心配はない。放尿は壕のなかでするのだが、すわってやるのでどうも調子がよくない。

入隊前のこと、お祭の夜店で、あのカーバイドのにおいがただよう物売りの香具師《やし》の口上がおもしろかったので、まだ記憶していた。

『あなた百まで、わしゃ九十九まで、ともに白髪が生えるまで、寝てて小便たれるまで、寝てて小便たれてみたが、起きてたれるほどらくでないってネ……』

「なるほどな、すわってやるのも大変だわい」

放尿のさいちゅう、香具師《やし》の口上と故郷のお祭りの幟《のぼり》のはたはたと鳴る音が聞こえるような気がした。

小便もトタンの熱で蒸発するので、その臭いたるや、またかくべつである。むかしからの「わが糞くさくない」というたとえもウソ、という真理を体得した。

いかに戦場といえども、排泄作用は絶対不可避なものだけに、しまつがわるい。放尿は立っていてもすわっていてもなんとかなるが、脱糞だけはそうはいかない。ズボンを下げ、あられもないかっこうをする。そこを一発やられたら帝国軍人の恥辱と思って、そのつど注意をしたものだ。

ところが、わが中隊で脱糞中、ケツに盲管銃創を受けて戦死をした兵隊がいた。気のどくながら、まさに〝フン死〟というべきだろう。また狙撃をした英印軍も、不粋きわまる奴といえよう。なにもそんな姿をねらわずとも、ズボンを上げてからでもよかっただろうにと思った。

いつ、死という現象が襲ってくるかわからないのに、ずいぶんとくだらないことを考えるものだ。そのうちに私も、疲労と空腹でうとうととした。

どれぐらいの時間がたったのだろう。陽の昇りぐあいから推しても、昼ちかい時間と思われた。さっきまでひっきりなしに上空を飛んでいた敵機がひきあげたらしく、爆音も消えている。

〈敵さん、そろそろ昼食かな〉とおもっていると、また爆音がしてきた。〈またきやがったか〉と、いまいまし気にトタンのすきまからのぞくと、見なれない飛行機だ、機体に彩色をほどこしてある。〈あっ、日の丸だ〉わが目を疑う。まちがいなく日の丸だ、友軍機だ。

「おーい、友軍機だぞう」

「日本の飛行機だ！　……あ、日の丸が……」

だれも彼もがさけんだ。そして壕の上のトタンをはね上げて、みなが立ち上がった。

待ちにまった友軍機がいま、五一二〇高地上空を翼を左右に大きくふりながら乱舞をしている。それが「ご苦労さん、ご苦労さん」と呼びかけているように思える。まったく信じられないくらいだ。コヒマ上空は、日の丸をつけた友軍機でいっぱいだ。十数機、二十数機、

ビルマのイラワジ河上空を飛ぶ隼戦闘機。航空兵力に圧倒的な差があり、制空権を失いつつあったが、日の丸機の飛来は前線の歩兵部隊を勇気づけた。

あるいは三十数機かもしれない。とにかく空いっぱいに日の丸の飛行機であふれた。

私たちは、屋根代わりのトタンをはね上げ、鉄帽をぬいで日の丸の寄せ書をとり出して、しきりに振った。手もふった。銃をさし上げてふった。そして、おいおいと男泣きに泣きながら、その辺を歩きまわった。

友軍機がきたことで、私たちはまだ十五軍からも見すてられていないのだという、大きな喜びがわき上がってきた。わが烈兵団はすでに見すてられたのではないかという疑心暗鬼も、杞憂《きゆう》も、一度に吹っとび、その喜びが涙となった。

ひげダルマのような男どもが手をにぎり合い、相擁して号泣をつづけている。この一時、だれもが空腹も暑さもいっさい忘れ去っていた。

だが、友軍機だとていつまでも私たちの頭上を旋回して、激励をつづけるのが主任務ではなかった。やがて隊形をととのえズブザ方向に転じたと思うと、一機また一機と急降下爆撃にうつっていった。

とたんに敵の対空砲火がいっせいに火ぶたを切り、その弾幕のなかを友軍機は泳ぐように飛び交い、攻撃を反復する。

敵の弾幕はいよいよはげしく、上空はすべて黒煙でおおわれた。敵陣は、いったいどれくらいの対空火砲を準備して、待ち受けていたのだろうか。

友軍機の攻撃も、そう長くはつづかなかった。やがて一機また一機と南の空に点となり、しみとなって消えていった。

さきほどの喜びと感激が、あまりにも大きく激しかっただけに、友軍機が去ると、一種の虚脱感におそわれた。だれもがただ茫然と立ちつくしている。

「おーい、壕に入るんだ。また砲撃がはじまるぞう!」

やがて、小隊長のさけび声に、ようやくわれにかえった。小隊長がそれぞれの壕にもどることを命じ、トタンをまたもとどおりに天井にしてかぶせた。私ももとの位置にどっかと腰をおろした。そして友軍機の大挙してきてくれた喜びをかみしめていた。感激が潮騒のように、いつまでも胸にひろがってくるのを禁じ得なかった。

長き一日の暮れ

友軍機が飛び去ると、交替でもするかのように敵機が、上空をわがもの顔で飛び、砲撃もすぐにはじまった。

　ところが、砲撃がはじまってみておどろいた。弾着が至近距離にせまるようになったのだ。その原因はすぐわかった。さきほど友軍機がきたとき、うれしさのあまりトタンをはねのけて壕から飛び出し、日の丸を振って狂喜乱舞したときの姿を、敵の観測所が発見したのであろう。

　だんだんと迫ってくる至近弾が炸裂をするたびに、土砂がトタンの上にバラバラと降りそそぐ。だが、私たちの壕の位置が石垣のすぐ下という好条件もあって、死角圏内だから、まず直撃の心配だけはなかった。

　そのことごとくが台上付近で炸裂し、弾道の高いのは二線陣地に指向される。しかし、台上で炸裂するといっても、地殻がぐらぐらとするのは決して心地よいものではない。

　だれかが、「ペアペアペア……」という。ペアペアとはビルマ語でいう念仏で、日本流にいうとナムアミダブツだろう。苦しいときの神だのみならぬ、こわいときの仏だのみというべきだろう。

「畜生めが、うるさくて昼寝もできないぞ！」

　鈴木兵長がこういったとき、ものすごい音とともに頭上のトタンがはね飛ばされた。私は頭の部分にガーンという衝撃を感ずるとともに、右足の足背の部分に、焼きごてを当てられたような気がした。

　思わずはっとして鉄帽に手をやる。大丈夫だ、頭は異常なくついている。ホッとしたつぎの瞬間、「ううん、う…ん…」と低いうめき声を上げたのは、鈴木兵長だ。

「どうした、鈴木！」私は、彼の近くににじり寄った。彼の苦渋にみちた表情がけわしい。

「どこだ、どこをやられたんだ！」

私はせきこんで聞く。

「足です！　左足をやられました」

私は、彼の前にずり寄った。そのとき、またも至近弾が、地面をゆるがした。

「おい大矢、はやくトタンをかけろ！」

と命じて鈴木兵長の左足を見た。ふくらはぎの部分の巻脚絆がさけ、軍袴がやぶれ、鮮血がしたたりおちている。

「おーい高田衛生兵、急いできてくれ！　鈴木が負傷をしたんだ」

そういう私も右足が痛いが、傷は鈴木の比ではない。高田がいそいで壕内をはうようにしてやってきた。

私の地下足袋もドス黒い血潮がにじんできて、ヌルヌルとして気色が悪い。高田衛生兵が目ざとく私の負傷に気づき、

「あっ、班長殿も負傷されたんですか」

その声に鈴木が、

「なに……班長殿もやられたって……」

苦しい息の下でこういった。私は、「うん、ちょっとな」と答える。

「おい高田、オレの傷の手当はあとにしろ、班長殿を先にしてくれ」という鈴木に、

「なにをいうんだ、オレの傷はたいしたことはないんだ、お前はだまってやってもらえ。貴

様、班長のいうことが聞けないのか!」

こうどなる私の声は、ふるえていた。そして何日も洗ったことのない私の頰に、涙がスーッとこぼれ落ちる。それほどにうれしかったのだ。「高田、はやくやれ」――私は救急法で教わったことを思い出しながら、高田衛生兵といっしょになり、右足の巻脚絆をとり、軍袴の部分をハサミで切りとり、とにかく止血をするため大腿部を巻脚絆でまき、木片を巻脚絆に入れて「ネジ」をかけた。これも痛かろうが、まずは出血をとめなければ生命があぶない。

高田衛生兵が手ぎわよく、負傷した方の巻脚絆をとって傷をたしかめたが、ふくらはぎの部分がえぐりとられたような傷で、気弱な私は思わず顔をそむけたくなるほどだった。傷を消毒し、大きいガーゼを当てて包帯をまき、負傷をした左足をやや高めにして体を横にさせる。

ついで私も手当を受ける。右足の足背部の四、五ヵ所から血が吹き出している。砲弾の破片創だ。痛いにはいたいが、鈴木にくらべたら軽傷だ。あつく包帯をまいたら地下足袋に足が入らないのでうすくやったが、すぐ出血で地下足袋のなかがヌルヌルとなる。

それから私は、さきほどの砲撃で〝頭が飛んだ〟と思うほどの衝撃を受けたことを思い出して、鉄帽をぬいでみる。鉄帽のふちから約一センチ上の部分の鉄帽覆いが破れて、なかから真綿が飛び出し、白い花が咲いたようだ。ここに砲弾の破片が当たったのだ。それはちょうど右コメカミの上だった。もし破片が一センチ下ならイチコロだったろう。生死まさに紙一重という言葉があるが、それを実感として味わう一事だった。

陽気だった鈴木兵長も、負傷をしてからは口をつぐんだままだった。手ぬぐいで彼の顔に

風を送りながら、

「中隊の位置まではやく下げてやりたいのだが、いまの状況ではどうすることもできない。痛いだろうが、夕方までがまんしろやな」という私に、

「班長殿、鈴木をこの場所から下げないで下さい、片足ぐらいなんでもないんです。ゆうべ敵からうばった機関銃を射たせて下さい」

彼は強気にこういったが、この傷では戦線復帰は当分、おぼつかないだろう。

陽がすこしかたむきかけたころから、敵の輸送機が五一二〇高地上空を旋回しはじめた。と、意外なことにわれわれの頭上に、色とりどりのパラシュートの花を咲かせた。五一二〇高地にまだ友軍の部隊がいると思っているのだろう。輸送機の高さもせいぜい二、三百メートルくらいである。

パラシュートが首をふるようにして地上に落ちると、動作のはやい連中が壕からはい出し、それを引きずりこむ。赤青白緑とパラシュートの色で兵器弾薬、食糧被服、飲料水と類別されていた。

はじめはそれを知らないので、苦労をして壕内に運びこみ梱包をとくと、それが小銃弾だったり(敵の小銃弾は日本軍より小銃の口径が大きく、使えなかった)、被服だったりしてがっかりしたものだ。

圧巻はなんといっても食糧品で、パン、魚缶、肉缶、ミルク、コーヒー、チーズ、砂糖、煙草などなどで、飲料水まで携行缶で、しかも消毒されているのには、ただおどろくのみだった。

壕内は砲撃をよそに、〝チャーチル給与〟にわいた。タナからボタ餅という表現があるが、まさにそれを地で経験したわけだ。

鈴木になにがほしいと聞くと、「魚缶が……」というので、帯剣で缶を切ってやる。サケ缶をやるとうまそうに食った。サケの味付けのもので私も食ったが、空腹にこの珍味、ほっぺたが落ちそうに思えた。

止血はしたものの、彼の顔が、だんだんと青ざめてゆくのがわかった。だが、痛さにたえながら、「あの機関銃を、ぶんどった機関銃を、一度も射たずにさがるのは残念です」とくり返すたびに私は、

「お前が元気になるまで、軽機はちゃーんとオレがあずかっているから、心配をするな。お前はその傷を治して、一日もはやくもどってきてくれ」

とはげました。「オレはもうダメかもしれない」などという弱気な言葉は、最後まで彼の口からは聞かれなかった。

昭和十九年五月五日——私の人生でいちばん長いと思えたこの日も、ようやくズブザの敵陣地の山なみがシルエットとなり、夕やみに消えたころ、中隊からの命令文と食事がとどけられた。

『師団命令により松永小隊は、明六日払暁まで歩兵部隊に協力すべし』

とあった。つまりもう一晩、陣地構築をつづけよ、という趣旨だ。

「鈴木といっしょに斎藤軍曹も退《さが》れ」と小隊長はいったが、私はさがる気などさらさらなく、

「小隊長殿、斎藤の傷はかすり傷ていどでたいしたことはありません。足をひきながらでも

作業ができます、足手まといになりませんからおいて下さい」というと、

「むりをしないでさがれよ、あとはオレらにまかせておけ」

と井沢、及川の両分隊長も、しきりと退《さが》ることをすすめたが、私はそれをきかなかった。

「強情な斎藤だから、しかたがなかろう」と、けっきょくは小隊長もあきらめて、残ることに同意をした。

鈴木兵長をさげるため、携帯天幕で急造担架がつくられた。中隊から命令と食事を持ってきた河本軍曹以下五名が担送してくれる、という。

担架が動き出すとき、私はしっかりと鈴木の手をにぎって別れをおしんだ。なにかヒヤリとした手の感触が、私の全身に流れた。彼もまた私の手をにぎり返した。

私は担架の出発を手で合図した。私もこれ以上はたえられそうもなかった。泣き出しそうになっていたのだ。

担架が静かに暗ヤミのなかにとけこむのを見送りながら、私は心の中でこうつぶやいた。

〈鈴木よ、お前ばかりを殺しはしないぞ、この仇はきっととってやるぞ。そして、オレも間もなくお前のところに行くからな〉

私は、暗やみを幸いに、げんこつで涙をグイとぬぐった。

——鈴木兵長は野戦病院で、それから二日後の五月七日、破傷風を併発して死亡した。

それを私が知ったのは、旬日後のことだった。

五一二〇高地に夕闇がこい。今宵もまたコヒマ周辺では、血みどろの彼我の夜戦がくり返されることだろう。

第二部　われインパール道を転進せり

うらみの迫撃砲弾

『インパールの陥落目睫《もくしょう》にして、烈兵団の健闘を祈るや切なり——』

『鯉のぼり　敵を「パクリ」と　呑みにけり——』

端午《たんご》の節句にあやかった風雅ともいえるこのはげましは、五月五日、敵陣地の銃爆撃に飛来した友軍機が五一二〇高地を死守する私たちに、通信筒によって落とされた飛行隊長からの激励文であった。

だが、当時の友軍の状態は、元気な滝登りをする鯉ではなく、えさ不足と酸素欠乏のため腹を上にむけ、口をパクパクとしてあえぐ、瀕死の鯉だった。

一分隊長の私に、戦局全般の推移とか、変貌など知るべくもなく、インパール方面の状況もわからない。だが、われわれの当面しているコヒマは、友軍が苦戦をしいられていることがひしひしと感じられる。

敵機は、朝から晩までかまびすしく飛び交い、砲撃は連日、地軸をゆるがし、戦車砲がじょじょに前線の友軍を圧迫してきていた。

それにくわえて、本格的な雨将軍が、戦場をあらうようになってきた。

食糧はかろうじて、ナガ族が「モミ」のまま保存しているのを徴発というより、掠奪にちかいかたちで収集された。このころになると、小人数で「モミ」収集にでた兵が、ナガ族のヤリに突かれて死亡するということもめずらしくないと聞いた。

前面には大部隊の強敵が、そして空からの雨将軍、せまりくる飢餓、マラリアと赤痢。どの角度からみても、友軍有利の条件はなに一つとして見当たらない。だが、コヒマ死守の命令は変更されなかった。

『涙もて亡き戦友《とも》を埋めしその途端《とたん》敵弾無情これをあばきし』

『夜明けなば敵の砲撃はげしきをのぼる朝陽を今日もうらみつ』

私の従軍手帖に、つたないがこんな歌がしるされたのも、この当時である。

むずかしい戦術はさておき、雨期を目前に発起されたこの作戦の真意は、一分隊長の私には理解しがたかった。

五一二〇高地で受傷した私は、五月六日の未明、松永小隊の撤収とどうじに中隊の位置にひきあげた。

第一線陣地の松永小隊が四名の負傷者にとどまったのにくらべ、第二線陣地にいた富田小隊が九名もの戦死者をだしたのも皮肉な結果といえよう。

ウンとかツキとは、けだしこんな点をいうのかもしれない。

私が中隊復帰をすると、ひげのプロペラ村田中隊長が、

「おい、斎藤……歩けるくらいなら、不幸中の幸いだな」

昭和16年末、著者(右端)は、北支方面工兵下士官候補者隊第四期として教育をうけるため天津に赴いた。写真は、銃剣術の訓練中に班員とともに撮影。

と私の軽傷をよろこんでくれた。

「だが、破傷風にでもやられたら一コロだぞ、気をつけろよ。すぐ徳田軍医に診《み》てもらえ」

といわれ、そうそうに軍医の壕にむかう。

診断の結果、右大腿《たい》部両足背迫撃砲弾破片創という長ったらしい傷名で、受傷時に気がつかなかったが、右大腿部と左の足背もやられていたのだった。

「どうだ斎藤、しばらく野戦病院に入院するか」と軍医がいう。

「軍医殿、これくらいの傷ですから、中隊の足手まといにならないようにして、中隊で治療を受けながら行動をします」

「そうするか……じつはネ、僕がゆうべ連隊長の壕に用事があって行ったときに、ヒゲさん（村田中隊長のことを兵隊はプロペラひげといったが、将校同志ではひげさんとよんでいた）が息せき切って、壕にとびこんできて、うちの斎藤軍曹が負傷したと、連さん（連隊長）に報告にきたので、こりゃ相当な重傷かと思っていたが、このていどでよかった、よかった」

「軍医殿、ありがとうございました」

私は、きのう入手したチャーチル給与の「ライトスケール」（英軍の携帯食糧の缶詰）一コを進呈し、診察治療の謝礼の一端とした。もちろん軍医への謝意もいくぶんかはあったが、私自身がこれくらいの軽傷ですんだという喜びが大きかったから、「お祝い」の意が大半だった。

壕に帰った私は、敵さんのプレゼントをころころと、さながら手品師のようにくり出すと、さっそく伊藤軍曹と成原伍長をわが壕に招待し、豪華なチャーチル給与に感謝する会食を開いて舌鼓をうった。しかし、このような饗宴もこれっきり、ただの一回で終わった。

戦況の激烈化にともない、戦死、戦傷者が続出して、わが連隊でも第二中隊長井汲《くみ》大尉以下将校、下士官、兵の区別なく姿を消していった。

私の同期（北支方面工兵下士官候補者隊第四期）の藤田喜市、高山義幸、雨宮育蔵、折井幸、保坂保一の各軍曹も散華した。

このころになると、マラリア、赤痢で病死をする者もふえて、いよいよ兵員の消耗もはげしく、戦力の低下もきたしていた。

私たち烈兵団がこの調子だから、せめて弓兵団と祭兵団がインパールを陥落させて、こちらに応援にきてくれたら——他力本願ながら、いまとなっては、これが唯一の願いであった。

〈インパール陥落まぢかし〉は、いつまでたっても〈目睫〉にとどまり、いまだに陥落の朗報は聞けない。

雨空から伝単（宣伝ビラ）がまかれる。陣中新聞と称するこの伝単は、日本軍をそしり、敗戦を予告していた。その印刷物を私も読んだ。活字にうえていたのか、ヒマつぶしか、妙な心理状態である。日本文字で印刷されたこの伝単は、きまり文句で冒頭に、〈忠誠勇武なる大日本帝国軍人に告ぐ〉と書かれていた。そして〈君たちは、だれのため、何の目的で戦争をしておるのですか〉も毎度おなじである。

いろいろなポーズでの日本兵の戦死者の写真が載っており、〈やがて近く君たちもこのような姿になるでしょう。それより、これだけ戦った君たちは騎士である。この陣中新聞の末尾についている「投降券」に所属部隊、階級、氏名を書いてわが陣地に来たまえ、わが軍は君たちを立派な騎士道をもって迎えることだろう。生命については絶対に心配なく、一日も早く投降することをお待ちしております〉というもので、投降券までついていた。

そして、さらに太平洋上の各島嶼《しょ》における日本軍の玉砕や全滅を告げ、東京をはじめ本土空襲のもようなどをつたえていた。

このような伝単など、はじめは戦陣訓にある『流言蜚《ひ》語は信念の弱気に生ず、惑《まど》うことなかれ、動ずることなかれ、皇軍の実力を確信し、篤《あつ》く上官を信頼すべし』なる一語にみじんの疑いもいだかなかったものだが、ここにいたり、ようやくゆるぎ出してきていた。といって、この伝単の投降券を行使するということではない。

私たちの戦線が敵の伝単どおりだとすると、太平洋上の島嶼での玉砕や各海戦での敗北、本州各地への爆撃、これらのことがらが、あるいは事実であるかも知れないと考えられた。

しかし、どんな場合にでも、これら投降優待券の行使はゆるされない。最悪の場合は手榴弾があるのみである。敵を攻撃するために持っている手榴弾で、みずからの命を絶つだけだ——などと考えることすら、宣伝にまどわされている証拠であろうか。精神状態はきわめて安定をかき、心の動揺は小さく大きく、ますます複雑化していった。

そして、この伝単は、われわれの日常生活の脱糞用紙として大いに役立った。

泣くな、怒るな

このころしばらくわが中隊に、攻撃とか突撃の悲壮な命令が出なかったのは、友軍全体が、みずからすすんでする攻撃の被害の甚大さを考慮して、防御の態勢にうつっていたせいであろう。

私の足の負傷も、うす紙をはぐようにとは治らなかった。高田衛生上等兵がけんめいに治療をしてくれたにもかかわらず、回復は遅々としていた。しかしながら、この時機に移動がなかったのは天佑といえよう。ちょっとした用事で歩くだけだが、マタのリンパ線がはれてグリグリができていて、歩行はまだむりのようである。

といって、野戦病院には行く気がしない。コヒマ攻撃の緒戦で負傷して入院し、全快をまたず退院してきた松山兵長の話によると、野戦病院とは名ばかりで、患者ばかりが多く、介抱する衛生兵も少数で手がまわらず、くわえて食糧と薬物不足で、さながら「うばすて山」同然と聞いてゾッとしたからである。

い話などさっぱり聞かれない暗い日々が何日かつづいたある日、突如として出発命令がくだった。どこへなにをしに行くかわからない、降ってわいたような命令だっただけに、半月もすごしたこの壕に別れを告げるのは、さすがにさびしかった。また、ここかしこに戦友の遺体がうめてある場所だけに、みなにとっても、ひとしおその感がふかかったにちがいない。

とくに歩行困難の私には、歩くということが、最大の苦行となった。それでも残り少ない分隊員らに助けをかりて、歩くほかはない。

雨のそぼ降る薄暮に出発した中隊主力に、おくれてならじとけんめいに歩くのだが、足の痛さでついおくれがちとなる。

「班長殿、大矢に銃をもたせて下さい」とか、「高田が代わってもちます」などと、不肖の私に力を貸してくれた彼らのおかげで、おくれがちながら、どうにか落伍もせずに行軍をつづけることができた。

私は、こうしてかばってくれる彼らに今日まで、どれほどのことをしてやっただろう。それなのに、これほど心配をしてくれ、協力をしてくれ、助けてくれようとする彼らの心情を思うと、ついうれし涙がほおをつたってくる。そして私は、彼らの厚意にたいしても強く生きなければならないと、みずからに誓った。

道路は雨のため、下り坂では雨水が音をたてて流れている。と、私はなにかにつまずき、足の悪いせいもあって、たわいなく転んでしまった。しかし、倒れこんだところは地面ではなく、なにやら「ふにゃっ」としたやわらかい物体の上だった。

「班長殿どうしました。大丈夫ですか！」

「ああ、いまなにかにつまずいたんだ」

「班長殿、日本兵が二名死んでいるんです！　兵長と一等兵です。モミが散らばっています！」

　この言葉で、私はだいたい想像がついた。おそらくは食糧に窮した彼らが、ナガ族の「モミ」を掠奪してきたのだ。その後をつけてきたナガの連中が虚《きょ》を狙って、ヤリで突き殺したのだろう。

命を長らえるべくモミ集めをして、そのために刺殺される。運命とか、宿命ではかたづけられない現実を、私は切なく悲しく感じた。

　この雨のなか、腐蝕されてゆく二名の、名前さえ知らない兵隊の肉親は、今日もわが子安かれ、わが夫健在なれと祈っていることを考えあわせるとき、この二人のため、心のなかで成仏《じょうぶつ》を祈らずにはいられなかった。

　中隊の兵隊も、ただ黙々と歩んだ。もう自己の意識など働きようがないほどにつかれきっていた。

「歩け」といわれれば歩き、「休憩」といわれたら休むといったぐあいだった。そしてきたるべき最期は、あの伝単の写真のように、どこかの戦いで、あるいはジャングルの中で相果ててしまうのだろう。

　このような私の考え方は、足を負傷して行動がにぶくなり、分隊員の力を借りて、かろうじて生き長らえ、落伍一歩手前にいる者の、自棄的な考え方だったかもしれない。

「おい斎藤軍曹、大丈夫か」

隊列からおくれた私の到着を待っていてくれる松永小隊長に、

「小隊長殿、斎藤にかまわずに行動して下さい。自分はなんとかして歩きます」

と、半ば反抗するような口調で答えたのは、わが身の自由にならない「もどかしさ」に、みずからに投げつける言葉だったのかも知れない。

その私の言葉にたいして、

「斎藤軍曹がたよりの小隊だからな……」

などと小隊長にいわれても、ことさらうれしくもなく、なんの感興もわかない。すべて「勝手にしろ」である。それも戦傷ゆえの私の異状な神経の発露だったろう。

「班長殿、負傷をしてから、怒りっぽくなりましたよ」

このとき、ふと耳にした高田上等兵の一言が刃のように、私の胸につきささった。

そうだったのか、みずからの不自由さをかばってもらい、迷惑をかけ、それでふてくさっていていいものか——この一言をきっかけに、目のうろこがとれたように明るくなった。そうだ、オレは自分から野戦病院入りをことわり、中隊と行動をともにすることをのぞんだのだ。

いわば勝手気ままにしながら、痛いから、あるいは行動がおくれるからという理由で、怒ったり、すねたりするのは愚の骨頂だ——とさとったのだった。

この反省を契機に、ようやく本来の姿にたちもどったとたん、負傷の回復もめだってはやくなったようである。

男同士の熱い涙

昼はジャングルにもぐり、夜行軍がつづいた。

「小隊長殿、これからどうなるんでしょう」と私が聞くと、

「どうやらインパール方向に行くらしいぞ」と答える。

「では、われわれはコヒマを放棄して、直接インパール攻撃に参加するわけですか」

「いや、それもはっきりしない」

ここで小隊長は口をつぐんだ。

直接インパールを攻撃する、そんな方法はまずあるまい。一軍曹の私に戦術的なことはわからないが、烈兵団全兵力をもってしても、コヒマさえ攻略できなかったのだ。

コヒマ攻略を放棄し、インパールに向かうということは、いまだにインパールの陥落を聞かないいま、みずからがコヒマ軍とインパール軍の挾撃態勢下に入りこむ形となり、飛んで灯に入る夏の虫とは、まさにこれをいうのではなかろうか。

だが命令は、時と場所を論じさせない。コヒマをめざして「アラカン」を踏破した私たちが、いま最大唯一の目標コヒマ攻略をはたさず、コヒマから遠ざかるというのは、いったいどうしたことだろう。

夜行軍がつづいた。そのころ私の足はだいぶよくなり、すこし足をひく程度になっていた。しかし他方、体力の消耗がひどく、歩けない兵隊が続出しはじめた。

だが、その兵隊を介護し、担送をすることなどのぞむべくもない状況下にあった。分隊長は兵員掌握にやっきとなるものの、休憩をすればそのまま眠りこけ、歩けば眠りながらガケに落ちこむというぐあいで、兵隊たちにも体力の限界がとっくにきていたのである。

これは小隊長、分隊長とておなじだが、責任を感じているので、どうにか指揮官としての面目をたもっている。その点、兵隊は、欲もトクもないまま行動をとる。烏合《うごう》の衆と俗にいうが、このころからそれに該当する者がめだって多くなってきたようだ。眠っていたためおいてきぼりを食い、疲れて部隊追及ができない兵隊を、〈陣中逃亡〉よばわりしたのもこのころだった。

休憩中、他部隊の将校の立ち話を聞いた。

「おい、最近、夜行軍になると逃亡者が多くてまいるぜ」

「いや、おたがいさまさ。うちなどゆうべは三名も出たんだ」

と、声高に話をしていたが、この状況下で逃げるべくして逃げた者がはたしているだろうか。四周が敵とナガ族である。そのまっただなかに逃げこむ者などあろうはずがない。かれらは疲労とマラリアと赤痢と空腹で動けなくなった、行動不能者だったのである。

やがて中隊は、連隊本部と合流してマウソンサンに到着、ここで陣地構築をした。

もうコヒマからどれくらいはなれたのだろう。

かつて五一二〇高地できいた天地鳴動のそれとは雲泥の差で、はるかに遠雷のように聞こえるのがコヒマなのだろう。

マウソンサンは渓谷がふかく、谷底には岩清水のようにすんだ小川が流れており、夕刻になると敵機の目をさけつつ水浴をする。アカがぼろぼろとこぼれるように落ちる。

私は、五一二〇高地で投下された敵さんのシャツを数枚もってきており、これに着がえて壕に入った。

しばらくするとモソモソするので、シャツをぬいでみると、もう「しらみ」が何匹もとりついていた。

また、英軍の倉庫からせしめた石鹸のかおりが、遠くわすれかけた脂粉の香を思い出させてくれる。

『第三小隊陸軍軍曹斎藤政治、中隊功績係を命ず』

という、私にすれば仰天にあたいする命令がでたのが、この地点であった。小隊の分隊長育ちの私に中隊の功績係とは、なんという場ちがい的な人事だろうと、中隊長の意図に苦しんだが、命令は命令である。

中隊の分隊長も相当数が消耗されたので、小隊分隊の編成替えもわからないわけではないが、私に功績係とは！　字もろくに書けない私に、戦時名簿を整理させ、軍隊手帖を書かせ、功績名簿を処理させようというのだから、敵の戦車攻撃を命ぜられるよりむずかしい仕事というほかはない。

それともう一つ、私には中隊指揮班そのものの雰囲気が、どうにも好きになれないのだ。准尉以下曹長が二名、その他なんとかかんとかで、たくさんのおエラがた衆が「ばっこ」しており、使う者と使われる者という差がはっきりとしているのも、気にくわぬところだ。小隊のように戦場を疾駆する機会にとぼしく、したがって、上下の親密度が少ない。銃砲火のなかでつちかわれた友情と信頼感にかたくむすばれた小隊に、未練は山ほどあるが、これも命令とあらばいたしかたがない。

さて、戦場においても申告はしなければならない。

「陸軍軍曹斎藤政治、六月一日付をもって中隊功績係を命ぜられました！」

型通りに中隊長に申告をする。

「長いこと、小隊の分隊長としてご苦労でした。足を負傷しておるし、しばらく指揮班に行ってもらうことにした。まあなれない点も多かろうが、勉強をしてしっかりやってくれ」

なにかしら第一線でしばらくやったから、こんどは指揮班でラクをさせてやろうという中隊長の親心だったのかもしれないが、私には釈然としない人事だった。

その日の夕刻、私は水浴をすませると、申告とお別れのため松永小隊長の壕をおとずれた。型通りの申告をすませたとき、小隊長は歩みよって私の手をにぎりしめていった。

「オレは……オレは斎藤をはなしたくなかったんだぞ……」

片手を私の肩において、そういうとはらはらと落涙された。

ああ、この小隊長ともはなれなければならないのか、思えば昨年の四月、とおく北支那の徳県で連隊編成していらいの小隊長である。

期間こそ一年二ヵ月であったが、コヒマでの約一ヵ月の戦闘のあいだ、つねに行動をともにし、死ぬときはこの小隊長のもとでと考えていたが、その願いもむなしく中隊本部に去らなければならないのだ。

私も小隊長の温情に、手をにぎり返して泣いた。まさに、男同士の熱い涙であった。

〝万骨〟の書類

私が第一線分隊長から中隊指揮班の功績係を命じられたその日、まだまだ大きい出来事がおきていた。突如として師団命令がコヒマ守備隊に下達されたのである。

『六月一日を期してウクルルに向かい、機動を開始すべし』

また、どうじに烈兵団長佐藤幸徳中将が、十五軍命令の『コヒマを死守すべし』を無視して撤退を決意し、隷下部隊に命令を発した日でもあった。

幾千のとうとい戦友の血をもっていどんだ敵の牙城コヒマも、ついにぬくことはできなかったのだ。

十五軍司令官牟田口廉也中将の「敵は上空に向かって銃弾を三発も射ったら、その威嚇射撃で逃げうせるさ」と豪語したのとはうらはらの戦況となり、「食糧は敵の物資を占領して食い」「駄牛には物資を運ばせ、物資がつきたら逐次に食料にする」という計画は、すでに机上の空論と化していた。

軍命に違背して撤退をしたことは、じつに日本軍建軍いらいの不祥事として、いまなお戦史に残っているが、一つぶの米、一発の弾丸の補給もせず、ただ戦闘行動をしいた軍司令官こそ責められるべきであろう。インパール作戦こそ一将功なり万骨枯る、という言葉よりも、一将功ならずして万骨枯る、という表現がさらに当たっていよう。

コヒマを放棄したとはいうものの、インパール道を放棄したわけではない。私たちの中隊

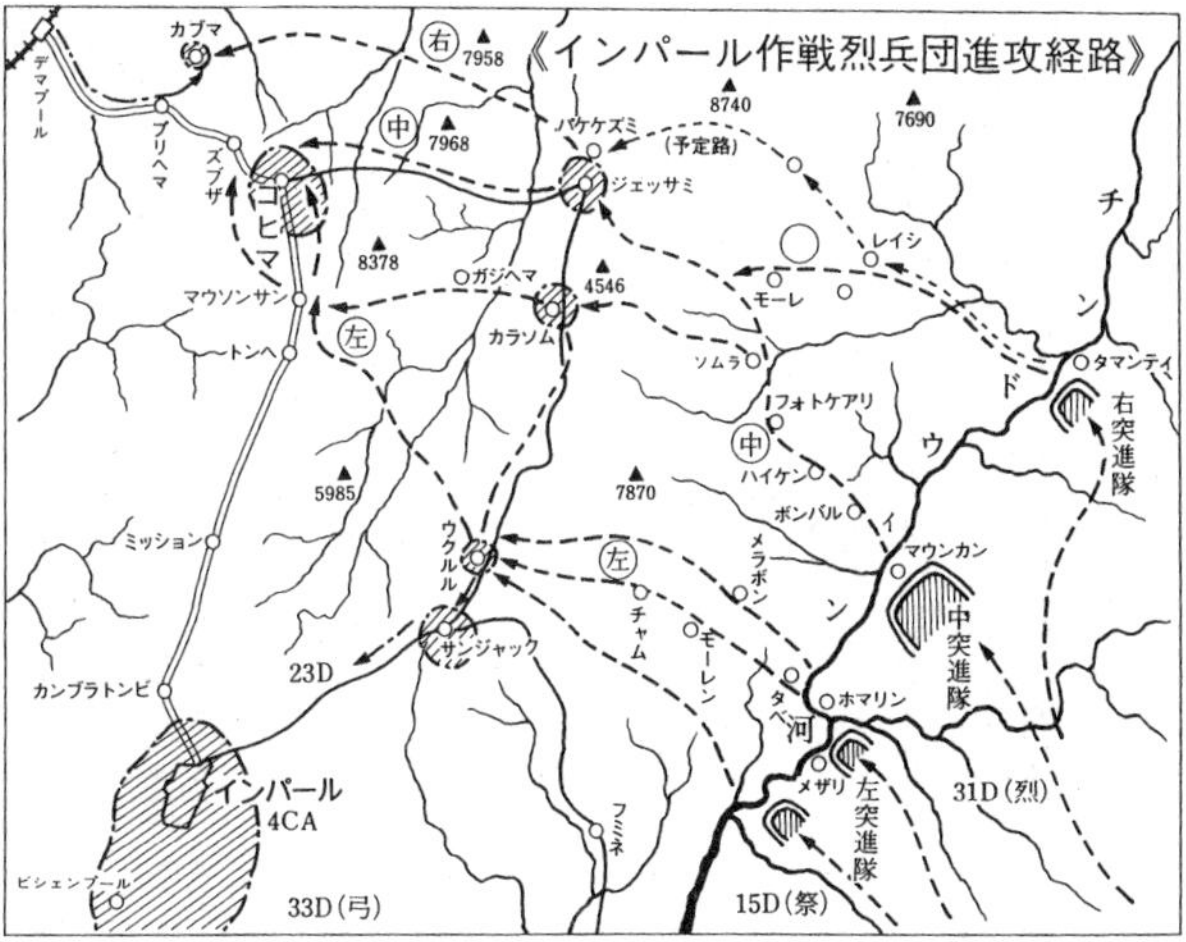

はマウソンサンから、インパール道六十八マイル地点トヘマに移動し、この地に守備陣地を構築したのである。

指揮班にうつった私は、前任者の伝圧軍曹からひきついだ、後生だいじに油紙に二重にも三重にもつつんである書類を、これからは命がけで保管しなければならなくなった。

それは中隊全員の戦時名簿——シャバにおける戸籍簿のようなもので、各人の連隊区、兵科、本籍地、住所、留守担当者の氏名、続柄、生年月日、進級月日、その他入隊いらいの行動の概要賞罰にいたるまで、微にいり細にわたって記されており、これが軍隊手帖の原簿となるわけだ、功績名簿というのは将校および准士官、下士官、兵と三つに区分されており、かんたんにいうと成績表だった。

かりに兵隊が百名いると、一番から百番までの成績がつく、これを序列という。ゴルフの成績みたいに、三位が三名いたり五位が二名ということは絶対にない。したがって、この序列が進級の基準となる。その序列はどうしてきめられるかというと、べつにテストがあるわけではない。

小隊長が小隊員の序列を分隊長と協議してきめたものを、各小隊長がもちより、中隊長、小隊長、人事係准尉らによって決定づけられるというしろもので、やや穏当を欠く点も多いように思われた。

私がその戸籍原簿と成績表を整理することになったのであるから、小隊にいた方がどれほど気らくだったか、功績係になった悲哀をつくづく感じたものであるが、もう後の祭りだった。

そんなトヘマのある日の夕方、「ダーン」と突然に小銃の発射音が下の壕にひびいた。いったいどうしたのだろう、だれかが暴発でもしたのかな、などと考えているところに、高田衛生上等兵が、あたふたと私の壕にかけ上がってきた。

「班長殿、滝田が自決をしました！」

「なに滝田が……」

私は一瞬、すっかりやせおとろえた彼が、かろうじて足をはこんでいた姿を思い浮かべていた。その彼が、もうこれ以上生きていけないと考え、みずからの銃で命を絶ったのだろう。元気な兵隊が何名かで、死体を携帯天幕でつつみ、陣地の裏側に埋葬し、僧侶上がりの高橋登伍長が数珠をまさぐりながら読経して、彼の冥福をいのった。

そのころには、全身を火葬することなどできる状況ではなく、炊煙にも気をくばらなければならないほど、敵機は執拗に頭上をおびやかしていた。そこで状況がゆるす場合のみ、戦死した戦友の手首だけをきり落とし、これを対陣の合い間に焼き、手首だけの遺骨を保存していた。だが、コヒマの激戦場では、それもできずに終わった場合が多かった。

また出陣まえに、編成地の徳県で全員の髪とつめを切り、封筒の半切状の袋に入れ、それに官姓名を書かせられたのも、遺骨を収容できない場合にそなえてであった。

「おい、高田、埋葬するまえに滝田の手首をきっておけよ」

という樋川衛生軍曹の命令で、高田がきり落としたのだったが、これなど戦場ならではの光景であっただろう。全身を火葬にできないならば、せめて手首の遺骨だけでも遺族にとどけたいという戦友愛であったのだ。

きり落とした手首をその夜、私と渡辺喜一伍長、高田衛生上等兵の三名で谷間に行って火葬にした。しかしながら、手首を焼くのにも相当の時間がかかった。ときおり引っくり返しながら私たちは、彼の両親やら、兄弟の上に思いをはせていた。

「おい、やがてオレらもこの調子かな」と、渡辺伍長がつぶやくようにいったのが印象的だった。

その翌日のこと、私たちは久しぶりに牛ナベにありついた。どこからどうして入手してきたか、などということを考える余裕もなく、すぐ煮て舌つづみをうってわきにわいた。

ところがその日の夕方、金モールをつけた参謀が、従兵をともなってわが中隊にやってきた。なにごとかと思っていたら、ひげのプロペラ中隊長と松永少尉が、参謀のまえで「ひかがみ」をのばし、恐縮をしていた。

あとでわかったことだが、松永小隊長が兵に命じて村民から牛一頭を失敬し、中隊全員に大盤ブルマイをしたまではよかったが、牛の持ち主が直訴におよんだとかで、参謀もほうってもおけずにやってきたらしい。

「立つ鳥あとをにごさずじゃ」——こんな参謀のいましめを、私もちらりと耳にした。小隊長はもちろん、ひげのプロペラ中隊長も、消え入らんばかりの風情でしかられていた。

しかしながら、それはそれ、その夜も牛ナベに、どこからどうしてかすめてきたのか「にら」まで入っており、なんともいわれないうまさに、大いにノドをならしたのだった。

中隊長と小隊長が犠牲で怒られたおかげで、私たちは久しぶりで満腹感をあじわった。

水島候補生

それから一両日して、中隊幹部の動きがにわかにはげしくなり、なにかあるなと感じてはいたが、案の定つぎのような命令が下達された。

『中隊長以下の主力は、連隊長とともに宮崎歩兵団長の指揮下に入り、あくまでインパール道を遮断し、敵の前進を阻止する。富田中尉は、自己小隊および功績班と病弱兵をあわせ指揮し、ウクルルに転進すべし』

この命令のあと、中隊は二つにわかれて行動をすることとなった。

トヘマでは若干の食料の支給があった。カラソムに行くと、四日分の食料が支給されるとのことだし、ウクルルには烈兵団のため、数百トンにのぼる糧秣と、その他兵器、被服も準備されているという。その地で私たちはこれらのものを支給され、ふたたびインパール攻撃に向かうとのことだった。

トヘマを出発して間もなく、健康体で戦力になる兵員を富田中尉が指揮し、一日もはやく補給地点に先行して戦線にくわわる一方、功績書類を背負いこんだ私たちと病弱兵十数名は、片岡曹長が指揮して行動をとることとなり、部隊はさらに二隊にわかれた。

私は、申し送りをうけた書類と若干の米を背負って、病弱兵と行動をともにすることとなった。

病弱兵のなかでは水島候補生がいちばん疲労をきたしていて、やっと歩いているといったようすで、ときおりふらふらと倒れかかる。極度の近視の彼だが、眼鏡のツルはとっくにこわれ、ひもで代用していた。

「おい水島、がんばれよ」

と私も声をかけるが、それもむだのようだった。

この日は雨雲がひくくたれこめ、さしたる雨ではないが、こんな日には山岳地帯の危険をおそれてか、敵機が姿を見せないのを幸いに、昼間の行軍をした。

いぜんとして一同からおくれがちの水島の姿がめだった。と、片岡曹長が水島を待ち受けるように立ち、突然、彼の銃をとり上げると、深い谷間に投げこんでしまった。じつにアッという間の出来事だった。ハッとした水島が、

「曹長殿、なにをされるんですか。水島の銃を谷底に投げるとは……！」

ふらふら歩いていた彼が、このときはキッと曹長に相対した。

「水島、お前はな、もうふらふらではないか。銃をになっての行軍はむりなのだ、だから、

お前の体のことを心配して投げたんだ」

「曹長殿、水島は日本帝国の軍人です。かしこくも陛下からいただいた、菊の御紋章の入った銃です。軍人の魂と教育されてきました。それを……それを……曹長殿が取り上げてすててしまうとは……」

水島候補生の両ほおに涙がつたい、投げすてられた谷底を見下ろすや、

「曹長殿、水島はこれから銃をさがしてとってきます！」

といって、まさに谷におりかかろうとする水島の腕を、曹長がむんずとつかんだ。

「水島、よく聞け、お前の気持はよくわかる。だが、このままの状態では行軍ができまい。むりをしたら死期をはやめるだけだ。ただむざむざと死ぬのが奉公か、忠節か、よく考えてみろ。オレが銃をとって投げたのは、お前が命をたもって体を回復し、ふたたび戦列にもどるためなのだ。カラソムかウクルルまで行ったなら、食料、兵器が集積されておる。そこまで行って元気になって、またインパール攻撃に参加することが本当の奉公というものだ、わかったか」

だが、水島はまだ納得しなかった。

「曹長殿……銃をもたないなんて……帝国軍人の恥辱です」

彼は、まだ号泣をやめなかった。みかねた私も、水島候補生に声をかけた。

「水島、銃をもって歩いて死ぬばかりが忠節ではないぞ。曹長殿の親心だぞ、体を軽くしてウクルルまでがんばるんだ。食料も、兵器も、集積されている。そこまで行って、またインパール攻撃に行くのがオレらの目的なんだ。体をだいじにすることが、いまのお前の本分じ

やないのか!」

私にも、水島の三八式歩兵銃にたいする愛情は、わかりすぎるほどわかった。それとどうじに、軽装にして行動をさせ、爾後にそなえさせようとする曹長の気持もわかった。

水島候補生の銃にたいする愛惜の情など、異例ともいうべきで、そのころになると、みずから銃をすて、銃剣、薬盒まですてて丸腰となり、水筒を肩に飯盒のみをぶら下げた兵隊が、いかに多くなっていたことか——

だが、銃をすてて軽装になっても、水島の行軍速度がにぶってきたのは、疲労の蓄積のはての体力の限界にたっしたのであろう。

カジヘマに着いたとき、われわれと行動をともにしていた病弱兵のほとんどが、銃も銃剣も弾丸も身につけていず、ただおのれの生命を絶つ手榴弾一発が腰にぶら下がっていたのが現実であった。

カジヘマに着いたなら、食糧の少しも当たるかとあわい希望をいだいてきたが、それも無為に終わった。そして、四日分の食糧を交付してくれるはずのカラソムに着いたときも、すでに兵站《たん》もなにもなく、話によると兵站の兵隊すら、食料がなく餓死をしたという。

食糧がくる、応援がくる、とコヒマ戦線では、どれほどこの一言を聞かされたことだろう。それがすべてウソだったのである。

それだけに、カラソムの場合もさほどおどろかなかった。ああまたか、というていどだったが、残る食糧はいくばくもないうえ、カラソムからウクルルまでは約五十キロの道程だと聞かされて、気が遠くなるような思いがした。

とにかく、食えそうな山菜やら野草をわずかの米にまぜては食った。雨期のこととて、キノコがよく出ていた。食用になるのか毒キノコか見分けがつかないのもあったが、食って死ぬなら本望とばかりに、どれもこれも食ったが、中毒死をしなかったのは運がよかったのだろう。

ウクルルに近づくことは、食糧に近づくことだ。崎田一等兵が熱発したのは、二日ほど前だった。赤痢を併発し、まったく行軍が不可能となった。もともとやせていただけに、もうガイ骨にちかかった。

「曹長殿、お世話になりました。崎田はもう歩けません、だめですから自決をさせて下さい」

彼がこういって、細道からはうようにして凹地に入った。とめたい、なんとかしてやりたい、だれもがそう思ったが、どうしようもないのだ。自分も疲労の極限にたっしており、他をかえりみる余裕がないのだ。

暗然としている片岡曹長のほおもげっそりとこけて、目だけをぎょろぎょろとさせている。やがて、「ダーン」という手榴弾の炸裂音がした。私たちは崎田一等兵の最期に思わず合掌をしていた。そのあと浅い穴を掘って、遺体を埋葬したが、高田衛生上等兵がきり落とした片手首は、落ちついたときに火葬をしてやろうと、とりあえず私の飯盒の外盒に入れて背負った。

この崎田一等兵の自決を見るや、

「曹長殿、水島も自決します、もう歩けません」

といって、水島候補生がしきりに自決をさせてくれとせがむ。

「おいがんばれ、ウクルルまでがんばれっ！」

「でも、だめです」という彼が、いきなり自爆することを懸念した私は、彼の腰から自決用の手榴弾をとり上げてしまった。

彼一人のために、他の患者をおくれさせるわけにはいかないからである。おくればおくれるほど、食糧が欠乏してしまう。私は、やむにやまれず声を上げた。

「曹長殿、斎藤が水島をはげましつつ追及しますから、先行して下さい！」

「そうか、では大変だろうが、斎藤、たのむぞ！」

私は、水島とともに一夜をすごした。彼は小樽商業を卒業していて、入隊すると強制的に幹部候補生を受験させられた。乙種幹部候補生ではあったが、頭脳明晰で、人柄もまじめだったが、残念ながら体が弱かった。

翌朝、ジャングル野菜にわずかの米つぶが浮いた食事をつくり、いっしょにこれをすすった。当時、私たちはそれを「ホタルがゆ」と呼んでいたが、これが水島との最後の食事となったのだった。

ふたたび歩きだした直後のこと、彼はかわやに行くといってジャングルに入り自爆をとげた。手榴弾をとり上げておいたのに手榴弾ではてたのは、路傍《ろぼう》の死骸からでもとって持っていたのだろう。

手榴弾を腹に抱いたため、臓腑《ふ》がちぎれて二目と見られない惨状だった。例のごとく私は彼の手首をきり落としたが、ゴボウ剣がきれないことを、切実に知らされた。死骸に野草をたむけて合掌し、手首を雑のうにしまいこむ。

崎田の手首を背中の外盒に、水島の手首を雑のうと、二つの手首を身につけて、私は曹長の一行に追及すべく急いだ。

夕方ちかくにようやく追いつき、水島の自爆の委細を報告する。二つの手首の火葬は、夕方からの豪雨のため、翌日にすることにした。

翌朝、おどろいたことに私が枕もとにおいて寝ていた、手首の入った飯盒と雑のうがないではないか。昨夜、熟睡中に米泥棒が持って行ったのだろう。

飯盒も雑のうも適当な重さなので、なかに米か飯が入っていると思い盗んで行ったのであろうが、開いてみたら人間の手首が入っていて、さぞやびっくり仰天したことだろう。

私の不注意で、せっかく手首だけの遺骨でも遺族におくろうとした願いは、ついにはたせなかった。二人の霊にたいしてもじつに申しわけがなく、いまでも苛責の念にたえない。

兵団長と兵

そんなある夜のこと、雨が降っているなか、私たちは大樹の下でタキ火をかこんで暖をとっていた。そこへ一団の兵隊が、つかつかと近づいてきて、先頭に立った体格のいい将校が、

「おい、オレにもちょっとあたらせてくれよ」

と無遠慮にいって、私たちのなかに割り込んできた。階級章をそれとなくあおいだ私は、まさに仰天した。ベタ金に星が二つ、中将だ。兵団長佐藤幸徳閣下なのだ。私は飛び上がら

んばかりにおどろき、

「敬礼っ」と立ち上がると、

「敬礼などいい、そのまま休んでおれ。ちょっと寒いんで、キンタマあぶりをさせてくれ。ところで、部隊はどこかな」

「工兵隊であります！」

　片岡曹長がかちかちになって答えると、

「ずいぶんと苦労をかけたな。ウクルルまでがんばれよ、体をだいじにな。烈兵団は戦争には負けなかったんだぞ、大勝利じゃよ」

　ジャワ製のたばこを口にくわえ、タキ火の小枝で火をつけて一服すうと、

「まわしてすえよ」

　というや、後方の幕僚をかえりみて、

「さあ出発だ、くれぐれも体をだいじにな」

　私たちがしゃちほこばってする敬礼を背に、兵団長の巨軀は、おりからの雨とヤミにとけこんで消えた。

　思えば私は、兵団長閣下には、四度お会いしたことになる。最初は昭和十八年七月、タイのバンコクで工兵連隊の駐留していた大学校跡の講堂においてであった。もちろんインパール作戦発起前である。そのとき中将は、

「インドに行ったら、大きい河もあれば、小さい河もある。工兵は、兵科本来の技術を十分にはっきりしてほしい」と訓示をされた。

二度目はこれも作戦まえ、ビルマ人部落で隷下部隊の前線視察のため通過されたとき、当時まだ架橋まえのことで、民舟の門橋でお渡ししたのだった。私の状況報告を受け、うなずかれた兵団長の眉毛の太さが印象的だった。昼食は私たちの宿舎の一階でとられて、しばらく休憩をされた。

ちょうどその日、中隊本部から食糧がとどけられたが、そのなかに一メートルあまりのコイに似た魚があり、それを炊事場の片すみにぶら下げておいたのに目をとめられ、わざわざ炊事場まで足を運び、魚に鼻をつけるようにニオイをかいでいたが、

「おい、班長、はやく煮るか焼くかしないといかんぞ、もう少しニオイがしておる。体をだいじにしろよ、これから大いに働いてもらわにゃならんからな」といわれた。

三度目が撤退時の雨の夜の「キンタマあぶり」で、四度目が兵団長を罷免《ひめん》されてから、マンダレーに工兵隊を訪れたさいであった。

「わしはな、十五軍や方面軍の奴には負けはせん、正しいことをやったまでだ。軍法会議でも銃殺刑でもあえて恐れはせんよ、アッハハハ……正をふんでおそれずだ。諸君のせっかくの健闘を祈るぞ」

これが、私の閣下への思い出である。

さて、このころになると、軍隊としての指揮統率は完全に失っていた。三々五々、歩ける者が歩けるだけ歩く、ただそれだけだった。

空腹で動けない兵隊、マラリアと赤痢で路端で寝ている兵隊、すでに腐敗しかけたもの、まだ生きているが口から鼻からウジがうごめいているもの、まさに酸鼻をきわめた。地獄絵

図とはこのことであろう。

倒れた兵隊の雑のうを開き、米があればこれを盗り、軍靴をぬがせてみずからがはく。恥も外聞も、もうとっくにわすれ去っていた。

そんな兵隊がせまい蛇行する道路に、あふれるように倒れこんでいた。私もやがてこんな姿になり、二十五歳の人生をここで終わるのだろうか——いやいや、こんなところで死んでたまるものかと、ただただ気迫のみで歩きにあるいた。

カラソムからウクルルまで約五十キロと聞いたが、どれくらいの日数をついやしたのだろう。

ウクルルまでもう間もないだろうと思われるある日の夕方、前方を、片足を負傷したのだろう、日本刀をツエがわりに足をひきながら歩く将校を追いこしてから、ふとふり返り、

陸軍建軍以来初の抗命事件によって更迭された佐藤幸徳烈兵団長。

「あッ、堀少尉殿……」

私はこうさけんで足をとめた。先方も私の声にこちらを見ているが、私のことはわすれているらしい。

「一三八の堀少尉殿でしょう、自分は工兵隊の斎藤軍曹です。コヒマへの進攻途中、ジェッサミの陣地攻撃のとき、決死隊のあなたの小隊に配属された、工兵分隊長の斎藤です！」

「ああ……あのときの工兵隊の分隊長か」

堀少尉が、遠い空を見るような感じでこうつぶやいたのは、当時に思いをはせているのだろう。

「小隊長殿は、どうされました」

「コヒマでね、足をやられ、いま独歩患者で後退中のところです」

軍衣袴は破れ、片方の軍靴の底は口があき、そこをなにかでしばり、ツエがわりの軍刀の「こじり」からだいぶ上の方まで外装の皮が破れ、かつてのパリッとした小隊長の面影は、どこにも見当たらなかった。それでもこんなときに、すこしでも行動をともにした知り合いに出合ったのは、よほどうれしかったらしい。

「小隊長殿、どうぞおだいじに、元気で退がって下さい」

そういって激励をして追い越し、しばらくしてからふり返ってみると、体を左右にふり、刀をツエにして歩く堀少尉に、「どうか一日もはやく回復して下さい」と祈らずにはいられなかった。

その夜は土砂降りの雨であった。早目に設営をして「ホタルがゆ」をすする。患者の体をぬらしたら、たちまちマラリアにかかってしまう。いまマラリアにおかされることは、死の宣告を受けるにひとしい。

と、このとき、道路上が急にさわがしくなった。さいわい雨が小降りになったので、私はなんだろうと思って路上に出てみた。担送患者を馬匹によって後送する患者輸送隊の一隊が通るということだった。

私はふと、コヒマで負傷した先輩の須釜軍曹もいるのではないかと考え、休憩中の輸送隊のむれのなかを探した。

　この馬による担送の方法は、馬の両側に長い青竹二本を鞍に固定させ、馬の尻のうしろに担架を固定するというものであった。馬が二本の竹をひき、その竹にしばられた担架上の負傷者は、平坦地ならともかく、凹凸のはげしいこのぬかるみでは、どれほど傷にこたえて痛かろう、と思われた。私は雨のなかを、

「工兵隊の者はおりませんか、工兵隊の者は……」

　馬匹の間をぬうようにしてさけんであるいたが、応答はない。後の方にもう一隊の担送隊がいると聞き、さらに探しまわる。

「工兵隊の者はいないか！」

　とさけんでいると、かすかに返事があった。私はその近くの担架を、念入りにのぞいて歩いた。

「おい……だれだ……須釜だが……」

「斎藤です……斎藤軍曹です」

「おお斎藤か、ここまできておるのか」

「そうです……班長殿、負傷した足の方は……」

「三度も手術をした。だめだ、オレはもうだめだ」

「そんな弱音をはかないでがんばって下さい。ウクルルまで行ったら、食糧もあるというし、病院の設備もよいでしょう」

「痛いんだ、切ったところが痛いんだ。馬が動き出すと、痛くて死んだ方がよっぽどいいと

思う。ところで斎藤、オレらは腹がすいても、満足にエサも当たらないんだ、飯はないか？」

「いや、オレらもこまっております。でもジャングル野菜のおかゆが少しあります」

「なんでもよいから食わしてくれ」

ジャングル野菜の「ホタルがゆ」をスプーンですくって須釜軍曹の口に入れてやると、さもうまそうにのどをならしながら吸いこんでいる。さぞや空腹だったのであろう。いまや患者にも食糧はろくに当たっていないのだ。

おかゆをすすりながら、須釜軍曹の目尻から、ポタポタと落ちたのは、雨ばかりではなかった。「ホタルがゆ」が飯盒の底をついたころ、担送馬匹隊が出発をした。私たちが見送り、「どうぞ元気でがんばって下さい」とはげましの声をかけると、それに返ってきたのは、「ヒイ」と痛さにたえる悲鳴だった。

降りしきる雨のなかの馬による担送、負け戦さの悲哀をひとしお感じたのは私ばかりではなかったろう。

おんぼろ兵の怒り

「ホタルがゆ」がつづき、ようやく命をたもっているときでも、思わぬところに思わぬ戦果があった。患者のなかでも元気者の千島一等兵がかけこんできた。

「班長殿、いいものを見つけました。あれ、あの谷間の途中に支那馬らしいのが見えます。

あれを処分したら、たいした肉です」

「なるほど……。曹長殿、千島がたいしたエモノを発見しました」

と、さっそく支那馬の件を知らせる。

「よし、ただちに実行だ」

他の患者を書類や装具監視に残して、曹長と私、千島一等兵らの四名が、足もとをたしかめながらガケを下りる。

ここまで駄馬として使ってきたが、体力の限界でたおれたのであろう。馬を使う部隊は、馬がたおれても、殺してその肉を食うようなことはしなかったという。情のうつった愛馬を食うにはしのびがたいものがあったのだろう。

その支那馬はまだ生きていた。あわれだが、手にしたビルマなたで、千島がのどをえぐる。馬はさほど暴れもしないところをみると、精魂つきていたのであろう。千島らが手ぎわよく皮をむき、肉にした。相当な量で、その夜は「さくらナベ」に舌つづみをうった。

ところが、ここに大きな落とし穴がまちうけていた。「ホタルがゆ」をすすっていたところへ、この「さくらナベ」の美食であるからたまらない。たちまち全員が、すさまじい下痢に見まわれた。おかげで翌日の行軍は、歩くことより道ばたにしゃがむ方が多く、とんだ「さくらナベ」受難の巻となった。

くわえて連日の豪雨に、マラリアで発熱する者が多く、行軍は遅々としてすすまなかった。しかしながら、その翌日の昼ちかくになって、ついにウクルルに到着することができた。

さて——一体どこに食糧が山積みしてあるのだろう。あたりにカチン族か、ナガ族の家屋が点在しているものの、どこもかしこも先客の患者が、屋内にあふれるように寝ころがっている。爆撃の跡が、またここかしこに見られた。

ようやく小さな人気のない家屋を見つけ、装具をおろすやさっそくタキ火をはじめる。はて食糧を交付してくれるところはどこだろうと思っているさなか、おりからの雨雲をついて、敵機が爆音をひびかせて飛来したかと思うと、すぐに引き揚げていった。と、伝単が降ってきた。

鉛色の空から白い伝単がひらひらと舞い落ちてくるのを、北国育ちの私は、降りしきる雪の日を連想した。だれかが伝単の何枚かを持ってきた。

『あなた方はなんのために戦争をしているのですか』――例の書き出しだ。インパール作戦の失敗をでかでかと報じており、『いまに君たちもこんな姿になるでしょう』という見出しのところには、ジャングルのなかでおり重なるようにしてたおれている日本兵四、五名の写真が載っていた。

となりの見出しには、『どうです、投降してきて、こんな楽しい日々を送っている君たちの戦友を、うらやましいとは思いませんか』――ここにはずらりと一列にならび、笑顔で食事の配給を受けている日本兵の写真があったが、目の部分だけをかくしてあった。

『いま君たちは、この二つの道の一つを選ばなければなりません。どちらを選んだ方が幸福でしょう。君たちの両親、兄弟、姉妹は、どれほど、君たちを心配しておられるかおわかりでしょうか。選択の道はただ一つです。みずからの功名心のため、補給の計画もたてずに、君たちをインパール・コヒマにかりたてた牟田口司令官こそ、君たちの敵です。軍閥の犠牲になることが忠義だと思いこんではいけません。君たちに非情な命令を下す上官こそ敵です。すみやかに君たちは上官を射殺することが、一番の幸福への道です。その勇気ある勇士を英軍は、騎士道をもって迎えることをちかいます。……』

だが、私には、光輝ある日本軍人としての自覚が奔然として、胸の中を去来した。戦陣訓の一節を本能的に反芻していた。

『恥を知る者は強し、常に郷党家門の面目を思い、愈々《いよいよ》奮励して其《そ》の期待に答うべし、生きて虜囚の辱めを受けず、死して罪禍の汚名を残す勿《なか》れ』

たとえこの伝単が、宣伝ではなく本当であったとしても、神州不滅の皇軍の一員であらねばならないのだ。

それからしばらくタキ火でぬれた衣服をかわかしていると、私たちのいる家屋に狂おしげな兵隊が、ざんざ降りのなか、半裸で飛びこんできた。はだしで上半身にはシャツもない。

「おい、オレはいま牟田口を殺してきたんだ。あの野郎、オレをだましたんだ、畜生め！」

焦点のさだまらない目を私たちに向けると、前にもました大声で、

「桜が咲いたぞっ、桜の花だ、満開だ。見ろ、旗がみえる。万歳だ、万歳っ」

血走った目にかわったと思うと、やにわにボ

3週間でインパールを攻略すると大言壮語した牟田口廉也司令官。

ロボロの半ズボンをぬぎすて、いきなり雨の戸外に飛び出し、いずこへともなく走り去った。半裸の彼のあばら骨の、ガイ骨にちかいその起伏だけが印象にのこった。

マラリアの高熱にうかされ、発狂したにちがいない。だが、牟田口にだまされたというのは、コヒマいらいの伝単の記憶が狂った頭のどこかに残っていたのだろう。あの兵隊もまた、この雨のなかでたおれ、ふやけ、腐乱する運命をたどるのだろう。

『ウクルルで補給を受け、烈兵団はサンジャックをへてインパール攻撃に参加すべし』という軍命がある以上、ここからの撤退はゆるされまい。

狂った兵隊が走り去ってまもなく、三名の兵隊がタキ火に暖をもとめて入ってきた。ようやく歩けるていどのこの兵隊は、五八（歩兵第五十八連隊）だという。なるほど新潟弁であった。

その兵隊の話によると、通過部隊に米を交付している野戦倉庫があるということで、たったいま彼らはそこで、一人当たり飯盒一杯の米の配給を受けたばかりだという。

地獄にホトケとはこのことである。ただし、実人員一人にたいし飯盒一杯だから、全員で行かなければならない。

片岡曹長以下十数名が、おりからの雨のなかを〝五八〟の兵隊に教えられた場所に行くと、なるほど配給はしているものの、おんぼろ兵が群をなしていた。

血色のよい配給係が居丈高《いたけだか》に、「あまり近よるな、くさくていかん」とか、「戦争にまけて逃げ帰ってきたわりには、食物には執念ぶかい奴らだ」とかいっている。

なんという雑言だろう。

戦場で二ヵ月間、食うや食わずに戦ってきた私たちにたいする言葉であろうか。その無礼さ、いや非礼さに、私は腹のなかがにえくり返るのをおぼえた。

配給している伍長と兵長も、「おい、そこのぼろぼろ少尉」とか、「こら、はだしの曹長」とか、呼びすてである。

それにたいし、少尉も曹長も文句をいうどころか、手あらくわたす米をおしいただくようにしてもらっている。私とて例外ではなく、

「そこの軍曹、ぼやぼやせんとはやく飯盒を出さんか」とどなられたが、彼らのいうまま、なすままに従うほかなかった。

そのあと宿舎にもどり、ぬれた衣服をかわかす。夕食は、おかゆをたいた。

くたばれ上官

渡河からコヒマまでの行軍、コヒマ周辺での戦闘行動、転進。その間の疲労、栄養失調、マラリアと赤痢、くわえて連日の豪雨。体力の極限にたっしたように、私たちと行動をともにしていた仲井、大矢、辻岡、松井の各上等兵、松本、岩上の一等兵も相次いで息をひきとった。

だんだんと弱ってゆき、死期がちかづくことを知りながら、それをどうすることもできないことほど情けなく、かわいそうなことはない。

だれかが死ぬたびに、自分の死が徐々に近づきつつあるように思う反面、これしきのこと

で死んでたまるかという気迫がわいてくる。

敵機もわずかの晴れ間をみては道路上を飛び、われの姿を発見したり、炊煙を見つけると、徹底的に襲いかかってきた。この敵機の銃撃を受けて、根来上等兵、吉機一等兵が戦死した。

せっかくコヒマで生き残った兵たちも戦死、戦病死と、その屍を〝靖国街道〟にさらしていった。これら一人ひとりの屍となった兵隊にも、親や兄弟、姉妹も妻子も、また恋人がいるのかと思うと、くやしさ、哀れさ、それに怒りとが混淆した気持になる。

ウクルルをすぎれば、サンジャックをへてインパール攻撃に参加するのだ。右側に行けばサンジャック、左側がルンショョン——私と片岡曹長はその岐路に立って、しきりと標識を探していた。

「おい斎藤、あったぞ。『赤とんぼ富田中尉』と書いてある。矢印はルンショョン方向だ」

曹長がさけぶようにいった。

——すると、われわれはインパールの戦場にも背を向けて、徐々に遠ざかっているのか。補給のできる地点まで後退をするのだろうか——。

ウクルルからルンショョンにいたる間は、いままでより、さらに〝靖国街道〟の感を深くした。

道ばたにたおれ、すでに腐乱しかかった者、まだ生きているというのに、鼻から口からウジがうごめいている者、倒れこみ、「飯を下さい……飯を下さい」「水、水がほしい……水をくれ」「小銃でも、手榴弾でも下さい」とさけんでいる者もある。

死んでいる者、生死の境を彷徨している者、まだ生きている者、それらがごっちゃになって倒れている。悪臭は、通る道に充満していた。

烈兵団ばかりでなく、祭兵団の兵もあふれていた。銃をすて、飯盒のみをぶら下げたガイ骨そのままの、やせこけた兵隊の行列がつづいている。

生きようとする本能にもがく動物以外の何ものでもない、まさに幽鬼とでもいうべきかもしれない。

精魂つきはてて倒れた兵隊が助けをもとめても、だれもそれをかえりみようとはしない。それは、何時間後のみずからの姿を見る思いがしたためであろう。

これは、また後日のことだが、日本軍を追撃してきた英印軍は、この酸鼻きわまる死屍《しし》累々《るい》とした惨状と悪臭にたえかねて、ブルドーザーで押し、死体を土砂もろともに埋没させながら前進してきたという。この一事から推しても、いかにウクルル～サンジャック～ルンション～フミネ道間に日本軍兵士が病いと飢餓にたおれたかがうかがい知れよう。鬼哭《きこく》啾々とは、まさにこれをいうのだろう。

インパール作戦を評し、『お祭さわぎで弓をひき烈を乱して逃げてきた』とは祭、弓、烈の三コ兵団を揶揄《やゆ》、風刺したものだろうが、もし、私たちの兵団長佐藤幸徳中将が軍命を遵守し、食糧も弾薬もまったく補給のない戦線に固執していたならば、烈兵団のみならず、祭および弓兵団の十五軍隷下の三コ兵団全員が、白骨化したことだろう。

兵団の三分の二をうしない、食糧、兵器、弾薬の補給のとだえたなかでの戦闘の続行は、部下を犬死させるにひとしいものとして、軍命に抗し、補給の受けられる地点まで独断専行による、慈悲《じひ》にも似た兵団長の建軍いらいの抗命こそ、人道上の見地に立った英断と賞賛されるべきではなかろうか。

これは、それによっていまなお余生をたもっている私個人の偏見であろうか。

私たちは、補給基地をもとめて前進し、これに近づくにつれて、インパールからは、歩一歩と遠のいていた。

ウクルルで豪雨のなかで配給を受けた米も、ジャングル野菜を入れての食いのばしも、そう長くはもたなかった。それに、かんじんの塩がつきはてていた。

岩塩など、あるときはありがたいとは思わなかったが、いざなくなってみると、ことの重大さにおどろいた。

ああ塩っぱいものが食いたい、塩気のものをなめたい、なにか狂おしい感じにさえなるのだ。流れる汗をなめてみたが、すでに塩っ気はなかった。

カムジョンからチャサットへの行軍速度は極度に落ちていた。このチャサットの一夜のにがい、いやな思い出はいまでも頭にひらめき、筆がにぶる思いがする。

その夜、はからずも私たち一行は、連隊本部のA曹長の一隊に追いつき、宿営地をおなじくした。

例のごとく「ホタルがゆ」の食事のあと、A曹長が私を呼んだ。何だろうと思って行くと、

「おい斎藤軍曹」

「はい」

「お前のところの中隊の兵隊は、みなたるんでおるぞ」

という。私は何のことか、少しもわからない。

「先日からお前の中隊の兵隊の行動を見ておるんだが、たるみ切っておる。たいして体がわるいとも思われない兵隊が、ぶらぶらと歩いておる。一体やる気があるのかないのか、わからん」

さらにA曹長は、

「だいたいお前の中隊はだな、中隊長が連隊長にとり入り、他の中隊に割を食わしておる。その風潮は下士官にも、兵にも態度にあらわれておる。斎藤、お前もその一人だ。下士候時代の成績がよかったとかで、それを鼻にかけておるのだろう」

とんでもないいいがかりだ。だが、相手は上官だ。さからうことなどは思いもよらないが、私も内心、腹にすえかねた。

「斎藤軍曹、戦いはこれからなのだぞ、そんなあまいことでどうするか。先日来からオレの見かねておる岡山と門田の二人を、ひとつ気合いを入れるため、ビンタの二つ三つやれ！」

私は唇をかんだ。それほど戦いの重要性を説くのなら、みずから率先してやったらよかろう。みずからはピンピンとして健兵とも思える兵隊を引率し、デンと曹長ぶりをはっきりし、当番兵にかしずかれておって、どうしてこんなことをいうのだろう。

「おい斎藤、ビンタはとれないのか！」

もう私のことも軍曹とはつけず、呼びすてだった。

私は、こんないいがかりをつけられるくらいなら、軍曹の階級章などむしりとって、曹長に向かって投げつけてやりたかった。

上官の命であればいたしかたもなかろう。ようやく私も決心をした。

「おい、岡山、門田、お前ら二人は、聞くところによると相当にたるんでおるそうだが、そんなことでどうするのだ」

私は泣きたい気持で、彼らに二つずつビンタを見舞った。二人とも私の同年兵なのである。同年兵をなぐらなければならない——それは、私にとって煮え湯を飲まされるよりつらいことのように思えた。

それが終わると私は、携帯天幕をひっかぶり横になった。ひとしきり涙が流れてならなかった。いったい、それは何の涙だったろう。

駐留中なら「ビンタ」の音も聞いた。だが、この惨烈きわまる戦場で、ビンタを命ぜられたとはいえ、とったのは私くらいのものであろう。

初年兵教育の班長時代、他班に負けたくやしさも手伝って、二度ビンタをとったことがあるが、それいらい、意識をしたわけではないが、ビンタをとったことのない私が、戦場で二名の同年兵のビンタをとらなければならなかったとは——。

その二人は、チンドウィン河までの行軍中、相ついで戦病死をとげたことを思い合わせると、いまでも彼らの霊に謝したい気持でいっぱいである。

ビンタを命じたA曹長も、彼らの後を追うように戦病死をした。

雨の靖国街道

私たちは、よろめくようにして、ナンペッシャに向かって歩きつづけた。もうそのころは、軍靴が破れてはだしの兵隊が多く、私もそのなかの一人だったが、泥濘《でいねい》のなかなら、素足の方がむしろ歩きやすいように思えた。ナンペッシャには、食糧があるということ、ただそれだけが私たちに歩く力をあたえてくれた。

　書類を背負ってあるく片岡曹長と私が先頭をゆき、それにつづく患者は、もう半数以下の人数となっていた。

『赤とんぼ』富田中尉宿営地――という標識を見つけたとき、一同は思わずへたへたとすわりこんでしまった。

　やせこけた富田中尉が、それでも笑顔いっぱいで迎えてくれ、伊藤軍曹、成原伍長も握手で迎えてくれた。

　じつに何日かぶりで野草のまじらない、純粋の飯を食ったが、涙が出るほどうまかった。そのとき、わずかながら粉味噌が配給されたが、それをなめたときのうまさは四十数年たったいまでも、舌のどこかにその味覚が残っておるように思えてならない。

　かろうじてナンペッシャにたどりついた患者のなかでも、土志田一等兵のマラリアと赤痢はいよいよひどく、高熱にあえいでいたが、翌朝、彼が起きないので高田衛生上等兵が、「おい、土志田どうした」と、ゆすったときには、死体になっていた。

　このナンペッシャで四、五日の休養をとって、部隊はさらにフミネ（インド・ビルマ国境）まで、いや、それを通り越えてチンドウィン河まで後退をするということだった。

　富田中尉の指揮で中隊全員が出発すべく、谷あいから道路に出ようと高台に登りきったところで、

「斎藤班長殿……」

と、私を呼ぶ声に足をとめてふり返った。だが、その兵隊の顔には見おぼえはなかった。

「お前はだれだ」

「白鳥です」

力なくいう兵隊に、私はさらに一歩ちかづいてみた。

「おお白鳥か――」

彼は北支那時代、私の教育班の初年兵で、サイゴンまで私の分隊員だった。ところが、心臓脚気のためサイゴンの陸軍病院に入院をした。回復とともに部隊を追及し、コヒマ攻略戦に参加したが、当時、連隊副官の河野中尉の当番兵をしていた。

私は、あらためてその姿を見なおした。頭髪のほとんどがぬけたのだろう、顔が妙にむくんでいた。破れた半ズボンから見えるひざの下は、ブクブクとはれ上がっており、はだしの足が痛いたしい。

――ああ、白鳥もこの体ではもう長くあるまい――と心の中で思ったが、さりげなくはげました。

「白鳥……元気を出してチンドウィン河までがんばれよ」

しかし、その後、体の頑丈な兵隊がぞくぞくとたおれていったなかで、白鳥はついに生命をまっとうして元気で復員をした。精神的にまさっていたのだろう。それとともに、当番兵のためみずから「飯盒炊さん」をして食わした、河野副官の部下思いの処置が、彼を死地から救ったことも特筆されよう。

ナンペッシャをすぎても、まだ〝靖国街道〟はつづいていた。そのころになると、饒舌家《じょうぜつ》の伊藤軍曹のニュース特報も聞かれなくなっていた。成原伍長は先日、高田衛生上等兵にやってもらった、カルシウムの注射あとの腕が痛いと、しきりに気にしていた。

「こら高田、お前の注射針の消毒が悪かったので、バイキンが入ったんだろう、はれてきたぞ」

そういわれて、高田は申しわけなさそうな顔をしている。

当時、軍靴をはいている兵隊はめずらしく、私もその例外ではなかった。足の裏側もなれて痛さを感じないほどになっていた。

フミネを直前にした夕方、まさに沛然《はいぜん》たる驟雨《しゅうう》がおそい、樹々のこずえや葉を鳴らした。小さい谷があったが、すでに川と化しており、私が渡るときにはひざくらいしかなかったのに、少しおくれて渡ろうとした者のまえには奔流となっていた。

降りしきる豪雨のなかで、私は成原伍長らと三人で、タキ火をする木片もないまま、飯盒飯をかきこみ、比較的に盛り上がった場所をえらんで携帯天幕を張り、ころがりこむように横になると、あとは死んだように眠りこけた。

翌朝、目をさましてみておどろいた。なんとその辺一帯が水びたしになっており、横たわって体半分ほどの深さの水のなかにいたのだ。それも知らず眠りこけていたのだから、どれほど疲労していたかが知れよう。

まさに全身ずぶぬれである。とにかく小高い山すそにうつり、タキ火をして体をかわかし、炊さんをした。

成原伍長の腕の注射のあとは赤くはれ上がり、いぜんズキンズキンと痛むという。昨夜の雨にぬらしたのがわるかったのだろう。気丈夫な彼が痛がっているのは、よほどのことなのだろう。

フミネを通過したのが、わすれもしない七月七日のちょうど正午ごろだった。富田中尉が、

「だいたいこの辺りがフミネで、印緬《いんめん》国境だ」

と、地図をひろげてそういったので、私にもわかったしだいである。

コヒマ攻略に向かったときの印緬国境モーレー通過が三月二十七日だったから、インド領に私たちが逗留したのは、約百日間というわけだ。

フミネ付近には友軍が一時、食糧その他の物資を集積していただけに、爆撃の跡もまたものすごかった。百キロ爆弾のあけた穴だろうか、それに連日の雨が降りそそぎ、池になっていた。

フミネからは道路がいくぶん下りになっていて、土質も雨水を吸収しやすいのか泥濘もなく、さほど行軍には苦労がなかった。

舟泥棒の叫び

やがてトンヘに着いた。眼前にひろがるのはチンドウィンだ。約四ヵ月ぶりで見るこの河だが、雨期の最盛期で、濁流がうずをまいてとうとうと流れていた。

かつて、コヒマ攻略戦発起のおりに、この河の上流マウンカン付近で渡河をしたさいは、

河幅はせいぜい三、四百メートルくらいだったが、いま私たちの眼前に横たわるチンドウィン河は、いたるところで雨水をあわせのみ、河幅は優に一キロ以上はあろう。静と動との差を感ぜずにはいられなかった。

亭々とした椰子、マングローブ、バナナの林、トンへ部落のこの光景に接したとき、わすれかけていたビルマの国にもどってきたことを、実感として味わっていた。

だが、この部落の民家のことごとくに、病いでやせこけたガイ骨のような日本兵が寝たりすわったり、また蹌踉《そうろう》として歩いていた。

どこまできてもこの状態である。これらを救う方法、手段をこうじない十五軍、方面軍はいったいなにをしているのだろう。そう思うと腹立たしくさえ感じられる。命令の遵守、尊厳はゆるがせにすべきではなかろうが、兵員の飢餓、戦傷病兵の転送処置、いっさいを放置するこの作戦の責任は、いったいだれが負うべきなのだろう。

トンへの部落につくと早々にひとりが、生しょうが何コかと一つかみの、俗にいう「鷹《たか》の爪」という小型のとうがらしを集めてきた。その生しょうがを皮ごとかじり、「鷹の爪」のからさにホウホウと奇声を発しながらも、副食物というものを何日かぶりで味わったのだった。

ここで富田中尉は、片岡曹長とともにこの付近で、逐次後退をしてくる中隊の人員を掌握しながら糧秣収集を行ない、やがて到着する中隊主力にそなえることとし、下流のメンヤ付近が食糧が豊富なので、私以下八名が先行して、糧秣収集に任ずることとなった。

もし、メンヤに糧秣交付所がある場合は、受領をして、なんらかの方法でオボカドークに水上輸送をせよ、という命令指示も同時に受けた。

メンヤはチンドウィン河の右岸にある村落で、物資もわりと豊富だというが、メンヤまで陸路を歩くと、十日はかかる距離にある。

「おい、舟で一気に下ろう！」

私の参謀格の伊藤軍曹が力説をしたし、副官役の成原伍長も賛意を表明した。さっそく舟があるかどうか探させることにしたが、ビルマ人はいちように「舟はない」の一点張りであった。

空腹をかかえて、陸路を十日もかかって歩くより、もちろん舟を利用し、一気に下航した方がどれほどラクで、早いかわからない。若干の危険性はともなうが、「舟説」が「行軍説」を圧倒した。

その日の夕方、「舟のことは、オレさまにまかしとき……」といって、伊藤軍曹は自信満々で兵一人をともなって出かけていった。私たちもそのちかくの民家に行って舟の話をしたが、「全部ない」という返事ばかり。そして、日本兵がみな乗って行ってしまった、とつけくわえるばかりだった。

この辺りのビルマ人は、大部分が牛と同居しており、家の入口をのぞくと、横の暗がりから牛がニュッと顔をのぞかせるのにはキモをひやした。また家に一歩入るやノミが飛んできて、たちまち衣服にとりついてくる。しかし、当時の私たちは、ノミやシラミなど気にするだけの心のゆとりなど、まったくなかったのである。

民舟の徴発が不発に終わると、河ぞいの道をてくてくというより、ふらふらと歩かなければならない。思っただけでも気が重くなってくる。

ところが、そこへ伊藤軍曹らが帰ってきた。

「おい、舟があったぞ！」

「伊藤情報じゃないだろうな」

と私がいうと、もうひとりの兵が、

「本当にあります。大きい舟で全員が乗れそうです」

舟を組み立てる工兵隊。著者は現地の舟を徴発、糧秣を収集するため、チンドウィン河を下った。

と瞳をかがやかしている。

「そうか、よしわかった。とにかく暗くなってからだ。それまで気づかれないように、ひそかに出発準備をしよう」

夕食を終えてから私は、暗さを利用して舟を確認しにいった。それは、入江のようになった小川につながれ、樹枝でかくされている。日本兵による徴発をまぬがれるためだ。丸木舟で、大きさは五メートル以上はあろう。ビルマ人にとってはだいじな舟であろうが、背に腹はかえられない、失敬することに決心した。

私は一同を集めると舟を発見したこと、それに乗ってメンヤ部落に行く手順などの打ち合わせをした。

それから約一時間後、私と伊藤軍曹らで小川から舟をひき出してくると、大河（チンドウィン河）に出る岸に、他の五名が待機をする。各人とも板きれとサオ代わりの棒を二本ずつ準備した。

やがて怒濤さかまくチンドウィンの流れに、丸木舟がぐらりとゆれたとき、

「日本の兵隊、舟泥棒！　待てえ！」

ビルマ語の怒声を後方にきいた。さすがの彼らも気がついたのだ。

心のなかで、「かんべんしろよ」とわびる私たち八名を乗せた舟は、河の淵をかなりの早さで流れはじめた。「舟泥棒！」のとぎれとぎれの叫びが、いつまでも耳に残っていた。

「おい、流心部に出すなよ」

河の中央に出たら、流木もあろうし、その流速から逃れることはむずかしい。かといって、あまり岸ちかくでは岸に激突でもしたら、それこそアッという間の転覆はまぬがれまい。とにかく全員で、「取り舵」「おも舵」「ようそろ」と、そこは工兵隊だから舟のことはおまかせだ。

一番心配をしたのは、滝がないかということだ。滝があったら、丸木舟はたちまちウズにまきこまれ、八人は河のもくずか大魚のエサになってしまうだろう。が、そのときはそのとき、すでにコヒマで戦友の半数以上がたおれているのだ。それを思えば、何日か長生きをし

ただけでもうけものだ、というような「やけっぱち」と達観の相半ばするものがあった。

夜半になってはげしい雨に見舞われ、丸木舟の底に、雨水がたまりはじめたが、これは鉄帽でかき出した。

やがて雨がやみ、雲間から月の光をあおぐころ、「ああまだ生きているんだ」という感慨が胸にこみ上げてきた。

そんなロマンチックな考えに反し、私は当時、下痢になやまされていて、もよおすたびに舟の艫《とも》でなかの連中に命綱を持ってもらい、天然の水洗便所を味わったが、まさに命がけの脱プンであった。

あゝおコメ様

やがて、河下りの一夜が明けかかった。夜が明けたら、敵のスピットファイアやハリケーン戦闘機が、河面をなめるような低空でやってくることは必定で、発見されたらそれこそ大変だ。明るくならないうちに着岸しなければならない。

そう思っているとき、右岸に部落が見えてきたので、ただちに舟をつけることにする。全員が板ぎれでけんめいに岸にこぎよせる。舟を係留して偽装をほどこし、部落に入って部落名をたしかめると、なんとメンヤだという。

偶然も偶然、そこは私たちが糧秣を収集するための目的地であり、これはツイていると、一同は大喜びである。

ここまでくると、戦場のきな臭さや、兵隊の死体も見当たらず、ようやく戦場から離脱したという気がした。

治安の確立している部落の民家を刺激してはいけないと、村長をおとずれて民家の借用を申し入れたところ、こころよく一軒の空家を提供してくれた。

村長から、このメンヤ部落でも食糧を集めている日本の兵隊がいると聞き、落ちつくとすぐに私は教えられた場所に出向いた。

応対に出てきた曹長が、「はだし」におんぼろ服の軍曹の私を見て、部隊名とか戦況を聞いたので、私も知るかぎりの概要を話した。この曹長たちは貨物廠勤務で目下、転進してくる部隊のため糧秣集めに奔走しているのだという。

さっそく食糧の要請をしたところ、とりあえず三百キロを交付してくれるという。ただし、君たちの部隊独自でこのメンヤ部落での食糧収集はしないでくれ、という注文をつけられた。

とにかく三百キロの米を受領し、全員で宿舎に運びこんだ。さすがに米の山を見たときは、合掌したい気がした。あまりにも渇望ひさしい米だったからだ。

これだけの米がもし、あの飢餓地獄ともいうべき〝靖国街道〟にあったなら、どれほどの同胞を救うことができたろう。いまもまだウクルル、フミネ道をあえぎつづける戦友もあろうに……。

一刻もはやく、前線にちかい地点にこの米を運ばなければならない。そう判断をした私は、例の丸木舟を利用してオボカドークに、大部分にあたる二百五十キロの米を輸送するため、遡航《そこう》の舟こぎになれたビルマ人の若者三名を集めることにした。

だが、なかなかこれに応ずる者はいない。オボカドークまで行く途中に、ある地点を通ると悪魔にとりつかれる、といういいつたえがあって、彼らはそれを怖れたのだ。だが、これも苦心のすえようやく納得させた。この丸木舟による米の輸送には、私と高田衛生上等兵らの三人が当たることにした。

そのころ、注射のあとが化膿して病みつづけていた成原伍長の腕から、ウミがあふれるように流れおち、ふしぎにもそれをさかいにして痛みも去り、うす紙をはぐように回復に向かっていた。その彼がビルマ語に長じているので、伊藤軍曹とともにメンヤ部落外の地点で糧秣収集をしてもらうため、富田中尉から別れぎわにあずかった前渡金の軍票を渡し、できるだけ多くの糧秣を集めることを依頼した。

宿舎には残余の兵を糧秣監視として残し、私は薄暮をまって丸木舟に米の荷積みをすませ、雨が降っても米がぬれないように舟に屋根をかけた。そしてビルマの若者三名をこぎ手としてしたがえ、一行六名の日本・ビルマ合同部隊は、オボカドークに向かって右岸すれすれに、けんめいに遡航をはじめた。丸木舟はあんがい水の抵抗が少なく、思ったよりはやく上流さしてすすんだ。

屈強なビルマの若者三人はこぎ手のベテランらしく、ときおり休憩をしつつ終夜けんめいにこぎ、私たちも彼らにならってともに、こぎにこいだ。

夜が明けると、岸に舟を係留して偽装をほどこし、陸に上がって食事をしたあと、夕方まで寝こんだ。昼間の行動は敵機の監視がきびしくて、とてものこと不可能である。

その晩も、またその翌晩も遡航がつづけられた。ビルマ人のこぎ手たちがいみきらう地点を通過するときは、三人の若者はひざまずき、「ペアペアペア」と口ぐちに念仏らしきものを唱えていた。おそらくは安全を祈ったのだろう。

ひとたびその地点を通過すると、若者たちはがぜん活気を呈し、いちだんとこぐ手をはやめた。

こうして三晩、ぶっつづけのこぎ通しで四日目の朝がきた、ようやく目的のオボカドークに着いてホッとする。舟を秘匿しおわって、さっそくわが中隊の所在を探したが、ついに見当たらなかった。

そこには、独歩患者といえば聞こえはよいが、おんぼろの飢餓の兵隊が、あたり一帯にみちあふれていたのだ。烈も祭も弓もない。ただひたすらに生への執着にうごめく兵隊が充満していた。もうすでに息絶えて腐敗している一団もあり、悪臭がいっそう酸鼻をきわだたせた。

わが中隊の米受領者がいないことを確認したとき、私は一つの決心をした。

どこの部隊でもかまわない。いままさに飢え死にを目前にしているこの兵隊に分配をしてやることが、最善の方法だろう――と。

私は、ドンゴロス詰めの米をビルマの若者ににないわせて、飯盒一杯ずつの米を、一人ひとりにくばって歩いた。

泣いてよろこぶ兵もいれば、なかには伏し拝む兵さえいた。これが建軍いらい無敵を誇った帝国軍人の末路なのだ。なん人くらいの兵隊の手に渡ったかわからないが、二百五十キロの米は、じつにあっという間につきはてていた。

あるいはうまく立ちまわり、一人で二回の配給を受けた兵隊がいたかもしれないが、すてたわけではない。彼らは彼らなりに、それを命の糧《かて》にしたのだ。

配給が終わるころから、ものすごい雨となった。この雨で雲が低いと、日中でも敵機の心配はまずないだろうと判断をし、ビルマの若者も白昼の河下りに賛成をしたので、すぐ反転してメンヤに帰ることにする。

舟の秘匿場所付近では、雨中でずぶぬれで寝ている兵隊を便乗させた。彼らはどうにか歩けるていどの状態だったが、そのよろこびようは大きく、全身で感謝をあらわしていた。

行きはよいよい帰りはこわいのぎゃくで、夕方はやくメンヤに帰り着き、ビルマの若者にはそれぞれ五円ずつを払い、その労を多とする意味か、高田衛生上等兵がもったいをつけて、防蚊膏《こう》一コずつを進呈し、傷の万能にきく薬だとつたえると、彼らは五円よりこの万能膏がありがたいとみえて、何度もおしいただくようにした。

残留して糧秣収集に当たっていた伊藤軍曹、成原伍長の努力にもかかわらず、その成果はあまり上がらなかったらしい。インパール作戦における日本軍の惨敗を、原住民たちはいちはやく知っており、日本軍の軍票は無価値にひとしく、ただの紙片には、ビルマ人はまったく見むきもしなかったのだ。

「ロンジー、エンジー（ビルマ人の衣服）交換《レレー》」――すなわち衣服となら交換するというのだが、はだしでぼろぼろ服の兵隊の私たちが、物交する衣服の持ち合わせなどあるはずがない。

それでも成原伍長のビルマ語は、通訳顔まけのうまさで、ビルマ人に言葉たくみにもちかけ、百五十キロほどの米の収集に成功したのは、一に彼のおかげだった。タジャー（砂糖）も手に入れてきており、これを口にしたとき、世の中にこれほどうまいものがあったのかとさえ思えた。

ある日のこと、ビルマ僧の来訪があった。この土地の高僧がマラリアで寝こんでいるので診察をしてほしい、薬もほしい、という。

とにかく、ビルマでは僧《ポンジー》をもって最高位とする。民衆の崇拝を集め、また絶対の権限をもつ。その高僧の使いとあれば要望もだしがたく、私は高田衛生兵らをつれて、寺院をおとずれた。

いやに長い回廊じみたところを案内されて、高僧の寝所に通される。室の中央に五十がらみのやせた男が、毛布の上に横たわっている。私は敬意を表し、日本流にひざまずいておじぎをした。高田ら二人も私にならう。

衛生上等兵からいちはやく〝軍医〟に昇格した高田は、まず高僧の脈搏を数え、体温計を出して熱をはかった。彼はすっかりニセ医者になり切っている。みごとな演技だ。おもむろに「マラリア」と診断を下し、なにかわからぬが注射をして、征露丸四、五つぶをおいた。高僧の目礼をあとに、ホッとして室を出て帰ろうとすると、使いの僧が、ぜひ食事をして行ってほしいという。ことわるのも悪かろうとご馳走になる。豪華な食事で、私たちもわざと箸《はし》を使わず、ビルマ式手づかみで食う。そして翌日もまた、と懇望された。

帰りがてら私が、「おい高田軍医、なんの注射をした」と聞くと、「カンフルです。いまのところ、カンフルしかありません」と、しゃあしゃあとして答えていた。

高僧の功徳

翌朝のこと、突然に富田中尉が平田兵長と高橋上等兵をともなってやってきた。目的は下流のシッタンにある十五軍司令部に状況連絡のため、トンへを出発してきたのだという。

それも舟がないため、青竹を切ってイカダをつくり、これに乗って下航してきたところ、流心部の激流に乗ってしまい、脱出しようとしたがうまくいかず、漁師出身の平田長八兵長が木片を舵《かじ》がわりにけんめいにがんばった。だが、流心部からの脱出はむずかしく、そのうち夜明けがせまった。敵機に発見されたらそれこそ、ねらい撃ちにされてしまう。

三人の必死の努力の結果、夜が完全に明けはなたれてからしばらくののちに、かろうじて流心部の脱出に成功、ようやく右岸についたのがこのメンヤ部落だったという。ことの偶然さにおどろいたり、よろこんだりであった。

富田中尉の話では、インパール道を阻止していた宮崎繁三郎少将の指揮下にあった工兵連隊長以下も、インパール道を放棄して目下撤退中、ちかくわれわれに追及をしてこられるだろうとのことだった。一時は宮崎支隊全滅が報じられていただけにホッとする。

私が、オボカドークに遡航して二百五十キロの米をはこんだが、中隊の糧秣受領の兵隊がいなかったので、ぜんぶを他部隊の者に配給をしたむね報告したところ、叱責をうけるどころか、「最善の処置」とほめられたのはうれしかった。ひと休みした富田中尉以下三名は薄暮とともに、私たちがトンへでビルマ人から失敬をしてきた丸木舟で、蒼皇《そうこう》としてシッタンへ下航していった。

そのころになると、陸路を歩く兵隊もいることはいたが、イカダを組み、あるいは空のドラム缶を利用し、これを主浮力として大型のイカダを組み、大勢の兵隊が乗りこんで激流を下ったが、途中でウズにまかれてイカダが転覆したり、流心部から出られずにいるところを、敵機の機銃掃射をうけ、どれほどの日本兵が川のもくずと果てたことだろう。一時は連日、何百体もの遺体が流れていたという。

砲兵連隊長白石大佐は、トンへまで山砲をはこんではきたが、これ以上の搬送をつづけることはいたずらに兵員の損耗をきたすのみだ、砲弾とてない山砲は、もはや価値なしと判断し、数門の砲をチンドウィンの河底深く沈めてしまったという。

佐藤兵団長の罷免更迭《てつ》により着任した河田槌太郎兵団長はこれを聞いて激怒し、

「白石……投げた砲を河底から引き揚げろ！」

と厳命をしたとか聞いたが、その真偽のほどはつまびらかではない。

先日の〝高田軍医〟のカンフル注射と征露丸のおかげ？　で、マラリアが全快をしたので、そのお礼にとある一日、私たち全員が寺院に招待をうけ、大いにご馳走にあずかったが、そのうえ以後の米収集を容易ならしめたのは、ひとえに高僧の実力の一端をしめすものであったろう。

それからまもなく、宮崎支隊に残っていたヒゲのプロペラ村田中隊長が退ってくると早々に、私たちの収集した食糧は後続部隊に残し、工兵隊はシッタンに先行して、撤退してくる部隊を左岸にはこぶ渡河作業に任ずるため、ただちに出発をするということで、若干名の食糧監視兵をのこして折りたたみ舟でシッタンに向かった。

夜半のことである。下流から大発艇が焼玉エンジンの音をひびかせてやってきた。私たちの折りたたみ舟を照明燈で発見したのか、声をかけてきた。

「おーい、どこの部隊か！」

「烈だ。烈の工兵だ……」とこたえると、

「ちょっと待て……やるものがあるんだ」

と、大発艇が、さざなみを立ててちかづき、人数をかぞえていたが、

「加給品の恩賜のタバコとお菓子だ！」

という。大発艇の照明で見ると、お菓子は落雁《らくがん》で、「祝インパール陥落」と書いてあり、その下に日の丸がついていた。すでに湿気をおび、落雁本来のパリッとしたところはなく、恩賜の煙草もかびくさかった。

「祝インパール陥落」と書かれたお菓子と、嘉賞の恩賜のタバコを敗走中のいま支給される皮肉さと、作戦の「ちぐはぐ」さを思い合わせると、ハラの底から怒りがこみ上げてくるのをおぼえずにはおられない。

さて、折りたたみ舟は、順風満帆ともいうべきはやさでシッタンの対岸、カヤという小部落についた。

〝日本軍に宮崎部隊あり〟と、英印軍に恐れられた宮崎繁三郎少将。

さきのメンヤ部落にくらべると小さい村落だが、ここに位置をして私たち第一中隊は、折りたたみ舟で撤退してくる友軍を対岸からこちらの岸に渡河をさせ、独歩患者を陸路モーレイク、シュエジン方面に集結させ、入院療養をさせる一端をになうこととなった。この間にも敵は、インパール道遮断を断念して撤退をする宮崎支隊に膚接するように、追撃をつづけてきていた。

シッタンの第三野戦病院には、〝靖国街道〟をたえぬいてきた兵隊が生ける屍の状態にあり、当時その数は三千とも四千ともいわれていた。

指揮系統もなく、ただ各人がてんでんばらばら、それぞれに行動をして、やっとここまでたどりついたのだ。まさに支離滅裂、敗残の姿そのものであった。

私はある日、中隊長に随伴をしてこの病院をおとずれた。目的は工兵隊の兵隊を探しだし、これらの兵隊の状態を知り、できることなら彼らから、だれがどこまでいっしょに行動をしたとか、戦病死をしたとか、自爆をとげたとかを聞き、中隊の実情を知り、あわせて書類整理の資料をえたいがためである。

野戦病院とは名ばかりで、ジャングルのなかにそれぞれが天幕を張って雨をさけている患者もいる。彼らはただ死を待つばかりだったろう。

まさにおんぼろ服をまとったガイ骨の集団だ。すでに死亡し、腐敗し、ハエとウジがつきまとい、悪臭をはなち、名状しがたい幽鬼の森とでもいうべきか、死体の埋葬もできないありさまである。死人が死人を呼ぶというが、うち重なるようにして朽ち果てている一団もいた。

「おーい、烈の工兵の者はおらんかあ?」

中隊長と私は屍やら、まだ生きている者やらの間をどなって歩く。

「烈やが、わい一三八や」

大阪弁でつぶやく者がいるかと思うと、

「飯をくれ、どこの部隊でもよかろう、飯をくれ……」

と、うつろな瞳をこちらにむけて空腹を訴える兵もいる。地獄絵図にもひとしいその場所で、私は足元でうごめく兵隊の顔を見た。

「おい、金田ではないか」

たしかに金田兵長だ。私と同年兵で、初年兵時代はおなじ教育班で育ったのだ。

「おい金田、オレだ、斎藤だ……わかるか」

「ああ……」

金田はなにごとかいおうとして、私の方を向いた。その金田の顔を見たとき、私は全身に冷たいものが走るのをおぼえた。彼の口から鼻からウジがうごめいている。なんと変わりはてた姿だろう。

「おい、飯はないか……飯をくれ」

金田はかろうじてこれだけいうと、やせこけた手をさしのべた。さっきからこのありさまを見ていた中隊長も断腸の思いであったろう。金田はかつて、中隊長の乗馬の当番兵でもあったからだ。

「金田、おい金田。中隊長だ……わかるか」

うるみ声の中隊長の声が、はたして金田の耳に伝わったかどうか。

私はいそいで昼食用のおにぎりを、バナナの葉の包みから取り出し、金田の手ににぎらせた。彼はそれを口にはこんで、うごめくウジといっしょにのみこみ、二口三口おしこむしぐさをしたが、持ったおにぎりをぽろりと落とし、がっくりと伏せてそのまま動かなくなった。

中隊長の合掌する姿に、私もはっと自分をとりもどし、合掌して金田の冥福をいのった。

それからも、あちこちと探しまわっているうちに、杉田一等兵を発見した。彼も健兵の部類ではないのに、よくここまでたえてきたものだ。マラリアの高熱がつづいたとみえて戦帽もなく、頭は髪がぬけて丸坊主の状態だった。

「おい杉田、ここまできたんだから、もう大丈夫だぞ。ホラ、にぎり飯をやるぞ」

中隊長がさし出すおにぎりを彼は、おしいただいて口にはこんだ。

「これからは、中隊長がお前たちを向こう岸へ、舟ではこんでやるからな、がんばれよ」

とはげまされ、杉田が「はげ頭」を二つ三つ下げ、「早く渡して下さい」とベソをかくようにいった。

心を病む人

私たちは、なおも探して歩いた。

「おい斎藤、須釜軍曹が担送されてきていると聞いたが、どこにいるのだろう」

と、中隊長が私にきく。

須釜軍曹はコヒマ攻略の緒戦に、右大腿部《だいだい》に貫通銃創をうけ、前線での手当がわるかったのか、軟部貫通にもかかわらず大腿部から切断され、担送患者として後送されたが、私がガジヘマから下る雨の晩に会ったきり、それからの去就はまったくわからなかった。

中隊長と私は、けんめいに担送患者のむれのなかを探し歩いているうち、ついに探し当てた。

眼鏡をかけている顔しか見たことがないせいもあろうが、眼鏡のない顔は別人のような感じで、いやにソバカスがめだった。

「班長殿、どうですか」

「須釜……つらかったやろ」

という、中隊長と私の声に、

「はい、中隊長殿、わざわざありがとうございます」

という須釜軍曹の目じりから、ポタポタと涙がこぼれた。

「中隊長殿！」

かつてのりんとした、彼の片鱗を思わせる声が口をついた。

「須釜を……須釜を中隊につれて行って下さい。須釜はもうだめです。どうせ死ぬのなら、中隊で死にたいのです。中隊長のもとで死なして下さい」

私も、この先輩の言葉に目頭をおさえた。みずからの死期の近いことを知り、せめて中隊の者にみとられて死にたいという。まさに悲しみにあふれた願いというべきだろう。

「須釜……わかった、わかったぞ。今晩にでも、中隊主力のおる対岸のカヤの部落につれて行ってやるぞ」

「本当ですか……中隊長殿……」

須釜軍曹は、涙をぽろぽろとこぼしてよろこんだ。この「本当ですか」の言葉のうらをかえせば、いままで担送中に、聞かされたことと現実の差をどれほど体験したことであろうか。

「本当だとも、きっと今晩むかえにきてやるからな」

私は天幕をはぐって、負傷をしていない左足をさすってやろうとして慄然とした。四ヵ月間も使わないためか、足はガイ骨のようになっていた。これが生きている人間の足だろうかと思うと、さするのをやめて、そっと天幕をかけた。

約束どおり須釜軍曹はその夜、中隊長の特別の配慮で中隊主力のいるカヤ部落にはこばれ、かつての小隊員のいる宿舎でかいほうを受け、軍医の治療を受けることになった。
二、三日後の夕方、兵のひとりがどこからかもらってきたタマゴ数個を、須釜軍曹の体力回復の一助にと言うので、私はそれを持って須釜軍曹の宿舎を訪れた。
と、寝たままの須釜軍曹のどなる大声が聞こえてきた。

「こら、お前たち、オレが片足がなく寝たまま動けないことをさいわいに、そっちでオレにかくれてうまいものを食っておるのだろう！」

私はこの言葉を聞いて思わず、その場に立ちつくした。人間というものはわずかの間に、ものの考え方、見方がこうも変わってしまうのだろうか。

傷ついた班長に兵たちは、みずからの食うものもさいて食わしている事実を知っている私は、戦争というものは、ただたんに、体の一部を傷つけるのみか、その人間の精神状態までこれほどに傷つけてしまうものなのかと、ソラおそろしさを感じたのだった。

長かった担送中の苦痛と飢餓がそうさせたのか、食いものも適量以上を要求して食う班長の姿に、兵隊はそれを制止できず、やがて彼は下痢をおこし、マラリアにおかされることになった。

中隊長のはからいで舟でもって下り、シュジェンの病院に運ばれる途中、不運は不運をよび、敵戦闘機の銃撃をうけ、胸部を貫通されて即死をとげたのも、この人のたどらなければならない、みじかい人生だったのかもしれない。

虎造節哀し

カヤに位置し、シッタンの野戦病院にうごめく患者を、中隊の健兵三十名たらずが折りたたみ舟四そうによって連夜、カヤ部落の下流に運んだ。もちろん昼間は敵機の跳梁がきびしいから、夜間のみにかぎられた。

河幅約八百メートル、流心部における流速約四メートルという激流を、折りたたみ舟に患者を乗せて手こぎによって往復をする中隊の兵隊の苦労は、まさに筆舌につくしがたいものがあった。

工兵科本来の使命である犠牲的精神の発露というべきで、工兵科語でいう三角漕航によって行なわれたが、それも終夜に四往復が限度だった。

乗船統制を担った富田中尉は、シッタン側にあって乗船人員の整理に当たったが、無秩序、無統制のガイ骨のような患者が先をあらそってはいずりながら、乗船を泣いてたのみこむ〈同胞の姿〉を見たとき、敵弾雨飛のなかを突撃したときの方がよほどラクだ、と述懐していたが、まさにその通りだったろう。

私は、戦友がこの逆巻くチンドウィン河で、患者渡河に骨身をけずる思いをしているとき、思いもかけない「南方潰瘍」（一種のおでき）にデン部全体をおかされ、すわることも仰向けになることもできず、ただ腹ばいになってすごすほかなかったのである。一時は歩行にさえ困難をきたした。

かつて中支を流れる准河の急流を一気にこぎ切り、区隊長をして「さすが一等漕手」との賛辞をおしまなかった腕前を発揮できなかったのは残念であり、申しわけなかった。

くわえて、よわり目にたたり目、マラリアまで背負いこんでしまったのだ。

シッタン付近に集合をした兵員の確たる数字はつかめないが、わが中隊の折りたたみ舟による渡河人員は約二千名といわれたが、かりに三千名が集結していたら千名が、四千名が集結していたらその半数の二千名が力つき、ジャングルや大小の川に落ちこみ、死亡したと推定される。

シッタンこそ、千数百名にのぼる生命を朽ち果てさせた、怨念の河というべきであろうか。

九月一日の夕方、シッタンの渡河任務を終えたわが一中隊が、連隊命令により、折りたたみ舟でもって二つの門橋を組み、これに患者を乗せ、一つの大浮嚢舟とともにカヤ部落を出発しようとしたとき、突如として、追撃中の敵が対岸から砲撃を開始してきた。いよいよカヤ部隊に照準をつけてきたのだ。

もし出発が一日おくれていたら、どれほどの被害者が出たか、はかり知れないものがあったろう。

さいわいに、急造の門橋は下流へ下流へとシッタンから遠ざかった。このとき私には、あの同胞の屍のむれが泣いて「待ってくれえ」と、後から呼びかけてくる声が聞こえてくるように思えた。

朝方になって、小川の入江になった場所をえらんで門橋を秘匿し、昼はジャングルに身を横たえ、薄暮をまって出発をするというくり返しが何日つづいたことだろう。

工兵連隊の集結地はマニワだという。そこまで退いて、戦力を回復して、ビルマ奪還をめざして追撃してくる英印軍を迎撃粉砕するのだ、という。

その日の夜半、はげしいスコール状の雨が降りそそぎ、それがやむと、めずらしく月が雲間から見えがくれしていた。と突然、中隊長が、

著者が最も信頼する〝プロペラ髭〟の異名をもった村田平次中隊長。

「斎藤軍曹、ひとつ亡き戦友のはなむけに、お前の得意の虎造節を聞かしてやってくれ」

一瞬、私はためらった。編成地の徳県で、南方転進のさいには台湾沖の名もしらない小島で、中隊の演芸会では中隊長の指名でやった虎造張りをいまここで、亡き戦友のはなむけにやれというのだ。私はすわりなおし、ひざを折った。

〽名代なる東海道、名所古蹟の多いところ、中

に目につく羽衣の松とならんでその名を上げし、海道一の親分は……親分は……

私はここまで、かろうじてやったが、あとは滂沱《ぼうだ》の涙で節もとぎれてしまった。

「おい海道一の親分は……どうした」

「中隊長……斎藤は……斎藤は、これ以上できません」

「そうか……できないか……」

という中隊長の胸中もいかばかりか。

健兵二百余名を引き具してアラカンの峻嶮を踏破、コヒマ戦線で敵と干戈《かんか》をまじえること七十日、まさに惨敗の辛酸をなめつくし、現在の手兵わずか三十余名。

その感慨はいかなるものであったろう。

こちらに背を向けているのでわからないが、プロペラひげの顔をくしゃくしゃにして、肩をふるわせて泣いているであろうことは、私にはわかりすぎるほどわかった。

と、いままでの月が雲間にかくれたと思うと、また沛然たる驟雨が横なぐりに降りそそぐ。

雨期明けちかい名残りを思わせる雨だ。

やがて、雨とやみの向こうに椰子林があって、部落らしいのが見えてきた。

だれかが大声をあげて部落の名をたずねるのがきこえてくる。

「おーい、ここの部落はなんというところか……」

なんの応答もない。さらに声が大きく張り上げられる。

私にはなにか、もの悲しい感慨がにわかにせまってきて、涙がとめどもなく流れてきた。

その顔に横なぐりの雨が、またひとしきりふきつけた。

第三部　地獄の戦線を行く

泣きっ面に砲弾

「ドドーン！」

　対岸で、激しい砲の発射音がしたと思ったとたん、

「シューッ、シューッ」と、風を切る音につづいて、地軸をゆるがす炸裂音がカヤ部落外の空地にとどろき砂塵をまき上げた。

　やぶから棒という表現があるが、まさにそれである。

「敵弾だぞっ、はやく出発準備をして舟の係留地点に急げ！」

〝プロペラひげ〟の異名をとる村田平次中隊長が大声でどなった。

　この砲声も、コヒマ戦線いらい、しばらくぶりで聞く敵の砲撃音である。

「おい、はやくしろよ、とうとう敵の奴、きやがったか……」

　私は、指揮班の兵隊に出発をうながした。しばらく間をおいて、「ドドーン」という音につづいて「シューッ」という音が起こり、先刻よりちかいぞ、と思ったつぎの瞬間、部落の椰子の木をないで炸裂した。

こりゃ、まごまごしておれないぞ——私は書類入りの梱包《こんぽう》を、しっかりと背負った。

「畜生めが……」——駆けながら、私は心の中で舌うちをした。

昭和十九年九月一日の夕暮れである。

『シッタン地点に集結したる友軍部隊の渡河を終了した工兵連隊は、すみやかに渡河資材をもって「モニワ」に集結すべし』という師団命令により、いま、出発準備に大わらわのさいちゅうであった。

突如、対岸のシッタン方向で砲の発射音がしたと思うと、われわれが設営をしているカヤ部落に落下してきたところをみると、すでに諜報員によって所在がキャッチされているのであろう。

「コヒマ」あるいは「インパール」攻略に向かった「烈」「弓」「祭」の三コ兵団が一敗地にまみれて敗退をつづけていたが、それに膚接するように、英印軍は追撃の手をゆるめなかった。渡河が終わったとたんにシッタンに進撃し、砲撃を開始したのである。

暮色がようやく濃くなってきた対岸で、つづけざまに閃光がはしった。私が駆ける左前方のビルマ人の民家がけし飛び、後方のマングローブの林でも炸裂音がした。

「はやく乗船位置に急げっ！」

鈴木連隊長の、甲高い声が、きんきんとひびく。

その間にも砲弾は断続的に、あちらこちらに落ちる。

「もう少し距離間隔をおけ、かたまっていると死了《スーラ》になる率が多いぞ！」

村田中隊長の声に、兵たちは散開をした。盲撃ちだが、ときおり至近弾が落ち、土砂を頭からかぶる。

「ザバーン、ザバーン」というのは、砲弾が河のなかに落ちる音だが、暗くて水けむりは見えない。

「動作をはやくしろ、患者たちはまだか！」

仁王立ちの連隊長が、軍刀をつえにみずから河岸に立って、兵たちを督励している。富田中尉が、つぎつぎに川岸に到着する兵隊に、乗船区分をてきぱきと指示している。

「連隊本部、第一中隊は門橋。第二、第三中隊は折りたたみ舟の単舟、二舟に。患者隊は大浮嚢舟に。誘導は各隊の指揮官によるものとする。なお指揮官は、兵員を掌握したならば報告……」

独歩患者たちがのろのろと、さながらスローモーションフィルムでも見るように、飯盒《ごう》と水筒をぶら下げ、浮嚢舟に倒れこむように乗りこむ。

「しっかりしろよ、これからは船でくだるんだ、元気を出せ。おい、樋川軍曹、人員点検！」

徳田軍医大尉が兵たちをはげました。

まもなく、呼名点呼をおえた樋川衛生軍曹の「人員異状なし」の報告。ついで軍医の「患者隊、出発準備完了」の声をまって、連隊長の「出発！」のきんきん声がひびくや、各舟長が「舳《おもて》はなせ」の号令をはなつ。舟はいっせいに岸からはなれた。舳艫あいふくむの観である。

私たちの門橋も舟底が砂をかみ、ガリガリときしる。

対岸でふたたびパッパッと、閃光がするどく夜空にきらめく。と、カヤ部落や、河中に砲弾が轟然と落下する。至近弾が河中に落ちると、波紋が舟をはげしくゆさぶり、岸におしかえす。

「ひくい姿勢をとれっ！」

村田中隊長がさけぶ。

竿手の駒井兵長が「うーん」と力を入れて、舟を河岸からけんめいにはなそうとして力む声が聞こえた、私もこれにタイミングを合わせて艪《ろ》をこぐ。

「各舟は連絡を緊密にして下航せーい！」

連隊長の声が、砲声の合い間をぬうように聞こえた。

ふたたび激しい砲声がして、二、三度、ザバーン、ザバーンというはげしい音とともに、舟が大ゆれにゆれた。

そのとき、艪をにぎっている私にも、へさきの方でたしかににぶいドボーンという音が聞こえ、「アッ、兵長殿！」とだれかがさけんだ。

「駒井兵長殿が舟から落ちました！」

「なに、駒井が……河に落ちたと……」

せわしく村田中隊長の声がして、

「駒井、駒井兵長ッ！」

沈痛な声でよぶのが聞こえたが、これにこたえるのは舷側をうつ波の音だけだった。われわれもいっせいにひとみをこらして、暗い水面を食い入るようににらんだが、いちど沈んだ

渡河を待つ間に精根つき果てて死んだ戦友たちをジャングルに残しつつ、工兵隊は砲弾の雨の中、間一髪脱出に成功した。写真は作戦初期の渡河風景。

駒井兵長の姿は、二度と浮上をしてこなかった。

「駒井……」暗然としてつぶやいた中隊長の胸中が、そのままわれわれにも伝わってくるようだ。中国戦線いらいの部下を、また一名うしなったのだ。

私も、駒井兵長とは同年兵だった。小柄ながら剽軽《ひょうきん》者の彼がみごとな鼻ひげをたてて、これをしごきながら、

「おい、斎藤班長、オレのひげもプロペラ親爺（兵隊たちが中隊長につけたアダ名）にはかなわないまでも、まんざらすてたものでもなかろう」

「あありっぱなもんだよ、それにもう少し背が高いともっと引き立つのにな」という私に、

「背丈のことをいわれたらよわいな」

と笑う彼の面影が、暗い夜空にポッカリ浮いてくるように思えた。

「ああ、またひとり同年兵をうしなった」という切ない気持が、きゅうっと私の胸をしめつけた。

砲声は下航するにしたがって遠のいてゆき、どうじに、あの幽鬼の森と呼ばれたシッタンの渡河点とも訣別したのである。

野戦病院とは名ばかりのジャングルに、渡河をまつ間、精魂つきはてて死んだ兵隊は、どれくらいの数になるであろうか。

食糧のないままの餓死者、マラリアの高熱におかされ発狂し、付近の大小の川に転び落ちて水死をした者、赤痢にかかってたれ流しの状態になると、それにハエがついて卵を生みつけ、ウジに成長し、口といわず、鼻といわず、はては肛門にまでも入りこみ、生きながらウジによって生命をむしばまれた者、これらの数は千五百とも、二千ともいわれたが、おそらく実数を把握した者はおるまい。

その怨念の森もしだいに遠のいて行く。

「おい、オレらをおいてきぼりにするのか」「戦友がいがなかろう、いっしょにつれて行ってくれ!」という声が、ふと耳もとに聞こえてくるような気がして、あげくには野戦病院のジャングルにて屍となり、まるでメザシをならべたような兵隊の姿がまぶたによみがえってくる。

その夜半、ときおり驟雨ともいうべき激しい雨が降りそそいだ。私にはコヒマで、あるいは撤退中の行軍で、また、あのシッタンのジャングルで朽ち果てた兵たちの涙雨であろうと思えてならなかった。

別働隊八名の面々

私はソッと起き上がり、あたりを見まわした。中隊長以下は疲労のためであろう、まだ夢路をたどっている。

その眠りをさまたげないように、私は足音をしのばせて、川岸の方向に歩きだした。

朝もやがミルクをとかしたように流れている。だが、このもやがはれ上がると、雨期明けがちかいビルマの九月の空は、コバルト色にひろがることであろう。

われわれの設営地から百メートルほど歩くと、とうとうと流れるチンドウィンの河面が見えてくる。私は岸辺ちかくの草むらの中の朽木に腰をおろし、この魔の河といわれるチンドウィンの茶褐色の流れを見ながら、作戦発起からきょうまでのことを、心の中で反芻してみる。

『われわれ「烈兵団」(第三十一師団)は、直接インパールを攻撃する「弓兵団」(第三十三師団)、「祭兵団」(第十五師団)に呼応してインパールとデマプールの間の要衝コヒマを攻略して、インド国内の国民軍の蜂起をうながし、積年、イギリスの悪政下にあえぐインド民族の独立をすすめ、やがて、われわれは故国日本へカルカッタ港から凱旋《がいせん》することになる。諸氏の健闘と武運をいのること切なり』

恩賜の煙草が下給され、ついで、恩賜の酒で別盃をくみかわしたのち、ひげのプロペラ親爺と異名をとる村田平次中隊長が、昭和十九年三月十五日の敵前渡河の前日、暮色せまるマウンカンのジャングルに中隊全員を集めて述べた壮行の辞であった。

あずさ弓の矢ははなたれた。私たちが二十日分の糧食と兵器を背に、峨々《がが》たるアラカンの峻嶮をあえぎながら越えて、敵の牙城コヒマに突入したのは四月六日であった。

その時点で食糧はつき、体力の消耗も極限状態にあった。

途中は兵器、資材、食糧を運ばせる駄牛を食糧とし、コヒマに行ったならば敵の食糧をぶんどって食らい、敵の兵器、弾薬を鹵獲して戦うという、十五軍司令官牟田口廉也中将の目算は、ころりとはずれた。

英印軍は、幅十メートルあまりのアスファルト道に大型車両を疾駆させ、兵員、兵器、弾薬、食糧などをどんどん補給し、さらに大型輸送機を飛ばして前線に物資を投下して、補給をほしいままにした。

一方、友軍の補給はチンドウィンの線から、輜重《しちょう》隊の老兵の肩、腕にたよるのみで、この補給の差がそのまま、戦局を左右したといえよう。

大和魂も、必勝の信念も、この戦場では通用しなかったし、神風も吹かずじまいに終わり、かわってぎゃくに豪雨が連日、空がぬけたのではなかろうかと思われるほどに降りつづいた。

強力な英印軍の反攻をまえに、友軍は食糧、弾薬の欠乏、くわえて雨将軍の猛威に、事態は最悪となった。このコヒマの攻防戦で兵団の約半数の兵員を消耗し、補給皆無の状態では兵団全員の餓死はまぬがれまい。

ことここにいたって兵団長佐藤幸徳中将は、これ以上、戦闘を続行することは、あたら兵団の残存兵員をむだ死させることになってしのびないという考え方から、「全責任は、オレが腹かっさばいておわびをする」との一大決心をした。

その結果、軍命に違背をして、補給の受けられる地点までの転進（実質的には退却）を命じたのである。

『上官の命を承《うけたまわ》ること、ただちに朕《ちん》が命を承る儀なりと心得よ』が原則の『皇軍』にとり、兵団長の軍命違背の決意と行動は、日本軍隊の創設いらいの椿事《ちんじ》といえよう。

烈兵団のコヒマ放棄により、インパール～コヒマ道は開通し、時をうつさず英印軍の機動部隊の長蛇の列が、キャタピラの轟音をきしませてインパールへ急進した。

それでなくとも弓、祭の両兵団が攻めあぐんでいたインパールに、敵の援軍がぞくぞくとくりこんだのである。

この圧力にたえきれないで、両兵団の敗退もやむをえなかったろう。それ以後は、生き残りの三コ兵団の群れが、さながらナダレ現象を呈して、雨中の泥濘をさまよったのだ。これが俗にいう〝靖国街道の惨〟である。

私も、よくこれまで生きておれたものだと思う。幸運という以外にあるまい。のびほうだいの頭髪やひげ、そしてやせ細った腕や足でも、生きているという現実は尊いものだ。

チンドウィン河の流れが、ひときわ耳を打つ。それにしてもこの河は一体、どれくらいの日本兵を流れに巻きこんだことであろうか。

この作戦に参加した三コ兵団の兵隊が、戦死や戦病死をまぬがれ、また靖国街道にも身をさらさずチンドウィン河畔にたどりついた。そして陸路の行軍は体力的に限界にきているのを感じて、竹や木をきりだしてイカダを組み、あるいはドラムの空缶を利用した大型のイカダを作ったり、またはビルマ人の丸木舟をひそかに失敬したりして、それぞれがそれぞれの方法、手段でチンドウィンの河下りを開始した。

ときあたかも雨期の最盛期のこととて、連日の豪雨で氾濫をつづける大小数多の河川をあわせのんだこの河は、幅一キロ以上、流心部の流速もじつに四メートルあまりという猛威をたくましくしていた。

流心部にでたイカダや舟は、矢のような速さで流れに乗り、あたかも木の葉のようにもてあそばれ、流心部からぬけでて岸辺にこぎ寄せることは、およそ不可能だった。

それも夜間ならともかく、夜が明ければ、それを待ちかねていたように、敵機が河面をなめるような超低空で飛んだ。これに発見されたら完了《ワンラー》である。

四機編隊のスピットファイアは、機銃掃射と爆撃を交互に反覆し、一兵といえども容赦はしなかった。

銃弾にたおれたらもちろんだが、これを恐れて水中に飛びこんだ兵隊も、二度とふたたび河面に浮かんではこなかった。

この河を〝魔の河〟と呼ぶのも、河面と河中の流れがことなり、水面より水中の方が流れがはやいため、いったん沈むと、もう水面に浮かぶことができなかったからである。

何百人、何千人の日本兵の生命をその流れにのみこんだ黄褐色の流れは、けさも寸時の休みもなく、とうとうと流れている。

憂うべきこの戦局、これから一体どうなることであろうか——暗い気持を抱いたまま、中隊長以下が〝ごろ寝〟をしている場所にもどる。ミルク色のモヤがいくぶんうすくなってき

作戦中、密林の河をわたる日本兵たち。インパール作戦は、広大なビルマの防衛に不安をいだく牟田口司令官の積極的な反攻意図によって実行された。

たようである。

「おい、斎藤軍曹、もう起きたんかいな」

大声で、こう呼びかけたのは、中隊長だ。

「はい、少しまえに起きて、しばらく河を見てきました」

「そうか、貴様のことやから、また感傷的なことでも考えてきたんやろ……」

金沢弁でこういうと、むっくり上体を起こした。

「今日から大変な行軍になるやろ。おい、貴様らも起きんかい、モヤがあるうちに炊さんやぞ」

まだ眠りをむさぼっている連中にこう声をかけた。兵たちはすぐ起きて炊さんにとりかかる。

きのうの朝のことだが、河下りの舟から岸辺のジャングルの退避場所におちつくと、中隊長が声をかけてきた。

「斎藤軍曹、どうだ。中隊員の消息やが、

どれくらい掌握ができておるんかな」

私は、さっそく油紙につつんだ書類から、中隊員の名簿をとりだした。戦没者には赤丸をつけ、死亡年月日、原因、場所などを克明に記録してあるもので、数えてみると確認ができているのは、中隊員約二百名のうち、半数にもみたなかった。

と、いうことは残りは、どこでどうしたのかわからないのだ。その実情を報告すると、浮かない顔をしていたが、まもなく連隊長のところに出向き、しばらくして帰ってくるなり開口一番、

「おい斎藤、中隊長と舟をおりるんや。いま連隊長のおゆるしを得てきたんやが、これからパンタ街道を五日間の予定で行軍をするんやぞ。目的は、道中で工兵連隊の兵隊をさがすんや」

かくして中隊長以下八名の編成となり、そのなかにはもちろん功績係の私がおり、剽軽者の伊藤軍曹、庶務の渡辺伍長、森本、高田の両衛生上等兵もメンバーである。飯盒炊さんを終え、食事をすませると、はやくも「出発準備」がかかる。

私も行軍では人後におちないつもりだが、このプロペラひげの中隊長の速さには、とうていかなわない。長いコンパスで、どんどんと歩く。

だいたい兵、下士官にくらべて、将校は服装がちがう。われわれは三八式歩兵銃をにない、三十年式銃剣をつるし、前弾入れ、後弾入れに小銃弾を入れ、ベンケイの七ツ道具もどきに、円匙《えんぴ》、十字鍬《くわ》、鋸《のこ》、手斧《おの》などを背負いこまなければならない。

三八式歩兵銃の重さは約四キロだが、この本当の重さは銃をになって行動した者でなけれ

ばわかるまい。四キロはなるほど四キロであるが、長い時間になろうと、銃が肩に食いこむ思いさえする。変え銃（肩を変えること）ぐらいではとうてい負担は追いつかない。

その点、将校はいたって軽装である。それが大またでどんどん歩かれた日には、兵隊さんはとうてい追いついて行けない。

「おい、斎藤。プロペラ親爺が先頭をきって歩いたら、ドエライことになるぞ。貴様、ひとつブレーキをかけろ」

伊藤軍曹が小声で、きつい注文をつける。私も人ごとではすまされない、累が自分にもおよんでくることである。

「中隊長どの、行軍中は道路上ばかりでなく、草むらや樹陰にもじゅうぶん注意する必要があるわけでしょう？」

私がそれとなく行軍スピードを警戒すると、

「ハッハハ……貴様たちはオレの足を封ずる魂胆だな、ワッハッハ……」

と、笑った。さすがは中隊長、役者は一枚も二枚も上である。

「まさか、貴様たちをおいてきぼりもできまい、ゆっくり歩くさ。ところで、行軍中は敵機にじゅうぶん注意をしろよ」

やがて中隊長を先頭に、一列縦隊になって歩き出す。まもなく、どこからともなくただよいでる異臭が鼻をついた。このにおいには相当なれているはずだが、なんとも形容しがたい悪臭であることか――。

道路わきの草むらに、もう半分とけかかった兵隊の死骸が、投げ出されたような形で倒れている。そこから数メートルはなれた立ち木によりかかり、さながらすわったままのかっこうで腐蝕している死骸がひときわ目をひいた。破れはてた略帽、ぼろぼろになりよごれきった上衣の片っ方のえりに、兵長の階級章がついている。疲労困憊しながらもここまできて、樹によりかかったまま息絶えたのであろう。その兵隊の眼球とてない眼窩から、はらはらと涙がこぼれ、頬の肉のないガイ骨になったその歯なみがかちかちとかみ合い、なにごとかをうったえるつぶやきが聞こえるような気さえする。

せっかくあの靖国街道をたえぬき、シッタンの幽鬼のジャングルにも屈せず、敵岸から渡河をしてここまで歩いてきたが、精魂つきはててたおれたのであろう。どこの部隊の、だれかもわからない。しいて調べてみようとするなら、兵隊がひもをつけて肌身はなさずにつけている認識票——小さい銅製と思われる小判状のものに、部隊名、番号が刻印されており、われわれはこれを靖国神社の通行手形と呼んでいた——をたしかめるほかはあるまい。といっても、腐蝕した死骸に手をふれる気はおこらない。

ムッとする死臭をこらえつつ、しばらく行軍をつづけていると、こんどは行く手に、

「ギャー、ギャオー……」

と突然、大きな奇声を上げるハゲタカの一群を発見した。この鳥はその名のように、頭のてっぺんが禿げてうすぎたなく、ぎろり光る双眸《そうぼう》もぶきみである。地上を移動するときはピョンピョンと長い脚でとび、羽根で調子をとる。

その数十羽におよぶハゲタカの群れがあさっているのを近づいてみると、なんと日本兵の

しかばねではないか。それをみた中隊長がたまらずにさけんだ。
「おい、伊藤軍曹、小銃で一つおどかして追っぱらえ！」
中隊長の声に、えたりとばかり一発をはなつ。あたりの静かな空気をふるわして、伊藤軍曹の威嚇射撃がひびくと、ハゲタカの群れはいっせいに奇声をはなち、上空高くまい上がった。

見ると、その付近には四、五人の死屍があり、いずれもするどい口ばしでついばまれたあとがあった。一行は思わず同胞の霊に手を合わせていた。

中隊長の命令で、これらの死骸を道路横の草地に円匙で穴を掘り、埋葬をした。

考えさせられるのは、たった一人でポツンと死んでいる兵隊はほとんどおらず、かならずといってもいいくらい三人、五人とかたまって死んでいる。死人が死人を呼ぶという言葉があるが、これは本当かもしれない。

路傍には、もうすでに白骨化しているのも見られた。これは雨期のはげしい降雨時に死亡し、ふやけて腐蝕がはやかったものと思われる。ボロボロの軍衣が、または水筒や飯盒が、わずかに日本兵の名残りをとどめている。

待ち人きたらず

やがて灌木の下に四、五人の兵隊の姿を発見した。われわれを見た彼らのなかの一人が、なにやらさかんにブツブツといっている。近づいてみると、全員がもう歩けないらしく、低くうずくまっている。

「部隊は、どこかな」

中隊長が声をかけると、

「一三八や」

ものうげに、のろのろと答えたのは伍長で、全員、もはやこの世の顔ではなかった。

「米をやろうか」と、中隊長がいうと、

「米などいらない。弾丸の入った銃か、手榴弾を……ください」

やせこけたガイ骨みたいな手をそろそろとさし出す。それは小きざみにふるえている。

「そんな弱気なことはいわないで、がんばるんだ。しっかりしろ！」

中隊長の指示で、彼らの飯盒に飯を、水筒に水を入れてやったが、食うでもなく、飲むでもなく、呆《ほう》けたようなうつろなひとみで見まもっている。

こんな彼らを、どうもしてやれないもどかしさや、情けなさが痛いほど感じられた。わずかばかりの飯と、水をやって、「おい、元気を出せ」と、いうくらいのはなむけしかできないのである。

やがて、村落というには貧弱だが、民家が五、六軒散在している地点にさしかかった。

なにげなく一軒の家をのぞくと、何人かの日本兵が入りこんでいるらしく、やがてうす暗さになれてきた目に、六、七人の兵隊が携帯天幕をしいたり、あるいは土間に直接ころがっているのが見えてきた。わたしたちに気づいた兵隊の一人がいった。

「あんたがた、わてらを迎えにきなはったか、おおきに、おおきに……」

弱々しい声だが、心なしかひとみをかがやかせた。

「いや、われわれは通過部隊だが……」

と、答えると、がっかりした顔で中隊長をあおぎみるようにした。やせこけ、ほお骨をとがらしたその兵は、軍曹の階級章をつけていた。その軍曹が、小声でボソボソと語るところを要約すると、シッタンの野戦病院に入院した彼らは、まだまだ健兵の部類にはいり、そこで独歩患者として衛生下士官の指揮で渡河をし、パンタ街道をここまでやってきたものの、もう一歩も歩けない状態になっていた。

「おい、お前たちは行軍はむりだろう。オレがこれから急いで下流に行って、舟を仕立ててむかえにきてやるから、それまでここに待っておれ」

衛生下士官はそういって、一人あたり飯盒のふたに二はいずつの米をあたえて先行した、ということだった。

はじめここには十一名が残っていたが、やがて三日たち、五日目がすぎたが、舟はいっこうにむかえにこない。ゴウをにやした比較的に元気な五名が待ちきれずに、けさがた出発して行ったのだという。きょうで一週間だというが、その間、きょうかあすかと一日千秋の思いで舟をまつ心理が、われわれにもいたいほどわかった。

「きのう一人、けさがたも一人が死んでしもうたさかい、生きているんは、わいら四人や……」

関西なまりと思われるアクセントで語るこの軍曹の余命も、もういくばくもあるまい。もう死相がにじみ出ている。生者と死者がならんで寝ている。

マラリアと赤痢で身動きもならないのだ。たれ流しのため悪臭がただよい、ハエが黒くなるほどにたかっているが、これを追う気力も体力もうしなっていた。

「おい、全員で、この二名を埋葬してやろう」

中隊長の指示で、火焔樹に近い位置に穴をほり、埋葬をした。

「わいら、舟を待っているさかいに、もし、衛生下士官に出合うたら、はやくむかえにくるよういうてんか」

軍曹の弱々しい声を背中に聞いて、われわれはそこを出発した。

「むかえにきてやる」――これは衛生下士官の、患者へのせめてものなぐさめであったろうが、それをうたがうことなく、ひたすらに舟を待ちわびる、軍曹のやせほそった顔が、あれから四十数年たったいまでも私の記憶によみがえってくる。

こうして行軍第一日目は終わったのだが、たいした距離は歩かなかったはずのに、みなの表情には疲れがはっきりとよみとれた。

そこ、ここにへたりこみ、また、瀕死の状態で寝ころんだり、うずくまって死を待つ彼らのうえに思いをいたすとき、まったくのところ、暗い気持におそわれる。

戦争というものは、人間どうしの殺し合いだから、非情なものにちがいなかろう。だが、この路ぼうでガイ骨化した兵隊には、戦場で敵弾により戦死をとげた兵隊に感じなかった憐憫の情をつよく感じたのは、おなじ死でありながら、なぜであろうか。戦死というものを、昇華し、美化する心理の作用のためだろうか――。

太い灌木の下に携帯天幕をしいて寝る。下衣はさけ、かつて貨物廠の兵隊からもらった古軍靴《ぐんか》の半張りもとれ、鉄帽のひもはちぎれ、軍衣袴にいたってはおんぼろさんぼろ、ワカメの行列というのはこんなさまをいうのであろう。

　頭髪も、ひげも半年ものびほうだいで、鼻ひげはビンとしごくと、そのさきっぽはみずからの目でも見えるほどである。

「班長どの、きょうの行軍中の死体は百体以上でしたよ」

　となりに寝ている高田上等兵がいった。この日、私たちが行軍した路傍だけでも百体以上の日本兵が、ハゲタカの餌となり、腐蝕し、白骨化してゆくのを思うとき、暗然とし、心も目もさえてなかなかに眠れない。

「ケッケッケイ……ケッケッケイ……」

　トッケイ（トカゲの大きいもの）が鳴く。ビルマ人は、このトッケイが七回鳴くのを聞くと、思わぬ幸福が訪れるという。だが、現在の私たちには、トッケイが何回鳴こうと、幸福など訪れるはずがない。

従軍手帖の中の写真

　翌朝もまた、ミルク色のモヤがただよっていた。

「さあ、きょうも元気で行くか」

　朝食を終えると、ひげをピンをしごいて、村田中隊長が、こうカケ声をかける。

　どう見てもりっぱなひげだ。寸暇をさいて手入れをするせいもあろうが、両方の端末がピンとはね上がってなんとも威勢がいい。

大正六年の生まれというから、なんのことはない、わたしより三歳しか年上でないはずなのだが、一見してそんなわずかな差どころではない。もっとも、階級差も中尉と軍曹だから格段の差といえよう。だが、原因はなんといっても、このひげにあると思われる。

プロペラひげには遠くおよばないが、私のひげもけっこうのびている。中隊長のようにチックの持ち合わせがないのが残念だが……高田上等兵が「班長どののひげにこれを」といってさし出したのは、保革油の缶であった。

底の方に少々残っていたので、彼の厚志もだしがたくこれをつけたところ、やたらとくさいのでやめた。もっとも編上靴に塗るものを、鼻の下につける方が無茶だったのかもしれない。

「おい、斎藤のひげもまんざらでないぞ」

中隊長が、ヤユするようにいう。もちろん、中隊長のひげと私のそれとは形からもダンチであるが、それもひげの目的、精神を異にしているせいかもしれない。

中隊長のひげは、威厳をしめす小道具的役割をはたしているのにくらべ、私のはただたんに「かみそり」がないゆえにのばしているのにすぎない。したがって、前者は作為的であるのに対し、後者は自然流である。

ひげのことで、話は横道にそれてしまったが、中隊長がそのひげをピンとしごいて歩き出した。おおまたではあるが、さすがにスピードをセーブしている。

その日の行軍をする路傍にも、点々と日本兵の死骸が見うけられた。これらの屍を一つひとつのぞきこむように歩きつづける。

　雨期明けがちかいビルマは、陽が照りつけると、湿度がにわかに高くなり、暑さは全身に汗をうながす。

　この日の道中も、きのうにまさるともおとらない白骨が、また腐乱死体が、あるいは生きているとは名ばかりの兵隊が群れていた。

　これら一人ひとりの兵隊には、もとより両親もいるだろうし、兄弟姉妹もいることだろう。なかには、妻や子供がいる者もいるだろう。

　出征をするときにはこれらの肉親、親族はもちろん、知己、近隣の人びとの激励にこたえ、海ゆかば水づく屍、山ゆかば草むす屍をちかって、勇躍壮途についたのであろうが――。

　それにしても、あまりにむごい最期ではなかろうか。家族や知人がこの姿を見たならば、いかばかりなげき悲しむことであろ。これらのむくろに、私は念仏と合掌をくり返すのみであった。

　太陽が中空に照りつけるころ、とある村落に着いた。ところが、二、三十戸の村落には銃爆撃の生々しい跡が、ここかしこに見られた。椰子の樹々が射ち倒されているかと思うと、バナナ畠が掃射をうけてなぎ倒され、民家も銃爆撃によって破壊され、住民の姿はまったく見当たらない。

「ひどい空襲を受けたもんや。こりゃ二、三日前にやられたものらしいぞ」

　中隊長がこういって、とある一軒の家の前で足をとめた。家のなかに人の気配を感じたからだ。ちょうどそのとき、家のなかからビルマ人の老爺《ろうや》が、こわごわと出てきた。

「おい、斎藤軍曹、どうしたのか聞いてみろ」

中隊長にそういわれて、あまりビルマ語の上手でない私と、伊藤軍曹が協力をしながら老爺から聞きただした要旨は、つぎのようなものであった。

二日前の夕方のこと、日本兵三、四十名の独歩患者部隊が通りかかり、民家のあるのを幸いに一泊しようと、炊さんをはじめたところ、敵機に発見されて銃撃をうけたらしい。健兵なら、爆音がしたならばとっさの気転で炊煙をけしたであろうが、よろよろ歩きの患者とあっては、動作のにぶいのもいたしかたがなかったかもしれない。

炊煙と日本兵の姿を発見した敵機は、これを見すごすはずがない。ちょうどハゲタカがエモノをねらうように攻撃態勢にはいった。一機また一機と、炊煙付近をよろよろと逃げまわる患者たちに猛射を開始した。

ふつう四機編隊の敵機は、交互に執拗な襲撃を反覆し、銃弾を射ちつくすと、胴体下の爆弾一コを投下して基地に帰投するのが彼らの攻撃のパターンであり、当日もそうだったにちがいない。

日本兵が姿をみせたことによって、この部落は甚大な被害をうける結果をまねいたのだ。日本兵の死亡者は八名を数え、ビルマ人にも三名の犠牲者が出たという。老爺は目をしばたかせながら当時の恐怖を語り、「イングリー・レンビアン・アジ・チョッケイ（英軍の飛行機は、大変おそろしい）」をくり返した。

さらに老爺は、私の家に負傷をした日本兵が寝ており、その兵隊にいま食事をもってきたのだ、というようなことを中隊長にもらした。

英印軍を追撃中の日本軍将兵。かつて精鋭を誇った歩兵部隊も、いまや見る影もなく、捜索隊が進んだパンタ街道に元気な兵は一人も見られなかった。

やがて中隊長を先頭に、老爺の案内でわれわれも民家に入った。身動きすると竹の床がきしる。敷物とてないそのうえに、二名の兵隊が横になっていた。一人は肩の部分にどす黒く血痕がにじみ、微動だにしない。もう一人は大腿《だいたい》部をやられており、私たちの足音に気づいて、視線をこちらに向けた。

「おい、しっかりしろ、どこの部隊かな」

「烈の五八（歩兵五十八連隊の略称）です」

中隊長の問いに、力なく答える。

「そちらの兵隊、しっかりしろ！」

「そいつは、さっき死んだようです」

大腿部を負傷している兵隊が、なんの感情もしめさずにいった。森本上等兵が近づいて、その兵隊をゆすると、「がくん」と首をたれた。やはり死んでいた。やぶれはてうすよごれた軍衣のえりに、兵長の階級章がようやく識別できるていどであった。

ビルマの老爺の話によると、爆撃いらい部落の者は全員、部落を捨ててジャングルに逃げこんで生活をしているということだった。日本兵がいることによって銃爆撃を受け、家や家財道具をうしない、部落を捨てなければならなくなったのだ。それなのに、この老爺は日本兵をうらみもせずに、負傷した兵隊に食事をはこんでくれるとは、なんとありがたい慈悲の心であることか。私はその老爺の手にすがって泣きたいような感情におそわれていた。

死んだ兵隊を埋葬し、大腿部を負傷した兵隊に治療をほどこしたが、患部にはハエが子を生みつけていたし、傷の度合いから推してもそう長くはもつまいと思われた。一人の兵隊をすくうため担架ではこぶと、四人の兵隊が犠牲にならなければならない現状では、このほかにうつ手はあるまい。

老爺が、手ぶりよろしく語るのを、私は中隊長に通訳した。

「中隊長どの、このシアージ（親爺さん）が、負傷をしたビルマ人に薬をくださいといっております」

村民の退避をしているジャングルまでの距離は、一マイルていどだというので、老爺の日本兵につくしてくれた謝礼の意味もふくめて、中隊長以下全員がジャングルをおとずれた。まず、屈強な若者が腕をやられていたが、これは軽傷で、彼らの治療法であろうか、黄色い木の皮を患部にはりつけていた。つぎが五、六歳くらいの男の子、足に機関銃弾の破片でやられた擦過創があったが、これも軽傷であり、この子供の傷には白い液状のものが塗布されていた。

これらの人には〝赤チン〟で消毒をし、傷薬をぬりこんで、さらに小ビンの赤チン、傷薬、包帯包を一コずつやると、本人も家族らしい連中もひとしく三拝九拝してよろこんだ。

三人目は老婆だという。腰をやられ、相当量の出血をして重態らしい。老爺が暗い顔をしながら案内する途中、向こうから数名のビルマ人が急ぎ足でやってきた。そして老爺とわれわれを見るとひとしく、「デードアビー、デードアビー（死んだ、死んだ）」を連発し、重態の老婆が死んだことを告げた。これもまた、戦争の犠牲者にほかならない。

立ちどまった中隊長は、背負袋のなかから一枚の半袖シャツをとり出すと、案内役の老爺を手まねいた。老爺はなにごとならんという表情で、さらにせわしく目をしょぼしょぼさせる。その手にシャツを渡しながら、「チーズテンバレー（ありがとう）」とあまり上手でないビルマ語で礼をいい、さらにつぎのようなことを通訳させた。

「いろいろありがとう、日本の兵隊に食事をはこんでくれたことに対し、お礼にシャツを上げます、本当にありがとう」

中隊長のばかでかいショベルのような手が、ビルマの老人のなえた小さな手をつつみこんだ。われわれが元の道にもどる途中、中隊長が、

「戦争は非情だな、でも、たまには美しい心にふれるのはすくいだな」

こういって、いきなりドンと大きいこぶしが私の肩に炸裂した。

ふたたびパンタ街道に出ると、いぜんあちらこちらに死骸がころがっていた。このころになると、死臭に嗅覚がなれたのか、それともマヒをしたのか、行軍第一日よりは感じなくなった。

もう陽もすこしかたむきかけたころである。私らの足音を聞きつけたのか突然、路傍で息

がたえたと思われるボロボロ服の兵隊が、弱々しい声をかけてすわりなおした。

「水を……水を……ください」

「水か、よし、オレがやるぞ」

渡辺伍長が水筒を手渡すと、のろのろとした手つきでこれを重たげに受けとり、かろうじて口にもって行くと、ゴボ、ゴボと二回ほど飲む音がした。が、あとは口に入らず、おでこやほおや、のどにこぼれおちた。と、その兵隊の手からボトンと水筒が大地にころがり、水がこぼれた。

「もったいない」

渡辺伍長が、その水筒をひろい上げたとき、

「これを……これを……」

かのガイ骨じみた兵隊が一枚の紙片をとり出して、ぶるぶるふるえる手つきで前につき出した。

「なにかな」

中隊長がいぶかしげにこれを受けとり、ひとみをこらして見ていたが、

「写真やで……これをいったいどうしろというんかな」

「………」

返事はない。と、突然、その兵隊はごろりと横にころがった。

「どうした、しっかりしろ！」

中隊長が叫ぶようにして兵隊の手をつかんだとき、彼は全身を二、三度けいれんさせた。

「死んだんや……」

中隊長がつぶやいた。死のまぎわにひしと手にしていた写真は、いぜん彼の掌中にあった。

「執念の写真やったなあ……」

その写真は、従軍手帖にはさんでおけるくらいの小さいもので、茶褐色に色あせていた。国民服にたすきをかけ、日の丸の寄せ書きを持った若い男と、和服姿の女性が幼い子供を抱いてよりそうようにしていた。この兵隊が出征するときの記念写真であろう。おそらく彼は何十回、何百回となく、これをポケットから出して妻恋し、子供いとしとながめたことだろう。

その気持は、私にもいたいほどわかる気がした。うらを返して見ると、字を書いた跡がかすかに残っているが、汗と雨と涙にぬれて、読みとることはできない。

「かわいそうにな……」

中隊長がポツンとつぶやいた。

「円匙《えんぴ》、前へ！」

伊藤軍曹が、重苦しく沈んだ空気をうちはらうように声をかけ、みずから先頭に立って穴を掘りはじめる。そして、その写真を、かの兵隊の破れた軍衣の胸のポケットに入れて埋葬をした。真新しい土まんじゅうの上に、私は草むらからとった名とて知らない野の花をさした。

真紅の大きい太陽が、チンドウィンの黄褐色の流れの上に金粉をまき散らしながら、はるかな樹海のかなたに沈もうとしていた。

〝罪ほろぼし〟道中

銀の砂をまき散らしたような星空をあおぎながら眠りについた。真夜中のことであった。

突然、

「このドロボー野郎めが……」

ときならぬ大声を上げたのは、私のとなりに寝ていた伊藤軍曹だ。

「カンニンや……カンニンしてや……」

そのか細い悲痛な声にも、まだ伊藤の怒声はやまない。このさわぎを聞いて、中隊長もただごとではないと起き出した。

「どうしたんや、伊藤！」

「この野郎が、自分の枕元においた飯盒を盗ろうとしたところを、ふんづかまえたのです！」

ほの明るい月の光に照らし出されて、飯盒を盗りにきた兵隊の容貌が、おぼろげな闇に浮いている。おきまりのおんぼろ服におんぼろズボン、これまたガイ骨にちかい姿は、夜目にもはっきりとわかる。その兵隊の片手をねじ上げている伊藤軍曹は、興奮も手伝ってか息をはずませている。

「おい、伊藤……いいかげんにはなしてやらんかい」

中隊長は、やんわりと伊藤軍曹を制しておいて、よろめきながら立ち上がったその兵隊に、おもむろに声をかけた。

「部隊は、どこかな」

やさしい中隊長の言葉に、ちょっとためらいを見せながらも兵は答えた。

「祭です」

「おお、祭兵団か、ご苦労やったな。ワシらは烈だが、ところで米がないんやな」

「はい、自分たちは独歩患者で、中隊の者五名で行動をしております。とうとう糧秣がなくなってしまい、悪いこととは知りながら、つい……申しわけありません！」

「いやいや、食うものがないほどつらく苦しいことはない、その点はわかるんやぞ。ワシらかてコヒマからチンドウィン河まで食うや食わずだったんやからな。でもな、物盗りはよくないことや。ないなら、ないからといってたのむんならよいが……」

「……………」

「どうかな……」

「でも隊長どの、食う物がないからどうぞ下さいとたのんで、くれる人などおるでしょうか」

「もっともな、いまの状態ではくれる者などおらんやろな。ところで斎藤、伊藤、渡辺、全員非常用糧秣の供出だ。おい当番、ワシの背負袋からも出してくれよ、そしてな、祭の兵長にそれをやってくれんかい、こまるときはおたがいやから……」

中隊長の命令とはいえ、伊藤軍曹はブツブツと小声で不平をならしている。

「飯盒に四はいくらいはあるはずだ、こぼさないように雑のうに入れろよ」

思いがけない中隊長の処置に、祭兵団の兵長は感激をしたのだろう、声をつまらせて何度も礼をいった。

祭兵団の兵長が姿を消し、一騒動終わって、われわれが元の寝ぐらにもどると、中隊長がしんみりといった。

「伊藤軍曹、どうもきげんがわるいらしいが、じつはな、中隊長は借りをホンのチョッピリ返したまでなんや」

ここで言葉を切った中隊長は、沈痛な声でつぎのように語った。

「われわれがコヒマから撤退をしたときのことやが、うち（烈兵団の意）の百二十四（歩兵第百二十四連隊）が、フミネの祭兵団の糧秣集積所に小銃や機関銃をもって押しかけ、糧秣を渡さなんだら銃火をもってもとおどし、強行手段で祭兵団の撤退部隊用と後生大事に温存していた食糧を、根こそぎうばいとってしまったんや。祭兵団にはまことに申しわけのないことをやっておるんや。そやさかい、食うにこまっている祭兵団の兵隊に、飯盒に三、四杯の米をやるのは当然やろ。いうなれば罪ほろぼしというもんやぞ」

私は、中隊長の言葉を聞いてなるほどと思った。中隊長には中隊長の考え方があったのだ。祭兵団から米を奪ったわが烈兵団の歩兵第百二十四連隊も、不運きわまる部隊といえよう。かつてはガダルカナル島で壊滅的打撃を受け、転進を命ぜられ、残存兵員に補充要員をあわせ、烈兵団に編入された連隊である。

したがってこの連隊は、太平洋戦争中で最悪の戦場といわれたガダルカナルと、インパール作戦の両方を体験したのだ。われわれが南方に転進した当時、兵隊のあいだで、『ジャワは天国、ビルマは地獄、ガダルカナル島死ぬところ』といったものである。

この不運な部隊に思いをいたすとき、他兵団の集積した食糧の略奪はゆるされる所業では決してないが、他人のことなど考える余裕とてない極限状態とあってみれば、やむにやまれない行動だともいえよう。衣食たりて礼節を知るとは、けだし名言である。

この作戦を計画し、強行をし、食糧・兵器の補給をまったく行なわず、膨大な餓死者を出した高級指揮官が、後方で腹をみたしていることはゆるされることではあるまい――などと考え、目の前の出来事を思うと私は、またしても心も目もさえて寝つかれなくなったが、なんどか寝返りをうつ間に、いつか深い眠りについた。

翌日、朝モヤはいつになってもはれ上がらず、そのまま雲が低くたれこめ、出発をするころからついに雨となった。雨期の名残りの雨であろう。

中隊長以下一行は、やぶれた携帯天幕を〝道中合羽〟よろしく、肩から羽織るようにして行軍を開始した。

「患者泣かせどころか、患者殺しの雨やな」

中隊長が、そぼ降る雨空をあおいで、うらめしげにポツンとつぶやいた。

現在のわれわれは、食う米にことかかない程度のものは持っているものの、作戦発起からこれまで約半年におよぶ戦場生活で、すっかり体力を消耗しつくしていた。

路傍で白骨化したり、虫の息でころがっている者よりは〝まし〟であろうが、作戦前は体重七十キロだった私も、メンヤで体重をはかったら五十キロをわっていた。

かつての〝当たれば、はね返る〟という気迫は喪失していたし、あれだけ気負って行ったたコヒマで、英印軍に一敗地にまみれたという精神的打撃も、疲労困憊の要因になっていたこともいなめない。

『勝敗は皇国の隆替《りゅうたい》に関す。光輝ある軍の歴史に鑑《かんが》み、百戦百勝の伝統に対する已《おの》れの責務を銘肝し、勝たずば断じて止むべからず』——とうたう御勅諭も戦陣訓も、この戦場では空文化していた。

「腹がへっては戦さはできない」という、きわめて初歩的な原則を無視したがゆえにまねいた作戦の齟齬《そご》であろう。

敗戦という現実を、軍の上層部のみに転嫁をするのではないが、もしわが兵団長佐藤中将の独断による退却がなければ、烈兵団のみならず弓、祭をあわせた三コ兵団の全員が、しのつく雨のジャングルに相果てたことだろう。それがはたして勇戦敢闘だったろうか。

そんなことをひとり考えつつ、黙々と中隊長の大またのあとにつづいて歩く。

「おい、斎藤。あそこの樹の下に何名かおるらしいんや」

見れば、雨が降りしぶくのをさけるように、大樹の下に寄り添うごとく七、八名の兵隊が寝転んでいる。近づいてみると、すでに四人ほどが折り重なるようにして死んでいる。残る三名も生きているとは名ばかりで、うつろな目をこちらに向ける。

「おい、しっかりしろ、めしはあるか」

問いかける中隊長に、

「ないです……」

か細い声が返ってくる。

「よし、めしをやろう」

「いりません、手榴弾をください」

彼らが、日本兵としての名残りをとどめているものといえば、破れほうだいの軍衣袴、飯盒と水筒ぐらいのもので、略帽とてない。

そしてどの兵隊もどの兵隊も、みんなおなじ顔に見えるからふしぎだ。飲まず食わずで餓死寸前になると、骨と皮になってしまうので、顔はどれもこれも画一的になってしまうのではなかろうか。

「そんな弱気なことをいわずと元気を出すんだ、ほーら、めしをやるぞ、飯盒を出せ！」

飯盒にめしを入れてやり、水筒に水を入れてやるが、無表情でながめているだけで、食おうともしない。

手榴弾をやらずとも、この兵隊たちの命は、あと二日とはもたないだろう。

この兵隊たちからすこしはなれた低い木の枝にふと目をやると、そこには巻脚絆をまきつけ、首をくくって、座ったままの姿勢で死んでいるいたましい兵隊の姿があった。

とにかくコヒマから、チンドウィン河畔のトンへにいたるまでの靖国街道にはなれきったはずのわれわれも、これでもかこれでもかとばかりつづくパンタ街道の惨状には、呆然とするばかりであった。

パンタ街道を行軍中の五日間に見た死骸や、瀕死の兵隊の数は六、七百名にもおよんだが、路傍ではなく、人目につかない草むらやら、ジャングルに果てた数を合わせたら、大変な数字になったのではあるまいか。

〝出ものはれもの〟

五日目の夕刻、われわれは、連隊長以下が設営をしている小村落に追及をしたのであった。目的だった、連隊や中隊の兵をさがしあてることはできなかったが、われわれが見聞したパンタ街道の惨状は、ただちに連隊長に報告され、さらに軍の上層部にも報告されただろう。だが、これに対してなんの救護策もとられないままに終わったのは、まことに残念といわなければならない。

私は装具をとくとすぐに、高田上等兵とつれだって河岸に水浴びに出かけた。行軍中のあせを流すとともに、行軍中に見た死骸だとか、断末魔ちかい兵隊がうずくまる悲惨な状況の記憶も、ともに流してしまいたかったからである。

ところで、河岸ですっ裸となり、水浴をはじめたとき、

「キューン」と金属音がして、敵機が低空で飛んできた。

「全員、壕に退避しろ！」

遠くで連隊長のカン高い金切り声が聞こえる。

「おい、高田、逃げるぞ！」

私たちが体もふかず、すばやく衣服を身につけはじめたとき、「キューン」と二機目が河岸の椰子のこずえをならした。

裸のまま機銃掃射にやられたのでは、後日の物笑いになるだろう。だが、いま着いたばかか

りで、タコツボ（一人用壕）も掘っていない。さて、どうしよう。

ふたたび旋回をしてきた敵機は、どうやらこの村落に照準をつけたらしい。すさまじい銃撃音をたてて射撃を開始してきた。私と高田は大あわてで遮蔽物をもとめて走った。

と、聞きなれない声がする。

「マスター・ミヤンミヤン・ラバー（兵隊さんはやく、はやくきなさい）」

足もとの草むらに防空壕があって、その掩蓋の下から、老婆がしきりに手まねきしていた。わたりに舟とはこのことであろう。そのとたん、機関砲の発射音と、敵機の低空すれすれに降下する音がかさなり、薬莢の散乱する音がさらに恐怖心をかき立てる。

私と高田上等兵は脱兎のいきおいで老婆の掩蓋壕にころがりこんだ。二機の敵機は、いぜん旋回をつづけ、交互に急降下の銃撃を反覆する。弾着もさほど遠くない。

「ペアペア……ペア……」

ビルマ人の老婆がしきりにペアペアをくり返している。日本式にいうと、さしずめナムアミダブツとでもいっているのであろう。二機が交互に反覆した銃撃も、例の「ドカン」という小型爆弾の炸裂で終わり、敵機はひきあげていった。

私もホッとして、声をかけ壕に呼び入れてくれた老婆に、「ミアージ・チーズテンバレー（大変ありがとう）」とくり返し礼をいって壕から出た。

中隊の設営地に帰ると、中隊員には一名の負傷者もいなかったが、連隊本部の安蔵曹長が腕に破片創の軽傷をおったということだ。

夕食には、めずらしく高田上等兵の魚塩《ガービー》料理に舌つづみを打った。この魚塩《ガービー》とはビルマ独特のもので、川魚を骨のままつぶして、これを多量の塩でまぜ合わせた保存食である。

これが独特のにおいをはなつ。最初のうちはこの悪臭ともいえるにおいにまゆをひそめるが、ほかに食うものがないという理由で、おそるおそる手を出す。

そのままで食うよりは、少量の食油でこれを炊《い》り、トウガラシを入れる。なれてくると、これがうまく、はじめ悪臭に思えたこのにおいが、かえって味覚をそそる結果となる。

夕食が終わると、日没を待って門橋、折りたたみ舟、大浮嚢舟など工兵連隊の舟艇部隊は河下りをする。私も中隊長、伊藤軍曹、高田上等兵らとともに大浮嚢舟に乗りこむ。この大浮嚢舟は英軍から接収したもので、武装人員三十名が乗れるりっぱなものである。この河下りでは主として患者が乗っていた。他部隊の独歩患者はすておかれたが、工兵連隊の患者は舟で下った。運、不運も微妙なところに因がある。

この患者たちは舟の中央の、低い底の部分に板をしき、その上に寝ころんでいる。全員が赤痢とマラリアを併発していてふらふらの状態で、用便にも行けない者が多く、たれ流しのありさまである。これらの患者は放置されたら二、三日で腐乱死体になることは必至である。

浮嚢舟に乗り込んだとたん、プーンと異臭がする。

「なんだこのにおいは……クソのにおいか、けっ！」

開口一番、伊藤軍曹がこうはなった。

「患者ばかりで、なかにはもう歩けない者もいる。くさかろうが、がまんをしろ！」

徳田軍医が患者たちをかばった。

これには伊藤軍曹も、渋面をつくって納得せざるをえなかった。

この河下りだが、流れのまにまになどという風流なものではなく、流心部に出ないように気をつけなければならない。カイを使って左岸を下るのだが、ボヤッとしていて岸に激突でもすれば、たちまち浮嚢舟に穴があいて、乗っている者は全巻の終わりである。

伊藤軍曹がへさきで、私がともでカイをあやつる。したがって一睡とてできない。また門橋、折りたたみ舟との連絡もたもたなければならない。神経をすりへらす夜間の河下りである。

やがて夜明けがちかくなると、敵機の来襲にそなえて退避をしなければならない。チンドウィン河にそそぐ大小の河川がいたるところにあるので、これに舟を入れて係留し、偽装をほどこして、全員が付近のジャングルに退避をして昼寝をむさぼる。まさに夜行性動物そのものである。

その朝方に退避のためにはいった小河川は、両側とも湿地帯で、舟から岸に上がると足がずぶずぶとぬかってしまう。こんな地帯はめずらしいことではなく、もし患者がこんな地帯にふみこんだら、たちまち足をとられてしまう。健兵ならまだしも、体力のない者なら、さながらハエ取り紙についたハエのような状態になってしまう。

左足が沈み、その左足をとろうと右足に力を入れると、その足が深みにというぐあいに、たちまち下半身はうまってしまう。もがけばもがくほどうまり、はては全身が埋没してしまう恐ろしい湿地帯である。

われわれはこんな場所を「底なし湿地」とよんでいたが、そのとき退避をした河川の両岸がそれで、まさに当時の兵隊言葉でいう「処置なし」である。

「こんなことなら、きのうの出発の前に炊さんをしておけばよかった」

下司のあと知恵ともいうべく、伊藤軍曹がしきりにくやむ。だが、なんとかして、夜が明けモヤが上がるまでに終えなければならない。

「班長どの、高田に、まかしておいて下さい」

高田上等兵がこういうと、その身軽さを利用して、そのへんにちらばっている木の枝を集め、それを足の下にしきながらたくみに枝をよせ集める。私もその木の上にのぼり、付近の木をノコで切り、埋没しないわずかな場所をつくった。

伊藤軍曹はと見ると、舟の上で米をといでいる。ところで、一方の患者たちが、浮嚢舟のふなべりにシリをつき出し、排便をしようとしている。

「こらっ患者ども、もうしばらくクソをがまんしろ！」

と、彼がどなるのを聞いて私もふき出した。

「伊藤、出ものはれものところきらわず、というだろう」

そうたしなめておいたが、やがて飯盒飯がたき上がった。ひょっとしたら、異物の〝ダシ〟が混入しているかもしれない飯盒飯を、だれ一人として気持がわるいとか、きたないとかいって食わない者はおらず、舌つづみをうって食うのも、戦場ならではという感じを深くした。

ふつうなら、食事のときに不潔な話が出るとハシをおく連中も、この作戦間に体験したさまざまな出来事によって、きれいだとかきたないとかいう感覚がすっかり麻痺していたのだろう。

無味乾燥の転進時のこと、これくらいが愉快らしいできごとだった。

下航するにしたがって河岸の部落も大きくなり、河下りの最終地点モニワについたころは、半年にわたりまるで空がぬけたのではないか、と思われるほど猛威をふるった雨将軍も去り、うって変わってこんどは半年のあいだ、雨が一滴も降らない乾期に移行し、コバルト色の大空がまぶしく、はてしなくひろがる季節となっていた。

涙で見た南十字星

ホッとした、まったくもってホッとしたというのが、われわれのいつわらざる心境である。モニワの街の、イラワジ河にちかいパゴダ（仏塔）のある寺院のコンクリートの床に横になったときに、半年ぶりでようやく安住の場所を見出したような気がした。

寺院での起居は、ビルマ僧の特別の厚意でゆるされたもので、ここでは何人といえども靴をはくことはゆるされず、すべて「はだし」でなければならない。靴のないわれわれにとっては、好都合だったようだ。

話に聞けば、当分モニワに落ちつき、静養に専念しながら後続の兵員を掌握するということであり、私も中隊員の実情を把握し、本来の任務である死歿者の整理、殊勲者の上申などをやらなければならず、そのための書類の整理が山積していた。

ところが、ここモニワに到着してから五、六日後に、私はなにかしら全身に倦怠《けんたい》感を覚えるようになった。昼ちかくになると体が熱っぽくなり、熱に弱い私は、すぐダウン状態におちいった。

夜半から朝方にかけていくぶん熱もさがって楽になるのだが、まるっきり食欲がない。食っても食っても食いたりないはずなのに、ぜんぜん食欲がなく、豚肉などには飛びつくようにして食ったものだが、いまは見ただけで胸がむかついてしまう。

高田上等兵がいたく心配をして、軍医に診断をしてもらってはと強くすすめるので、彼につき添われて、蹌踉《そうろう》とした足どりで軍医の宿舎をおとずれた。

「負傷はべつとして、斎藤軍曹が体のぐあいがわるいとは鬼のカクランだな」といいながら、徳田軍医大尉がこれまでの経過を聞いた。

体温は三十八度五分。やがて聴診器をおいた軍医が、眼鏡ごしにジロリと私を見ていった。

「斎藤軍曹、マラリアだよ。しかも、これは悪性の熱帯熱だぞ」

マラリアには〝三日熱〟とか〝四日熱〟というのがあるそうだが、この熱帯熱というのはきわめて悪性だという。軍医のつぎの一言には、ガックリときた。

「とにかく、半月くらいはこの状態がつづくだろうから、安静に寝ているのが一番だ。そのうちにキニーネがとどくから、それまでがまんをしろ」

マラリア――しかも悪性の熱帯熱とは……。私は寺院のコンクリートの上にもどり、うすぎたない携帯天幕にくるまるように横になり、その病名を心のなかでくり返した。高田上等兵が心配をして私の枕頭からはなれず、なにかと世話をしてくれる。

その日の夕方ごろ、ひげの中隊長がきてはげましてくれた。それにもかかわらず、私の病状は日を追って悪化していった。自分の体がふわりと宙に浮いた感じがして、自分のものかどうかもわからない。夜も熟睡ができず、ただうつらうつらとして、夜の長さをいたいほど感じたのであった。

朝食のおかゆも二口、三口すすると、胸がむかついてもう食えない。自分でも日ごとに体が衰弱してゆくのがわかった。《ひょっとしたら、オレはこの病気で命をとられるかもしれない》そんなことを静かに考える日がつづいた。

思えば十八年四月、中国北部の徳県から南方に転進をするさい、入隊のときから節約をしてためた百八十円の貯金を全部おろし、まず百円を故郷美瑛町の菩提寺「全休寺」の住職あてに、「私が戦死をしたら読経の一つも」と送金をした。

残額は、嫁入りちかいであろう妹に、「タンスでも買うときの一助に」と送金し、あわせて北支時代に撮った写真と、「われ戦死の報伝わらば開封せよ」と表書きをした封筒に、遺書を同封したのだった。

このとき、つまり南方に転進をするさいには、すでに戦死を覚悟していたはずである。いや、さらにさかのぼって三年まえの出征時に、いさぎよく身命をささげることをちかって出たはずであった。

だが、その考え方は、真に死というものに対決したものではなかったようだ。生への執着をたち切ったものではなく、死を昇華し、美化し、ロマン化したうすっぺらなものだったにちがいない。

このたびの作戦につくまえに、香水を買い入れて背のうに入れ、おれが戦死をしたらかけてくれ、と分隊員にたのんだが、これとてもしょせん真の戦場の過酷さを知らない小説的感覚ともいうべき、あまっちょろい考え方であった。

コヒマ戦線では、戦死をした戦友や、分隊員の遺体すら収容できなかったではないか。死体に香水などということは、あまりにも非現実的なものであったのだ。

コヒマ戦線で死をまぬがれ、靖国街道にも屍をさらさずにここモニワまできたオレだが、いよいよ年貢《ねんぐ》のおさめどきか――中隊員のはげましにもかかわらず、私は日ごとに衰弱していった。

「班長どの」

高田上等兵が小声で私をよび、ささやいた。

「班長どのの体が弱ってしまうので心配です。栄養のある物をと考えますが、日本紙幣の価値はまったくありません、現地のビルマ人は、物々交換でないと相手にしてくれません。班長どのの背負袋の香水、あれをなにか食べ物と交換したらと思いますが……」

こうなっては、彼に一任する以外にない。いまでは香水など少しもおしくはなかった。

こうして高田上等兵は、ニワトリやタマゴを手にいれてきて、私に食わしてくれたのだった。

その日の夕食どき、めずらしく私の食欲がすすんだ。この調子なら回復も夢ではなかろうと考えた夜半ごろ、にわかに腹痛がして便意をおぼえるまま便所に行くと、はげしい下痢《げり》がはじまった。

これに端を発した下痢は、いよいよ本格的になった。かつてコヒマの戦場で、ズブザの橋梁爆破のときとまったくおなじ症状を呈しはじめた。だが、あのときはマラリアにはかかっていなかったから、まだ救いがあった。しかし、今度はマラリアと赤痢のダブルパンチである。「マラリア」プラス「赤痢」イコール死、これがいまや定説となっていたのだ。そこで私も、いよいよ全巻の終わりを感じはじめていた。

　翌日は、なにも食べないが下痢がつづき、血便がやがて肉塊じみた桃色の便となった。マラリアも、これと併行して悪化の一途をたどった。

　その日の午後、私はある重大なことを考えはじめていた。それはみずからの手による「死」――ということである。移動もちかいといううわさも耳にしており、この状態では歩くことも不可能である。なまじっか命を長らえていることは、中隊長や中隊員に迷惑をおよぼすことになろう。となれば座して死をまつより、こちらから挑戦すべきである――これが私に残された唯一の道と考えはじめたのである。

　その夜私は、うつらうつらとしながら夢を見ていた。そこは一体、どこであろうか。花がきれいに一面に咲いていた。私はその花園に一人で立っていた。

　花園の中央に川が流れている。水はきれいにすんでいた。ふと対岸に

マラリアと赤痢を併発し、生死の境をさまよった著者は、自決の覚悟を決めた。

目をやると、何人かの人がいて私をよんでいる。「政治、政治！」と呼ぶ声につられて川岸までくると、対岸にいるのはいまは亡き母と兄、姉の三人ではないか。

対岸の花はこちらのそれより、いっそう美しく見える。三人の肉親はいずれもきれいに着かざっていて、さかんに私に手まねきをしている。私はしばらく躊躇していたが、対岸に行くつもりになり、ズボンのすそをおもむろにまくり上げて、静かに川面に足をふみ入れた。ところが、川は意外に深かった。もう少し浅いところと思って探すのだが、浅いところは見当たらない。なおも三人は私をよびつづけている。

《よし、思い切って深くても渡ろう》と決心したとき、

「班長どの……班長どの！」

しきりにゆり動かされて、私はやっと夢から現実にひきもどされた。高田上等兵の声だった。

「班長どの、さっきからうなされたのか、苦しい声を出しておりましたがどうされたのですか？」

「うん、ちょっと夢を見ていたんだ……」

とだけいって、夢の内容は、いいそびれてしまった。この夢は、きっと亡き母、兄、姉の三人がむかえにきたのだろう、という暗示めいたことが、マラリアと赤痢になやむ私の心をとらえていた。

翌日も私の心のなかでは「死」をめぐって、相剋と葛藤がはげしく、はてしなくくり返された。もう一日、病状をみてからと思ったのだが、回復どころか病状はわるくなるばかりで

ある。

その日の午後、私はひそかに書類のなかから一枚の陸軍罫紙をとり出し、中隊長に離別とおわびの言葉を書きつづった。そして、時間はきょう夜半、場所はチンドウィン河畔、方法は手榴弾で自爆をする、死体は河中に転落して、その醜さはだれにも見られずにすむだろう――これが最良の方法だと考えた。

夕食は、高田上等兵が村長のところからもらってきたきのこと飯をまぜ合わせて味をつけた、しごくあっさりしたもので、とてもうまかった。「食いおさめ」にはうってつけの珍味と思えた。

食事が終わると、そうそうに横になり、あとは夜半を待つだけとなった。このときだけは時間がたつのが何かしらおそく感じられた。やたらにもどかしく、自分の心臓の鼓動まで聞こえてくる気がしていた。

何度目かのカワヤ行きをしたのち、「時はよし」と私はこっそりと、手榴弾をかくしもって立ち上がった。となりに寝ている高田に気づかれはしないかと見たら、そのとき彼は寝返りをうって、私の立っている反対側にころがった。

《よし大丈夫だ。高田よ、世話になったな、有難う、さようなら、元気でな》心のなかでこうつぶやくや私は、よろめく足をふみしめて一歩、一歩とチンドウィン河岸に向かって歩き出した。百五十メートルほどの距離だが、途中、便意をもよおすまま用をたした。やがて河の流れが聞こえてきて、それが「はやくこい、はやくこい」と呼んでいるように思えた。

まもなく私は、夢遊病者のように河岸に立っていた。このがけの下には、チンドウィン河の濁流がうずを巻いて流れている。

　何百人、何千人の日本兵をのみこんだこの大河は、いま、また一人の兵隊をのみこむべく、大口を開いて待っているのだ。

《よし、やるぞ！》老父と妹のおもかげが、あわただしく脳裡をよぎった。《なにをめめしい》と心のなかでみずからを叱咤《しった》して、安全栓のひもを口にくわえたとたんのことだった。

背後に、あわただしい足音を聞いたなと思ったら、私の体はゴムマリのように河とは反対側にひきもどされ、あおむけにひっくり返されていた。

「馬鹿やろう……この、大馬鹿めが……」

私は、思わず息をのんだ。怒りにふるえる声の主は、中隊長ではないか！

「斎藤……！」

中隊長の激怒にふるえる声がつづいた。

「貴様は……貴様は、なんという馬鹿者なんだ、卑怯者なんだ。これくらいの病気で自殺をするとは、このたわけ者めが……貴様の部下が戦友が、コヒマの戦場で、またこの撤退中にどれだけ死んだことか、それをわすれたのか。死んだ部下や戦友の犠牲によって、オレたちは生きてきたんだ。それを、それを貴様は……なんと情けない奴なんだ。死んだ部下や、戦友に代わってこのオレが、貴様のくさった根性をたたきなおしてやる」

　といったかと思うと、中隊長の馬鹿でかいショベルのような平手が、私の両ほおでパンパンと音をたてた。私の弱った体は、ひとたまりもなく草むらにころがった。よろよろと立ち上がった私の手から、手榴弾が〝ころり〟と草むらにころがった。さらに中隊長の怒声はつづいた。

「オレがな、オレが貴様を天津《てんしん》の下士官候補者隊付をことわったり、特別挺進隊という落下傘部隊行きをやめさせたのもなぜか、わかるか？　貴様に中隊の下士官の中核としてやってもらいたいからだ。そのオレの気持をふみにじって、自殺をしようとは……」

夜目のこととて、はっきりとはわからないが、中隊長は泣いていたのだ。滂沱《ぼうだ》とつたい落ちる涙をぬぐおうともせずに……。

「中隊長どの……」

私は、感きわまって草むらにふせた。

「斎藤が……斎藤が……わるくありました。馬鹿でした、ゆるしてください。なにもかも私のまちがいでした……」

私の目からもせきを切ったように涙があふれた。

「まんざらの呆《ほう》け者でないはずの貴様のことだから、オレのいうことはわかるだろう。今夜のことは貴様のわるい夢だったと忘れろ、オレも忘れる。いいか……手榴弾のようなぶっそうなものは、オレがあずかっておく。夜露は体にわるいぞ、早く帰って寝ろ。オレが宿舎を見回りにくると、貴様がふらふらとこっちに歩いてくるので、おかしいと後をつけてきたらこれだ。オレが、もしこなかったら、いまごろ貴様は魚の餌食になっていただろうが……」

ドンと私の肩をいやというほどたたいてから、ゆっくりとパゴダの方向に歩き出した。そのあとを歩いてゆく私は、ふとあおいだ夜空に南十字星を見た。それが涙ににじんでボウとかすんでいた。

連隊長の慧眼

あの、馬鹿でっかい中隊長のビンタが、私のほっぺたに炸裂をした翌日から、ふしぎと私の病状はうす紙をはぐように回復に向かった。徳田軍医がきて、私を腹ばいにして尻っぺたに痛い注射をうってくれた。これはもちろん、中隊長の要請だったにちがいない。

精神的にも《死んでなるものか》という気がまえが手伝ったのかもしれない。それから五日後には、血便やら桃色の肉塊がくだっていたのがウソのように下痢がとまった。マラリアの熱も、午後から夜半にかけての微熱程度となった。

そのころ、十月一日付で、まったく予期しない連隊命令が下達された。わがプロペラひげの村田中隊長が、中隊長を免ぜられて連隊本部付となり、連隊長の補佐役として作戦主任に昇格したのだ。

かわって第一中隊長には、中隊の先任小隊長である富田中尉が発令された。

この時点で私も、ようやくマラリアと赤痢を克服し、体力の復調もいちじるしかった。

やがて移動命令が出て、工兵連隊は、イエウに向かって行動を開始した。もちろん徒歩の行動で、昼間は敵機の跳梁がはげしく危険なため、夜行軍のみである。

富田新中隊長の配慮で、書類は健康な兵隊が交互になってくれたし、銃は衛生兵のゆえに銃を携行していない高田上等兵が、私にかわって持ってくれた。その他の兵隊もなにかと走りまわって、栄養になるものを私に食わせてくれた。

昼間は、敵機の来襲に備えて民家付近を避け、もっぱら森林地帯にもぐりこんで睡眠をとり、薄暮時からごそごそと行軍を開始するといったあんばいである。

モニワを出発してから数えて四日目の払暁のこと、川幅約二十メートルの川に行く手をはばまれた。橋は敵機による爆撃のためにけし飛んでいて、いや応なく裸になって川越えをしなければならない。

「全員、裸になってすみやかに渡河をしろ、夜が明けたら大変だ、動作を機敏にせーい！」

連隊長のきんきん声がひびくと、全員がさっそく裸になり、兵器や装具を頭上にかかげての川越えがはじまった。この時期になると、ほとんどの兵隊は、フンドシなどというけっこうなシロモノの持ち合わせがなく、俗にいう「ふりちん」であった。けだし壮観というべきかもしれない。

全員が生まれたままの姿だから、とり立てておかしくもなく、私などとうのむかしに、温存していたたった一枚のフンドシも、ひもを切りとって手ぬぐいに転用していた。

奇妙な川越えがすんで対岸につくと、民家があるので、てっきり、「この位置で大休止」という命令が出るだろうと思っていたところ、予想を裏切って、例の連隊長のカン高い声がひびいた。

「そこの小さい森には他部隊がおるらしいから、空襲を考慮して前方に見える森林までいそいで前進しろ！」

約三キロはあると思われる森林をめざして、ほこりだらけの道をけんめいに歩きつづけたが、兵隊は異口同音に不平をならしつづけた。

「うちの〝連助〟は飛行機にはヨワイからな」
「親爺は、軽装でこたえないだろうが、こっちとらは、かなわんな」
「腹が空いているのに強行軍とは、とんだことだ。おそらく、演習とまちがっているんとちがうか」

などなど、ここで休めるだろうと思っていたところに、三キロも強行軍を命ぜられた兵隊は、だれかれの区別なく、連隊長の非をならした。

ようやく森にたどりついたわれわれは、小川の水で炊さんをすませて朝食をとり、それぞれが森の中の草むらにもぐりこんで睡眠をむさぼる。

昼も近いと思われるころ、キーンという金属音がしたと思うと、敵機が森のこずえをならして飛び去った。つづいて一機また一機と、つごう四機のスピットファイアが頭上に出現し、編隊をといた。攻撃目標でもとらえたのだろうと思ったつぎの瞬間、機銃掃射の音がけたたましくひびいた。

どこが攻撃点なのだろう？　私がそっと起き上がって、森のふちまで小走りに行って見ると、それはけさがた裸で渡河をし、ここらで設営してくれたらアリガタイと考えた部落と、その付近の森ではないか。

舞い下り、舞い上がる敵機は攻撃の手をゆるめず、たちまち部落からは黒煙がもうもうと立ちのぼり、毒蛇の舌のようにちょろちょろと赤いものが見えはじめたと思うと、それが紅蓮の炎となってどっとふき出した。

いぜん敵機は、執拗に攻撃を反覆している。けさがた、われわれの行軍をよそにゆうゆうと部落や森の付近にたむろしていた友軍の部隊の連中は、いったいどうしているのだろう。この攻撃の状態では、相当の被害が出たのではなかろうか。部隊が異なるとはいえ、おなじ日本人であってみれば、その被害が最小限にとどまってほしいと願うのは当然であろう。

それにしても、連隊長の慧眼《けいがん》まさに的中であった。あのときは連公とか親爺とかいってけなしていた連中も思わず、「さすがはオレらの連隊長どのだわい」と顔を見合わせたのは、ちと現金な話である。

やがて夕刻ちかく、さきに爆撃をうけた部落の方から、五、六名の兵隊がわれわれのいる森ちかくの道路を通ったので被害のようすを聞くと、おなじ部隊ではないので正確なことはわからないが、六、七名の死亡者と、十数名の負傷者が出たらしいとのことである。

薄暮とともに出発をしたわれわれは翌朝、イエウ郊外に到着した。街とはいえ名ばかりで、連日の英軍機の爆撃によってすでに廃墟と化していた。

食糧と衣服の補給をうけるため、その日の夕方、われわれは、街並みから相当の距離がある野戦倉庫に行き、五日分の糧秣と半袖の軍衣、半袴、編上靴の支給をうけた。

敵前渡河からアラカン山系を越え、コヒマ戦線での悪戦苦闘をくりかえしたため、汗と泥と血にまみれたぼろぼろの衣服ではあるが、いざ脱ぎすてるだんになると強い愛着をおぼえたのは、私一人ではなかったろう。新しい靴をはいたら、足に鉛をつけられたような思いさえした。

「おい、軍靴がこんなに重たかったかな、オレははだしで歩いた方がよっぽどいいよ」

と、わめいたのは伊藤軍曹である。

真新しい軍衣袴を身につけ、軍靴をはき、ひさしぶりに帝国陸軍軍人らしくなったなどとさわいで歩いていると、突然、おりからの夕もやをついて、例のごとくキューンと奇妙な音をたてて敵機が来襲してきた。

「いそぎ散開をしろ！」

富田中隊長の大声に、はじかれたように各兵が思いおもいに遮蔽物をもとめて走った。

昨年九月にビルマ入りをして任地に向かうさい、兵站宿舎で十数日をすごしたことがあり、そこでたまたま敵の戦闘機の来襲をうけたが、われわれは小銃や軽機を手にして戸外にとびだし、立木の遮蔽物をたてにして、立射ち、膝射ちで敢然と立ち向かったものである。これを目撃した師団の山木参謀が、

「工兵連隊の攻撃精神こそ軍人の亀鑑《きかん》」

と激賞したことがあったが、これなど中国戦線の経験では、敵機と遭遇しなかったため、そのおそろしさなどぜんぜん知らない蛮勇で、蟷螂《とうろう》の斧《おの》というべきだった。飛行機がどれほど威力があり、おそろしいものであるかということを、まもなくいやというほど思い知らされたのだった。

いつものようなすさまじい機銃音であるが、もう夕闇がそこに迫っているせいもあって、敵機の銃撃も盲射ちで、威嚇射撃にすぎなかった。型どおり四機は機関砲の定量を射ちつくし、最後のおき土産の小型爆弾を落とすと、そうそうに引き揚げていった。

「くそったれ、イングリーめが……」

新品の軍衣袴の泥をはらい落としながら、伊藤軍曹がいまいましげにぼやいた。

完全な日没をまって、イエウ駅から列車に便乗してサガイン方面に行くといううわさだが、はっきりとはわからない。

やがてジャングルの引き込み線から、十数両の貨車を牽引して、一台の機関車が真っ黒な巨体をみせ、われわれの目のまえでとまった。

「ああ、この世に機関車があったのか」といった気持である。もっとも、機関車の世話になったのはインパール作戦に参加するためマンダレーから北上していらいのことだから、まる一年ぶりにお目にかかったわけだ。

クワイ河橋梁公園のC56機関車。著者はこの日本製機関車にふれ、故国を離れた異郷の地で働く姿にはげしい感動を覚えた。

目の前の機関車のナンバープレートには〝C56〟という型式番号が夜目にもはっきりと読めた。日本製の機関車なのである。私は思わず、この物いわぬ巨軀の動輪に手をふれながら、

「おい、お前も万里異域のこの地にはるばるとやってきて、お国のためシュッシュッポッポと働きつづけているのか」

といいながら泣きたいような、なにかしら、えもいわれない激しい感動におそわれていた。

これらの機関車や貨車は、樹枝ですっかり偽装を

ほどこされており、昼間は引き込み線でジャングル内に秘匿され、夜間だけ兵員や物資の輸送をつづけていたのだ。

乗車区分の指示にしたがって、貨車のなかにおさまったものの、ここでもなにやら異臭が鼻をついた。

「こりゃ南京虫のにおいだぞ、気をつけろよ」

と、だれかが「警戒警報」をはなった。しかしながら、半年ものあいだ歩きつづけてばかりいたのに、きょうだけは汽車旅行である。ナンキン虫はイヤなどとぜいたくはいえまい。

暗やみに〝火車〟がゆく

「ポオーッ……」

なんとなつかしい汽笛であることか、これを合図に列車はごとりと動き出した。と、貨車の半開きのドアから外をみた私は、「ありゃ」と目を見張った。機関車が黒煙ならぬ紅蓮の火の粉をふき上げながら走っているではないか。ここで私はハタと思い当たった。

仏領インドシナやタイでは、機関車の燃料はマキだったのだ。煙突から出る火の粉は、石炭とくらぶべくもないほど大げさだった。煙突から火焔を吹き上げて走るのだ。

「敵機の夜間爆撃がいつあるかわからないから、充分に注意をしろ！」

富田中隊長が大声でいったが、列車の進行中ではチトむりだろう。この轟音では飛行機の爆音など聞こえるはずがないのだ。だが、「それはムリです」とはいえないのが、軍隊機構の仕組みとあってはいたしかたがない。ごムリごもっともというあんばいで、一同は「はい！」と返事だけはしておく。

レールのつぎ目のうえを車輪が通るゴトンゴトンというリズミカルな音が、いつか眠気をさそい、やがて母の子守歌にもにてくると、われわれもいつのまにかコックリコックリと、座ったままの姿勢で居眠りをはじめた。

どれくらいの時間がたったのであろうか、突然、

「火事だあ……火事だぞう！」

という連呼で、びっくり仰天して目をさました。ついで制動のきしりがはげしく聞こえたと思うと、運動の法則で、前進方向の壁ぎわにすわっていた兵隊が、鉄帽をいやというほど壁にぶつけ、中ほどの兵隊もことごとくが、前の兵隊の鉄帽にわが鉄帽をぶっつけた。

ようやく列車がとまり、もどかしげに貨車をおりた中隊長が、大声でどなった。

「おい、大変だ、前の貨車が燃えているぞ！　どうやら連隊長の乗っておられる貨車らしい、全員下車だっ、はやくしろ！」

いやはや、矢つぎばやの命令である。寝耳に水ならぬ寝耳に火事で、一同は寝ボケまなこをこすりこすり下車をする。

なるほど前方の屋根やら側壁が、燃え上がっている。私も中隊長におくれじと、その後につづいて走った。

「急いでたたけ、そら、屋根もだぞ！　だれか屋根の上に登れっ、はやく登るんだ！」

例によって、連隊長のカン高いきんきら声がひびき、兵たちがそれぞれに長い木の枝でし

きりに炎をたたいている。

このとき私は、貨車の火事の実態を見たのだ。なんと貨車そのものが燃えたのではなく、偽装用につけた樹枝とか木の葉が、機関車から吐き出される、おびただしい火の粉を浴びてかわき、これに引火したものであった。機関車がそれを知らずに走ったので、さながら火を扇風機であおる結果と相なったしだいである。

火の帯を引いて走る列車が、もしも敵の夜間爆撃機にでも発見されたなら、絶好の餌食となるであろうから、連隊長の金切り声をあげての督励もむりからぬことであった。

連隊長じきじきの指揮による、貨車消火作業を終えると、われわれはふたたびもとの貨車にもどる。列車はまたも一条の火炎の尾をひきながらけんめいに走りつづけ、未明ちかく、とある小駅に停止した。そこで、工兵連隊はただちに下車、という命令が下達された。

まだ明けやらぬ道路をすこし行き、民家が点在する地点で小休止をし、しばらくここで駐留をするということであり、連隊本部からの指示で、それぞれの中隊の設営地の割り当てがなされた。空襲を考慮して宿舎も点々とはなされた。

この村落はイワタンといい、マンダレーに近いサガインの対岸にあり、さきのモニワよりははるかに都会的色彩がつよかった。

さすがにここまで後退すると、前線までの距離も相当あってか、ときおりの空襲警報の発令時をのぞいては平和そのもの、そのうえ物資も豊富で、われわれは、ヤレヤレと安堵の胸をなでおろしたのだった。

われわれの宿舎に当てられた民家は、作り方も洋風で、玄関を入ってすぐの室の床はコンクリートばりで広く、大きい机を四つもならべることができた。日本軍の進駐前はおそらく英人の住宅か、事務室だったのかもしれない。

ここに陣どった私はさっそく書類の整理にとりかかり、他の一般の兵たちは空襲にそなえて防空壕掘りに専念した。

イワタンに落ちついて四、五日たった昼ごろであったろうか、突然、「爆音、爆音！」の大声が日直下士によって伝達された。

この「爆音！」という表現だが、けっして「空襲！」とはいわない。なぜかというと、軍の上層部の連中が、「空襲」というと、兵隊ドモが精神的打撃をうけ、こわがったり、あわてたりするので、「空襲」というのを避けさせ、「爆音」といわせたのだそうだ。

そんな表現のアヤをどうこういうほど、戦局は逼迫《ひっぱく》し、兵隊たちの士気が低下していたのであろうか。

ともあれ、空襲だろうが爆音だろうが、おなじことである。私は机の上にひろげていた書類を、すばやく雑のうにしまいこむと、それを肩につってけんめいに退避壕に走った。

ようやく壕に入り込んだ私が、掩蓋から上半身を乗り出して、ごうごうとひびく爆音のする方向をあおいだ瞬間、思わずギクリとした。対岸のサガイン上空を、敵の四発爆撃機の大編隊が、こちらに向かってくるところではないか。まさに巨鯨という表現が適切であろう。

これに対し、友軍の高射砲が火ぶたを切った。だが、これらの砲弾は、むなしく敵機の上空はるかで炸裂している。ポーン、ポーンと炸裂する砲弾の弾幕をあざけるかのように、敵の重爆は編隊をくずさない。

この四機編隊の重爆の群れはぞくぞくと出現し、上空をおおってゆく。いったいどれくらいの機数であろうか。やがてわれわれの頭上で旋回をした敵機は、いよいよ爆撃を開始した。ズシン、ズシンと腹にこたえる、重量感をともなう弾着の震動がつたわってくる。

おそらく爆撃目標は、ほどちかい渡河点ではあるまいか。それにしても精鋭を誇るわが軍の高射砲部隊は、あの巨鯨のような大型爆撃機をねらって撃ったのであろうが、ああまで命中しないとはどうしたことであろうか。

このとき私は、先日のある一事を思い出していた。

中隊長に随伴して、イラワジ河の河川偵察に行ったさい、たまたま他部隊の中尉と出合い、いろいろ話をしているうちに、この将校は、高射砲部隊の所属であることを知った。会話のなかでその中尉がいった。

「敵機の空襲には観測を正確にして撃つんだが、高射砲が旧式なものばかりでスピードについてゆけず、からきしダメなんです。隊員一同、切歯扼腕しているんですよ」

童顔さえ残っている若い中尉の言葉が、まだ耳もとに残っているようだ。きょうもまた、当たらずの高射砲を撃つ兵たちは、地団駄をふんでくやしがっていることだろう。

その日の夕方、連隊本部のI軍曹が、みずからの拳銃でこめかみをうって自殺をとげたことを聞いた。マラリアと赤痢を併発し、そうとうに体も衰弱し、限界と感じてみずからの命を絶ったのだろう。彼は兵隊に向かい口ぐせのように、こういっていたという。

「病気になって、人の世話にならなければ行動ができなくなったら、オレは生きてはおらんぞ。お前たちもそのかくごでいろよ」

彼はこの言葉どおり実行したのだ。人の世話になり、迷惑をかけ、死にぞこないの私と、まったく対照的だといいたく感じられ、I軍曹のととのった顔と、冷たいひとみが明滅した。その夜、連隊本部の位置で夜空にゆらぐ炎が見えたのは、I軍曹を荼毘《だび》にふしたものだろう。

そんな出来事から数日後のこと、補充要員として藤原少尉以下二十名が第一中隊に到着をした。藤原少尉は名を秀磨といい、なにやらむかしの公卿《くげ》を連想させ、老頭児《ロートル》で四十歳をとうにすぎていると思われた。〝一年志願〟出身といわれるこの老少尉は、富田中隊長に部隊到着の申告をしたが、しどろもどろで、はたで見ていた私は気のどくに思った。

ついてきた兵隊も、現役兵と補充兵が相半ばしており、現役兵は二十一歳で若鮎のようにピチピチとしているのにくらべ、補充兵は三十一歳でこれもロートルの部類である。いずれも教育、訓練の不十分なドロナワ式の気のどくな兵隊といえよう。

とはいえ、故国日本から危険水域を、魚雷や爆撃を突破してきてくれたものと思えば、まさに頭のさがる思いがする。

それからまた数日後、将校の補充要員として宮崎喜三夫少尉が、第一中隊付となって着任した。陸軍士官学校（第五十七期）を卒業し、少尉に任官ホヤホヤのこの九州男児は、まさにうてばひびくという気迫が、若々しい五体にみなぎっていた。

第一中隊の将校補充は藤原、宮崎の両少尉によってみたされたが、両者は親子ほどの年齢のへだたりがあった。

ロートルの藤原少尉が兵、下士官からの報告を受けるさいにも顔を赤らめ、おどおどしているのにくらべ、宮崎少尉の方は日本刀をわしづかみにし、肩をゆすぶって堂々と闊歩した。

そして寸暇をさいて兵隊を集めては、戦車肉薄攻撃の特訓をおこない、夕方ともなれば、「中隊全員集合」を命じ、軍歌演習を行ない、戦陣訓の歌をみずから音頭をとり、くれなずむビルマの空に軍歌とともに、驕敵《きょうてき》撃ちてし止まぬの気がまえを力強くしめしていた。

〝途中割愛〟のバツ

「爆音、爆音……退避！」

とさけぶ不寝番の声に目をさます。空襲の場合は、みずからの装具をもって、すばやく防空壕に退避をしなければならない。二階から地上におりる階段をドドッ、ドドドッ、とかける音がひびく。

わが工兵連隊がイワタンからサガインに移駐をして間もなくの夜のこと、ほのかな月の光を利用して敵機がやってきた。

中隊の全員が、それぞれの壕にクモの子をちらすように走る。壕に入ってから爆音のする方向にひとみをこらすと、敵機はただの一機だけで、私たちの上空を三、四度ほど旋回してから、いずこともなく飛び去った。

「爆音解除！」

当日の日直士官片岡曹長の声に、全員がぞろぞろと二階の室にもどってうつらうつらするころ、ふたたび、

「爆音、退避！」

ときた。不寝番の連呼にまたまた全員が装具をもって、階段をふみならして壕に退避する。こんども単機だ。

「安眠を妨害しやがって……それもたった一機で、畜生めが……」

いまいましげにこういったのは、私の一年先輩の岩倉軍曹である。敵機は前回とまったくおなじように、われわれの上空を三、四度旋回して飛び去った。

「爆音解除！」の日直士官の声で二階に上がってホッとしてしばらくすると、「爆音、退避！」である。またぞろぞろ階段をふみならして壕へ。敵機は三、四回旋回して帰り、「爆音解除！」で二階へ、というあんばいでこのパターンを五、六回くり返したあとで、二階に上がって寝床につくと、となりに寝ている岩倉軍曹が、声をおし殺すようにして私にいった。

「おい斎藤、こんど爆音がかかっても壕に逃げないぞ、寝ていることにするべ。たった一機できてなにができるものか、あれは偵察機だよ。くるたびにどやどやと走りまわったら、かえってわるいぞ」

北海道弁で、ねむさも手伝ってか敵機をあまくみくびった動議に、私は一も二もなく同調した。するとまたまたである。まもなく「爆音、退避」の連呼がとび、ふたりをのぞく兵、下士官連は装具をかき抱き、ドドッと階段をふみならして壕にかけこむ。命令遵守《じゅんしゅ》の連中である。

こんども敵機は、上空を三、四度ほど旋回して飛び去った。すべては「まえにおなじ」だ。

「解除」でぞろぞろと二階にもどる。それからもおなじことを三、四回くり返した。

私も伊藤軍曹も、先輩の岩倉軍曹の動議かしこしとして、他の連中が「爆音」の声で壕へ、たわけである。
「解除」の声で壕から二階にとくり返すあいだ、それを割愛して、寝床にゆうゆうとしてい
「おい貴様たち、命根性のきたないやつばかりだな。敵の飛行機が一機でなにができるもの
か。逃げたり帰ったりするのもよいが、階段の上り下りをもう少し静かにしろ、音がうるさ
くて寝られるもんじゃーない、わかったか！」
小声だが、近くにいる兵たちに半ば気合いを入れるようにいったのは、伊藤軍曹である。
「おい、伊藤、オレたちの退避をしないのが違反なのだから、兵隊に退避をするなというよ
うなことをいってはいかん」
岩倉軍曹が先輩として、伊藤軍曹をたしなめた。と、ふたたび「爆音」が不寝番によって
告げられると、兵たちは装具をもち、性コリもなく階段をふみならして壕に退避をした。
岩倉軍曹以下、私、伊藤の三人が退避を省略したというものの、内心けっしておだやかで
はなく、爆音を耳で追っている。
「ハハア、近づいてきた音だな」
と、思ったつぎの瞬間、「バサッ」と屋根になにか当たったような音がしたと思うと、私
と伊藤軍曹の頭の上の方でシュッ……シュッシュッシュッと、ものすごい音を立てはじめた
ではないか。
《すわっ爆弾！》私の脳裡に、つぎにおこるであろう事態が、まざまざとよぎった。
「おい、爆弾だぞ！」
反射的に叫んだ私は、やみくもに立ち上がると、階段めがけて脱兎の勢いで走った。それ

よりはやく岩倉、伊藤の両名が、階段をころがるようにかけ下りていた。三人とも、さきほど兵隊にしめした見識は、どこにも見当たらなかった。

「爆弾だぞッ、爆弾だ！」

私は大声で叫んだつもりだったが、意に反して大声にはならなかった。それでもこの声を聞きつけた富田中隊長が、

「斎藤、爆弾だと……？」

と、いいながら近よってきて二階を見上げた。炎がちらちらと見えたような気がする。

「焼夷弾だぞ……消火作業を急げ！　片岡曹長、片岡曹長！」

日直士官の片岡曹長をよび、なお大声で、

「敵機は飛び去ったぞ、その間に消火作業を急げ！　焼夷弾だから水ではだめだ。土砂をかけろ、土砂だ！」

中隊長の指示につづいて、片岡曹長が大声でどなる。だが、爆撃にそなえて掩蓋壕まで完成させているものの、焼夷弾の対策としての土砂は、すこしも準備されていなかった。

「円匙《えんぴ》だ、円匙をはやくもってきて土を掘れ。それを鉄帽に入れてはこべ！」

片岡曹長のその声が終わらないうちに、「土砂は毛布ではこべ！」と、富田中隊長じきじきの命令である。

円匙で土を掘る兵、これを毛布で運ぶ兵、しばらくは消火作業がけんめいにつづけられて、ようやく焼夷弾も消火した。

しらべてみると、二階の床が、直径一メートルほどの円形に焼け落ちていて、それと毛布

五枚ほどが焼けて使用できない、といったところが全被害であった。まずは不幸中の幸いというべきで、階下には爆薬類、火具やら点火具の危険物のほか、兵器などもあり、これらに累がおよばなかったことにホッとする。

あとにして思えば、焼夷弾を投下した敵機はきっと、地上にいる諜報員との連絡で、われわれの宿営している家屋をねらったものに相違なく、後方に位置するといえども、決して安住の地でないことを思い知らされたのであった。

この焼夷弾の消火作業も終わり、あとかたづけも一段落し、ホッとしているところへ、中隊長の当番がやってきた。

「岩倉班長どの、斎藤班長どの、伊藤班長どの、中隊長どのが部屋にこられるようにいっております！」

おたがいがスネにキズをもつ身とあって、おそるおそる伺候すると、開口一番、

「敵機の来襲のおりは、兵に率先して退避すべき分隊長が、いくら来襲を反覆したからといって、壕への退避をおこたるとはもってのほかである。もし焼夷弾の直撃でもうけて、人的被害でも生じた場合どうするか、まさに犬死にではないか。これを契機に今後は絶対にこのような行動がないように、厳重に注意をしておく」

日ごろ穏健をもってなる中隊長だが、いつになく語気もするどく、私たち三人を三把一からげにして叱責された。

われわれ三人はピンとひかがみをのばし、お灸をすえられ、これ以上こまった顔はないという顔で、慚愧《ざんき》の権化《ごんげ》じみた表情をしたのはもちろんのことである。

悲しき留守番

そして、その日の夕方のことであった。

「なんだって、駄牛監視の蓮田がいなくなったと？」

片岡曹長の大きい声に、私も思わずにぎっていた硬筆をおいた。日直下士の井沢伍長が、日直士官の片岡曹長に、蓮田二等兵が不明になったむねを報告したのである。私も立ち上がって二人の会話に耳をかたむけた。

駄牛監視に行った稲木、蓮田の両二等兵のうち、蓮田がいなくなったことを知った稲木がびっくり仰天して、日直下士に報告におよんだものである。

すぐにこのことは、日直士官から中隊長に報告され、ときをうつさず中隊全員に非常呼集が発令された。

この駄牛監視というのは、その名がしめすように、中隊に割り当てられている二十数頭の駄牛を、朝方、イラワジ河畔に近い草地につれて行き草を食わし、夕方、中隊にほど近い係留場所につれ帰るという単調な勤務で、監視兵は通常二名ずつ服務し、午前と午後の二交替で、この日は稲木、蓮田の二名が午後の勤務であった。

稲木二等兵の話を総合すると、つぎのようである。

中隊に引き揚げる時刻のすこし前のこと、稲木二等兵が便意をもよおしたので、わずかばかりはなれた草むらで用をたして、もとの場所にもどったところ、蓮田二等兵が姿を消していたというのである。勤務中はべつに変わった言動もなく平常通りだったと、稲木はいっていた。

二人ともつい先日、内地から補充要員としてやってきた新兵であった。

やがて、中隊全員が武装のいでたちもものものしく、中隊長の指揮で、駄牛を放牧した草地を中心に、蓮田二等兵の捜索がはじまった。

「兵隊ぐらしがつらいところにホームシックにかかって、ついふらふら出かけたところを、ビルマ人の鉈《ダア》でバッサリとやられたのではなかろうか」

「ボヤッとしているところを、英軍の諜報員に拉致《らち》されたのだろう」

「いや、魔の河《かわ》といわれるイラワジ河の精霊に魅入られて、河に落ちて流されたのかもしれんぞ」

諸説ふんぷんである。それいらい連日にわたって蓮田二等兵の捜索がつづけられた。妻子のある三十男とあってみれば、逃亡をしたということは考えられない。さりとて稲木二等兵が脱糞のためその場所をはずしたのは、ほんの数分だったという。そのわずかの時間に拉致されたとは、とうてい思えない。

まさに地にもぐったか、天に消えたかとはこのことではあるまいか。とにかくナゾめいた事件であった。捜索をつづけること十余日におよんだが、杳《よう》として消息をつかみえないまま、十二月一日で打ち切られた。

『きたる十二月八日は、日本軍がわれわれ連合軍に対して宣戦布告をした悪の記念日である。この日を期して、英米は全空軍を動員してビルマの日本軍に対し、壊滅的な打撃をあたえるべく大爆撃を敢行する……』」

という趣旨の伝単が、何度となくばらまかれた。敵の伝単には信憑《ぴょう》性がある、という観念を抱きはじめたのは、宣伝戦にみずからの信念がゆるぎ出したのかもしれないが、こと戦況にかんするかぎり、友軍の情報より真実をつたえていた。したがって、この『十二月八日に大空襲を行なう』という挑戦の伝単を、信じないわけにはいかなかった。

十二月八日の当日、連隊長以下が早朝から『大爆撃』をさけるため、設営地を出発した。第一中隊では人事、功績などの重要書類の監視として私が、重態の藤原少尉のつきそいとして高田衛生上等兵が残った。

藤原少尉は着隊そうそうに赤痢におかされ、まもなくマラリアを併発した。軍医および衛生関係者の手あつい看護の努力もむなしく、病状は日を追って悪化の一途をたどっていた。野戦病院に入院をさせるのも一方法だったろうが、当時の野戦病院は、インパール作戦帰りの患者であふれていたし、軍医以下の手不足にくわえて薬物なども欠乏しているとつたえ聞いており、むしろ中隊において、できるかぎりの介抱をしてやりたいというのが、中隊長の真意であったらしい。

しかしながら、周囲の者の努力や願いもむなしく、いっこうに回復のきざしは見られず、三、四日前から病状は悪化し、いまではもう危篤《きとく》状態におちいっていたのだ。

この朝、藤原少尉は、宿舎から防空壕の横穴に静かに移された。退避のための出発直前のいそがしい時間をさいて、富田中隊長はこの横穴をおとずれると、

「斎藤軍曹、重要書類をたのんだぞ。それと高田上等兵、藤原少尉のことをたのむ」

こういいながら、横穴のおくに寝ている藤原小尉の枕もとに行き、両ひざをおって自分の顔を少尉の顔に近づけ、声をかけた。

「藤原少尉……」

ひくいが力のこもった声が壕内にひびいたが、反応はなかった。少尉は呼吸が苦しいのか、あえいでいる。再度、中隊長がよびかける。

「藤原少尉……」

かすかに中隊長の方に顔を動かしたのは、声が聞こえたか、あるいは無意識だったかもしれない。

もはや、中隊長の姿が少尉の瞳孔にうつったとしても、それを感じとることはできなかったようだ。

中隊長は立ち上がり、横穴の出口でくるりと体を半回転させると、藤原少尉に正対し、直立不動の姿勢をとって、挙手注目の敬礼をするや静かに去っていった。もう、臨終のちかいことを知って、これが部下に対する今生の別れと思ったのであろう。

高田上等兵の話では、四、五日前からおかゆも食えず、水ばかり飲んでいたようだが、その水もきのうから飲まない、というより飲めないということだった。

思えば、この老少尉が着隊してから、どれだけの日数がたったろうか。まだ二ヵ月とはなるまい。少尉には気の毒だが、召集をされ、まるでビルマに病死をするためにきたようなものである。少尉の戦時名簿には、東京都出身で留守担当者が長男光太郎とあり、妻の名を見出せないのは早逝したものと思われた。少尉の戦病死の報を受けたなら、母とてない長男がどれだけなげき悲しむことだろう。

内地では化学研究所に勤務していたという少尉が、召集されずに故国日本にいたとしたら、元気で有為な研究に専念をし、戦士としてのそれよりもっと効果を発揮したことであろう。

だが、このロートル少尉を召集しなければならない日本の窮状は、一軍曹の身にもいたく感じられた。

故国においてもこれほどまで逼迫した情勢であるし、われわれの当面しているビルマ戦線も、戦況の不利は焦眉の問題となっていることを考えあわせると、暗澹たる気持をぬぐいさることはできなかった。

パゴダは残光に映えて

英軍の伝単に書かれていた『大爆撃』はいつであろうか。この横穴にいるかぎり、書類も体もまずは安全である。だが、気になるのは藤原老少尉の容態だ。

高田上等兵がときおり脈搏をさぐる。水を飲ませようとしても飲みこむ力とてなく、口もとからほおやのどに流れおちるのみ。

赤痢でたれ流しの状態がつづいているので、下半身に衣服はまとわず、毛布をかけてはいるが異臭がただよい、その臭いをもとめてハエがたかるのを、高田上等兵がビルマの大うちわであおいで追っている。

太陽が中天にちかく、ギラギラと大地をやきつくすように照りかがやくこの時間になっても、きょうにかぎって敵機の爆音さえ聞こえない。

だが、情報が正確な英軍であってみれば、約束を忠実に守り、やがてそのうちに大編隊がやってくるにちがいない。

不安と、ある種の期待じみた妙な気持でいらいらとしながらも、過去の開戦記念日ともいうべきあの日のことを考える。

昭和十六年は中国の山東省、朔風吹きすさぶ黄河河畔の清河鎮で、真珠湾の大戦果によいしれた。

こえて昭和十七年は、すでに伍長に任官をして、北支那の武定でむかえた。

ついで昭和十八年のこの日は、ビルマに転進し、インパール作戦にそなえ、チンドウィン河に近いジャングルですごし、作戦発起をいまやおそしと、心はずむ思いで待ちこがれていたのだ。

そして十九年、インパール作戦発起とともに、コヒマ攻略戦で一敗地にまみれてビルマに後退し、いまサガインでむかえているわが身の、変転きわまりない運命を静かに反芻してみた。

やがて、長かったきょう一日が終わろうとしている。陽が西にかたむきかけたが、敵機の爆音はいぜん聞こえてこない。

「おい高田、敵さんいままでこないところをみると、からおどしだったかもしれないな」

「そうですね、約束違反ですよ」

「こんなことは忠実に守ってもらったら、こまるだろう……」

「そうですね」

陽が沈もうとしている。まさに火のかたまりの真紅の大きな太陽が、地平線のかなたにその下縁が触れたと思われるとき、

「班長どの、藤原少尉どののようすがへんです！」

という高田上等兵の声を聞いた。私は、はじかれたように少尉の枕頭に急いで座った。

呼吸がみだれ、吐く息がなく、吸う息ばかりに思えた。

「おい水だ、水筒をよこせ。お前は口をひらけ、オレが飲まそう」

高田が急いで、わずかながら少尉の口をひらかせ、私は水筒をもつのももどかしく、急いでかたむけた。ゴボと水筒の口が小さな音をたてた。

少尉の口もとから大半の水がこぼれおちた。だが、のどの隆起が二、三度かすかに動いた。しかし、もう吸う息も、吐く息も、ふたたび感ずることはできなかった。私はこの世の静けさを、心の中にひしひしと感じた。

「少尉どの……」

私はつぶやいた。と、熱いものがやたらとこみ上げて、ポトリポトリと、すわった半袴の上にこぼれ落ちた。合掌した両の手がかすかにふるえた。

げんこつで涙をぐいとふくと、これも嗚咽にむせんでいる高田上等兵に、

「おい、男のくせに泣く奴があるか……」

と、怒ったような声をかけて、横穴の入口から外に出た。先刻、地平線にその下縁をたらしていた太陽は、その全容を地平線に沈めようとしていた。

ふとふり返ると、サガイン丘《ヒル》に林立している金色や白色のパゴダが、太陽の残光に映えてかがやいていた。

藤原老少尉は二人の兵、下士官にみとられながら、静かに息をひきとった。

そして、真紅の太陽も沈んだ。だが、地平線にきえ去った太陽は、明日になれば、また灼熱の炎となって東の空にかがやくであろう。

それにひきかえ、息を引きとった藤原少尉は未来永劫、生き返ることはない。

少尉の変わりはてた姿を見た私は、自分もちかくこんな姿になるだろうと、みずからにいい聞かせ、しばらくのあいだ、虚脱状態で、残光を身に浴びながら、まじろぎもせず塑像《そぞう》のように立ちつくしていた。

第四部　工兵功績班奮戦す

遺骨引き取り人

「班長殿、連隊本部に行って、ただいま帰りました」

こういって、長江兵長が息をはずませた。でこぼこのひどい坂道をいそいだためだろう。

「ご苦労さん、今日の書類はこれだけか」

私は、長江兵長が図嚢《ずのう》からとり出し、机の上においた五、六通の封書の表書きに目を通した。連隊本部からの連絡文と思われるもののほか、一通だけ色の変わった封筒があるのに気づいて裏を返してみると、サガイン兵站《へいたん》病院からのものであった。

「また、だれかの死亡通知書だな」

私にはそう思えた。死亡通知書、この種の連絡は何十通、いやそれどころか百何十通もすでに入手しているので、さしておどろくものではないのだが、今日にかぎってなにやら不吉な予感がした。封を切って内容を読んだとたん、私は自分の顔からサッと血の気がひくのがわかった。

『故陸軍伍長、及川源二、昭和十九年十一月三日十五時三十分、当病院においてマラリアにより死亡せり――遺骨は保管しあるにつき、至急受領されたい』

書類をもつ私の手が、心なしか小きざみにふるえた。

「班長殿、どうされました」

先刻から私の態度を見まもっていた長江兵長に、だまってその書類をわたすと、私は、くずれるように椅子に腰をおろした。

「そうですか。及川班長殿が亡くなられたのですか……」

沈痛な表情でこういう兵長に、ちょっと間をおいてから、

「おい長江、オレはこれから兵站病院に行って遺骨を受領してくるから、留守番をたのむぞ」

私はいそいで外出の準備をすると、でこぼこの坂道を登ったり下ったりして連隊本部に立ち寄り、さきほどの兵站病院からの連絡文を見せて、公用外出の証明書をもらうと、砂ぼこりの道を汗をふきながら兵站病院に向かった。

ときは昭和十九年の十二月中旬である。烈兵団（第三十一師団）の工兵三十一連隊に所属していた私は、この年の三月に発動された「ウ号」作戦（インパール作戦の秘匿名）に参加して、アラカンの天険を踏破して敵の牙城コヒマ攻略戦にいどんだのであったが、直接インパール攻略に向かった祭兵団（第十五師団）、弓兵団（第三十三師団）とともに一敗地にまみれて、ビルマ領に撤退するのやむなきにいたったのである。

そして一部兵力の補充と、兵器の補給をうけて戦線のたてなおしを策した友軍は、〝英印軍なにするものぞ、驕敵《きょう》ござんなれ〟とばかりに、イラワジ河を天然の防塞として堅陣をし

いたのであった。

私の連隊――連隊とはいうがコヒマ戦線で大きい消耗をきたし、定員の四分の一、連隊長以下約三百名に激減していた――でも、兵員の減少は気力でカバーをすべく、戦車や装甲車などを中核とする敵機動部隊の来襲にそなえて、地雷の埋設やら、対戦車肉薄攻撃の訓練にはげんでいた。

私は中隊の功績係として長江兵長とともに、サガイン丘《ヒル》に残留して書類の整理に当たっていた。

やがて病院に到着した私は、事務室で用件を告げた。

「遺骨安置室に保管してありますので、案内します」

衛生伍長がこういって私をうながすと、さきに立って歩きだし、すぐ物置じみた小さな建物の前で立ちどまり、「ここです」といった。

錠前もないとびらを開くと、せまい室内には何段ものタナがあって、そのタナの上には遺骨の箱が雑然と、しかも文字どおり折りかさなるようにビッシリと置かれていた。

「ええと、烈の工兵隊の及川伍長でしたネ」

その衛生伍長は、きわめて事務的にこういって探しはじめた。

「いやあ、班長殿の部隊のように、連絡したらすぐ取りにきてくれると、整理がついて有難いんですが、なかなか取りにきてくれないんですよ」

伍長はしきりにぐちりながら、ごそごそと探しつづけていた。そしてさらに、

「死んでも、所属部隊も名前もわからないホトケさんも多いんです。エンマ様への通行手形

（認識票といって小型の金属板に所属部隊と番号が刻印されたもの）のヒモも、汗やら雨で切れてなくなったんでしょう。だが、いまの状況では部隊名や氏名がわかっても、部隊の所在さえわからないんですから処置なしです」

こんなことをブツブツいいながら、なおも探していたが、

「ああ、ありました、これです。烈工兵隊、第一中隊陸軍伍長、及川源二です」

衛生伍長のさし出す及川の遺骨を受け取ると、私は「ひし」と抱かずにはおられなかった。

「及川、貴様、オレをおいてどうして死んだんだ」――私は心の中で絶叫していた。私の双眸《そうぼう》からボロボロと涙がこぼれて、遺骨の白い布をぬらした。

及川伍長との四年間

私が及川の遺骨を胸に抱いて兵站病院を出たとたん、「キューン」という金属音のはげしい余韻を残して、一機また一機、つごう二機の英軍機が街路樹のこずえをならし、頭上すれすれにかすめて飛んだ。

「野郎、またきたな！」

心の中で舌打ちをした私は、退避場所をどこにしようかと一瞬、ためらった。

「あれだっ」

すぐ目の前にコンクリート橋がかかっていて、雨期には満々たる水が流れているのだろうが、乾期のいまは一滴の水もなく、かっこうの掩体壕の役目をはたしてくれる。

息をはずませて橋の下にかけこんだとき、遺骨箱《ばこ》の中で「コトリ」と音がした。

「及川よ、安心しろよ、壕に入ったからな。だが、銃撃でオレがやられたら、貴様のところへ行けるもんな」

遺骨に向かって私がこうつぶやいたとき、旋回をした敵機がふたたび頭上をよぎってゆく。

「畜生め、きょうはスピットファイアではなく、ロッキードP38だな」

敵機を見送り、機種をたしかめたとき、

「ダタッ……ダタダッ」

銃撃がはじまった。攻撃の目標はどこだろう、兵器廠か貨物廠であろうか。

サガイン丘方向でときおりおこる「ポン、ポン」と間のぬけたような発射音は、友軍の高射砲であろう。

彼らも、戦闘機がこれほど低空で銃爆撃の態勢をとったのでは、古ぼけた高射砲では、お手上げであろう。

交互に銃撃を反覆した敵機は、銃撃を撃ちつくしたのであろうか、まもなく頭上から姿を消し、あたりはまた静寂をとりもどした。

ホッとして橋の下から道路に出ると、街はずれの方向に、もうもうと黒煙が立っているのを見る。さきほどの戦闘機の攻撃目標だったのであろう。

私は、サガイン丘の連隊本部の所在地に、乾いた土煙のボコボコ道を汗をふきながら歩いていった。

その夜、私は眠れなかった。

何度も寝返りを打っているうちに、ふと月の光が窓辺にさし、机の上にポツンとおいてある及川の遺骨を、ほのかに浮かばせているのに気づいた。

私は起き上がると、戸外へ出た。おりからの淡い月の光を受けて、ビルマ第一の大河イラワジが銀蛇のうねりを見せている。

宿営をしているビルマの民家の前を少し行くと、なだらかな斜面にみじかい雑草が茂り、それをすぎるともう河畔の砂原である。

砂の上にペタンと腰をおろして見上げる夜空のかなたに、及川の顔がポカンと浮かんできた。そして私の両眼から、せきをきったように涙が流れた。

「及川、貴様、おれを一人残してどうして死んだんだ」

心の中でこう呼ぶと、私と彼との「つながり」が、つぎつぎと走馬燈のように浮かんできた。

「戦友」（真下飛泉作詞・三善和気作曲）という軍歌の一節に、

〽思えば去年船出して
お国が見えずになった時
玄界灘で手を握り
名をなのりしが始めにて

とあるが、思えば昭和十五年十二月、函館港を出帆、塘沽《タークー》に向かう怒濤さかまく玄界灘で輸送船入江丸の甲板上で知り合ってから丸四年間、つねにおなじ行動をたどっていたのだった。

初年兵時代はおなじ教育班で、しかも寝台をならべる仲で、ともに泣き、ともに笑ったものであった。

部隊の大半が満州に転属をしたときも、なぜか私と彼は残された。それはビルマ転進時にもおなじで、しかも同中隊で、同小隊の分隊長同士という、切ってもきれない深い「つながり」があった及川なのであった。

ロッキードP38ライトニング戦闘機。翼下面に大型の爆弾を搭載して、対地攻撃を得意とし、日本軍に多大な損害を与えた。

コヒマ攻略戦ではおたがいに分隊長として、いくど死線を突破したことであろう。

七十数日におよぶ攻防戦もわれに利あらず、撤退のやむなきにいたった……。

六月十日のことである。中隊の功績係として重要書類を背負って、ウクルル方面に転進する私と、中隊主力とともに宮崎少将の指揮下に入り、あくまでインパール〜コヒマ道を死守するため決死隊として出発する及川とが、トフエマで偶然にも時をおなじうした。

あわただしい出発のひととき、わずかの時間を利用し、相擁して別れをおしんだ。

「おい、及川、元気でな、体に気をつけろよ」

「ああ、斎藤もな、がんばれよ」

「どちらかが生きて帰れるようなことがあったら、家に連絡し合うべ」

北海道弁でこういって、再度、手をにぎって別れた私たちであった。

「及川、貴様なんでオレをおいて死んだんだ、馬鹿め！」

私は流れる涙をぬぐわず、泣きながら夜空に向かって叫んだ。だが、ビルマ第一の大河イラワジの流れは、ちっぽけな個人感情などあざけるように滔《とう》々と流れていた。月の光でサガイン丘に林立しているパゴダ（仏塔）はもちろんのこと、対岸のマンダレー丘に点在するパゴダまでが、おぼろに浮かぶような夜であった。

牛にひかれて地獄参り

昭和二十年に年があらたまった。つたえられるフィリピン方面の戦局の逼迫《ひっぱく》とあわせて、ビルマ方面軍も英印軍・米支軍の鉄桶の包囲網のなかにあえいでいた。

だが、サガイン丘《ヒル》は敵機の来襲をのぞいては平和そのままで、サガイン丘とマンダレー丘のパゴダは、異国情緒をたっぷり堪能させてくれたし、乾期のイラワジ河は優雅な流れをみせ、この上流のどこかで友軍と英印軍、米支軍の間に血みどろの戦いがくり返されているなどとは考えられない、のどかなたたずまいを見せていた。

新春の一月五日、連隊命令がつぎのように下達された。

『連隊本部の中村軍曹は各中隊の功績係をあわせ指揮し、重要書類の後送ならびに整理に任ずべし。移動およびその他にかんしては状況を勘案し、万事遺漏なきよう処置するものとす。出発は準備完了しだいすみやかにすべし』

突然の命令は、前線の戦況の急変をつげるものであった。書類の梱包《こんぽう》を終え、牛車の整備を点検し、これに積載して連隊長に出発の申告をし、サガイン丘の宿営地を出発したのは、命令の出た翌日の、ようやく暮色せまるころだった。

人員は中村軍曹以下十二名、牛車五台（一台の車を駄牛二頭で牽引するので十頭）、その他予備の牛が四頭で合計十四頭の編成である。

アバの渡河点に到着したころは、陽はとっぷりと暮れ、輸送に当たる大発艇がポンポンとリズミカルな焼玉エンジンの音をひびかせていた。

渡河点付近には、前線から後送されてくる戦傷病者、あるいは前線に向かう兵員や物資など、ごった返しのありさまで、何艘《そう》かの大発艇が往復をしているものの、なかなか乗船の順番がまわってこない。

このイラワジ河にかかっていた鉄橋は、昭和十七年に日本軍がビルマに進攻したさい、敗走する英軍がみずからの手で爆破をし、さらに機関車を河中に転落させて日本軍の追及をのがれたもので、橋桁の一部や橋脚《きやく》が、まだその痕跡《こんせき》をとどめていた。

制空権を完全に敵に掌握された友軍は、昼間の渡河などのぞむべくもなく、夜陰《やいん》ひそかに舟艇を利用して人員、物資を細々と輸送する以外に方法はなかった。

「おーい、烈の工兵隊、つぎに乗船だぞっ」

大声でどなるのにうながされて私たちは、牛車などもろもろを乗船位置に誘導する。大発

艇が桟橋に横づけにされると、

「はやくしろよ、このごろは夜でも敵さんの奴、飛行機《レンピャン》（ビルマ語）で散歩としゃれこむので、うるさくて処置なしじゃ」

夜目にもヒゲだらけの軍曹がさかんにぼやく。桟橋をおそろしがって、牛がなかなかいうことをきかず手間どる。ゆれる舟がこわいのだろう。苦労しながら、ようやく牛を牛車ごと定位置に追いこむ。

「烈工兵隊、乗船完了しました！」

中村軍曹の報告を待ちかねていたようにヒゲの軍曹の、

「舳《おもて》はなせ！」（出発という渡河部隊の専門用語）

の号令がひびき、エンジンの音がいちだんと高まったと思うと、大発艇は舳《へさき》を対岸の上陸地点に向けて、波頭をたてて進みだした。

と、そのときである。対岸の上陸地点と思われる方向で、赤いランプが二、三度あわただしく明滅をした。これが合図であったのだろう、目標のための誘導灯もパッと消えた。

「畜生め、また、きたらしいぞ！」

舟長のヒゲの軍曹が、いまいましげに舌うちをしてこういった。大発艇のエンジンの音で気がつかなかったが、耳をすますと、なるほど飛行機の爆音が聞こえる。

「気をつけろといっても、この水の上じゃあ処置なしさ。ただ船から落っこちないように牛の手綱をしっかりにぎっておけよ。それと牛車の車止めを急いで点検しろっ」

ヒゲの軍曹がいそがしく、てきぱきと指示をする。

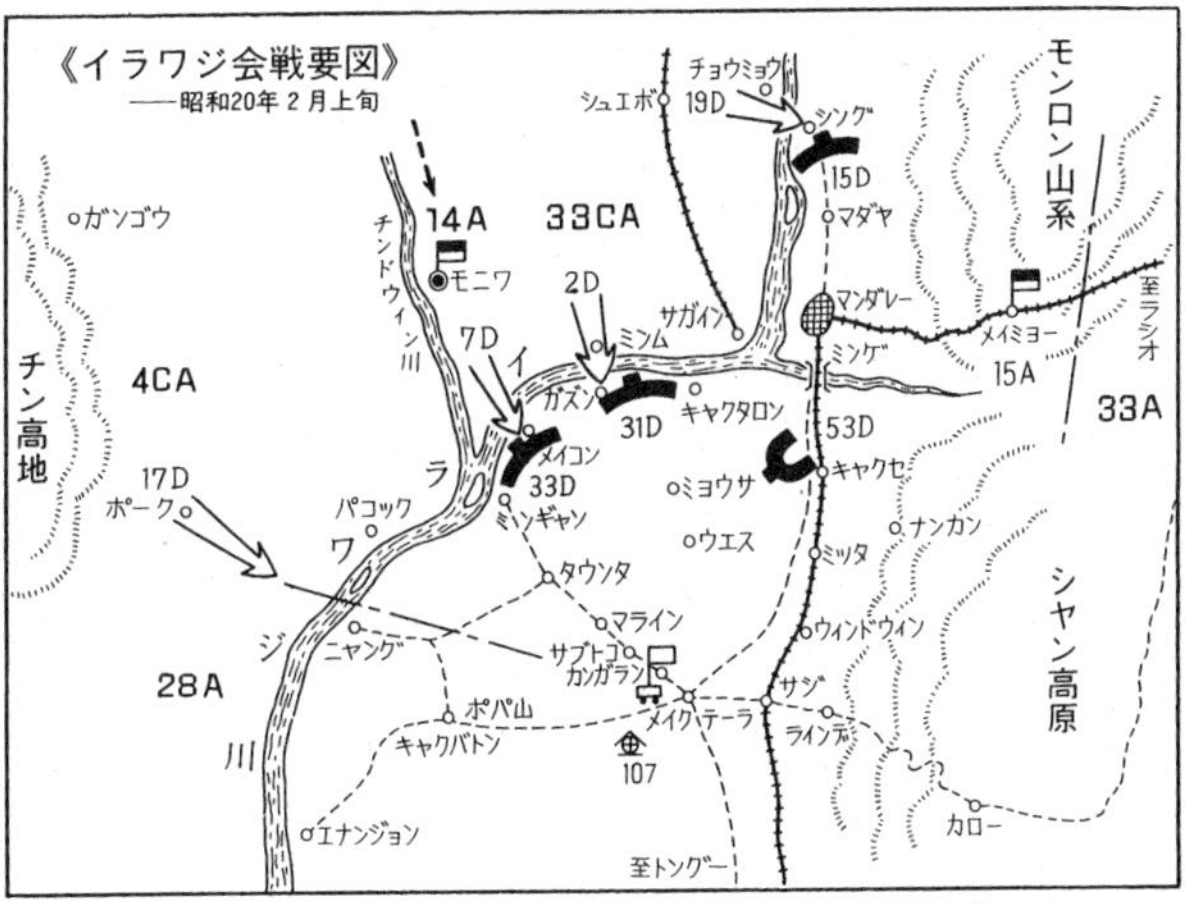

「おい長江、車止めはいいか」

そう声をかけて、私も牛車の車輪が動かないようとめてある車止めの前後をたしかめた。どうやら異状はないようだ。その直後、大発艇はさらにスピードをあげている。敵機の爆音が急に近づいてきたと思った瞬間、

「ダダダッ……ダダッ……」

頭上から機関砲の盲射ちがはじまった。渡河点の位置は、すでに航空写真で承知ずみと思われる。

敵は夜間の渡河は〝必定〟という判断から、夜目にもあざやかな銀蛇の流れに向かって、やみくもに猛射を浴びせるのである。

ゆれる舟と、敵機の機関砲のすさまじい発射音におどろいた牛の鼻息が、フウフウと荒く、せわしくなった。

「ダダッ……ダダッ」

つぎの銃撃がはじまったときである。

「班長殿、牛が……」

長江兵長の持つ手綱はそのままだが、牛の奴がおどろきのあまり百八十度くるりと方向を変えたと思うと、後足が舷をふみはずし、ずるずると尻の方から水中に落ちこんでゆくではないか。

首の綱は車を引く棒の先にかたく結んであるので、牛はさながら首つりの状態になって、苦しまぎれに水中でのたうつと、その力《ちから》でもう一頭の牛と牛車がひっぱられるが、車止めがあるのでかろうじてもちこたえている。

「ダダッ……ダダダッ」

また、銃撃がくり返された。このままでは水中に落ちこんだ牛の体重と、のたうつ力に負けて、もう一頭の牛と牛車が車止めを乗りこえて、河中に落ちこんでしまうだろう。いうまでもなくこの牛車には、第一中隊の重要書類がぜんぶ積載されているのだ。牛車が落ちて書類が水底のもくずとなってしまったら、責任上、なんのかんばせあって生き長らえられよう。私は仰天しながらも、コトの重大さに体がこわばるばかりだった。

そのとき、私の前をサッと黒い影がよぎった。つぎの瞬間、水中でのたうつ牛がぶくぶくという大きい音をたてて、水中に沈んでしまった。これは一体どうしたことだろうと、いぶかしむ私の前にぬっと立っているヒゲの軍曹の右手に、長いビルマ鉈《ダア》がしっかとにぎられていた。水中に落ちた牛の首の綱を切ったのだ。

「工兵隊の班長、いまの場合、水に落ちた牛はかわいそうだが、荷物を助けるにはあの方法しかなかったんだよ」

「いや、どうもありがとうございました。牛はともかく、牛車には重要書類が積んであるのです。おかげさまで書類がぶじで助かりました」

「それはよかった、よかった」

とっさの気転で重要書類は、なにごともなくすんだ。だがそれを恩《おん》にきせるでもなく、たんたんとしている舟長のほのぼのとした人間性を知らされる思いがした。

想い出の糸

アバの渡河点をぶじに通過した功績班一同は、朝方ちかく、小村落の林に牛車をかくしてホッとする間もあればこそ、

「斎藤軍曹、つかれているところをご苦労だが、マンダレーにある連隊の連絡所に行って、調味料と被服類を受領してきてくれ」

中村軍曹のこの命令に、私はいささかがっかりした。それというのも、今日の日中はきっと行動はできまいから、それを利用してマンダレーの王城跡を見に行こうと、ひそかに思っていたのだ。

マンダレーはラングーンにつぐビルマ第二の都市で、コンバウン王朝第十代の国王ミンドンによって、一八五七年から八六年の英領化までの四分の一世紀の間、王都として殷賑《いんしん》をきわめ、王城の外周は六マイルにもおよぶと伝え聞いていたし、ミンドン王をはじめ王妃や王族の陵墓があるというので、ぜひ見ておきたいと考えていたのだったが、この命令でどうやらおジャンになったようだ。

戦場に身をおくからには、物見遊山などはゆるされるべきではない。ともあれ命令の実行が第一である。それに、おなじ軍曹といっても二期先輩とあってみれば、これに服従するのが国軍の掟《おきて》である。

早々に牛車一台を仕立てると、長江兵長が駄牛を馭《ぎょ》して連絡所に向かった。白昼のこととて、もし敵機に発見されたら、一たまりもなくやられてしまう。二人は軍服をぬいでロンジー、エンジー（ビルマ人の服装）に着がえ、靴もぬいではだしになり、たちまちビルマ人に変身をする。

だが、麻袋の中には三八式歩兵銃と銃剣を、万一にそなえ、ちゃんと携行している。ビルマ人になったのは外見上のことで、中身はあくまでも帝国軍人である。

途中、二機の敵戦闘機が路上をかすめるように飛んだときには、いささかキモをひやしたものの、二人はやがて一、二度きたことのある連絡所に着いた。

付近一帯が大樹にかこまれた、マンダレー郊外の小さな民家の表に、『烈工兵隊連絡所』と書いた板看板が出ている。

「おーい、増岡！」

入口で大声で叫ぶと、連絡員の増岡兵長が出てきたが、ビルマ人姿の二人を見た瞬間、私たちとは気がつかず、けげんな顔をして見守っていたが、ようやく気がつき、

「いやあ、これはおどろいた、斎藤班長殿ですか。すっかりビルマ人と見ちがえてしまいました。これはこれは……」

と笑う増岡兵長に、このたび連隊の功績班が中村軍曹の指揮で重要書類を牛車で後送する

木蔭で休息する日本兵。マンダレーは1886年に英領化されるまでビルマ王国の首都で、著者が見物したかった王城跡や寺院など壮麗な建築物があった。

ことになったので、調味料と衣服類を受領にきたむねを告げて、さっそく食油、塩、砂糖、粉味噌、粉醤油などのほか軍衣袴、軍靴などを受領して牛車に積みこんだ。

「班長殿、どうぞお大事に、がんばって下さい」

「ありがとう。ところで増岡、わすれものはないか」

「わすれものというのは何ですか」

「カンのわるい奴だな。連絡所にいる身なら、日本酒の少しくらい手もちがあるだろう、出しおしみをするなよ」

「これは、これは、班長殿にかかったら処置なしですよ」

こういいながら増岡兵長は、日本酒の二合びん入りを二本出してきた。

「よし、ここで乾盃をしよう。おたがい死了《スーラ》にならずに健闘ができるように」

私は半分まじめに、半分おどけていうと、

増岡が、

「はやく日本に帰れるように」

と、つけたしたので、すかさず私がやりかえす。

「こら増岡、四合ぼっちの酒を出しておいて、そんな大きい願いがかなうと思うか」

三人は笑いながら乾盃のサカズキをかたむけた。日本酒がはらわたにしみこむようである。

三人は、ひととき故国の話に花を咲かせた。

「とにかく班長殿、はやく戦争に勝って国に帰り、塩鮭とタクアン、味噌汁をゲップが出るほど食ったり飲んだりしたいものですよ」

増岡兵長が、食い意地の張ったことをのぞんだが、もちろん私とて異論のあるはずがない。

「ああ、わすれていましたが、本が配給になっております。何冊か持って行きませんか」

なるほどたくさんの単行本があった。その中から二十冊ほどをえらんで、その後の移動中に読んだものだが、いまでも記憶に残るものとしては、石川達三の「母系家族」「転落の詩集」、木村毅の「旅順攻囲軍」などがあった。

「では、おたがい元気でな」

長江兵長の「ヘエノアー」のかけ声と手綱さばきで、駄牛がのろのろと首を左右にゆすって歩き出した。

途中で陽が落ちて、暮色がせまってきた。長江兵長が手にするムチが、駄牛の尻をときおりピシャリと音をたて、ほんのしばらくは歩度をはやめるが、すぐ元のスローになり、いっこうにスピードが上がらない。まさに牛歩である。長江兵長が小声で歌を口ずさんでいる。

〽一杯のコーヒーから
　夢の花咲くこともある……

軽快なメロディーである。おそらくは昭和十四年ごろの霧島昇の歌だったろう。私も好きな歌なので、だまって聞く。

〽一杯のコーヒーから
　モカの姫君ジャワ娘……

大阪生まれの長江兵長は、私とことなって、やさ男でちょっとした二枚目であり、現役の私とはちがい召集組であった。平和な時代であればいまごろ、オフィスガールと甘いロマンスをくりひろげていたであろうにと思う。

いや、彼はいま、口ずさんでいる歌につながる過去のロマンスの想い出の糸を、静かに手ぐっているのかもしれない。それを中断させないためにも、私は口をつぐんでいた。

そして、また私には私なりの思い出が、吸取《すいとり》紙の上にインクを落としたときのようにポッンと小さくひろがった。どうやら同床異夢の二人のようであった。

飛び入り法要

連隊命令にいわく、

『重要書類の後送ならびに整理に任ずべし。移動およびその他にかんしては状況を勘案し、万事遺漏なきよう処置するものとす』

とある。一見、なんでもないように思えるのだが、きわめてむずかしい命令であることに気がつく。その一方、任務の重大さは〝やりがい〟に通ずる。

だが、兵員十二名と、足手まといとなりかねない牛車五台の単独行動では、いざという場合どう対処するか、運を天にまかせるほかはあるまい。

責任者の中村軍曹は、連隊中の軍曹の最古参で頭脳明晰、細心にして豪胆、心から信頼のできる先輩だから、この点は心強い。

それから何日かの夜行軍がつづいた。昼間は敵機の跳梁がはげしいので、牛車は森林をえらんで秘匿をし、夕方から行動をするというもので、さながら夜行性動物そのものである。

一月というと、ビルマでは乾期にあたり、道路はかわききって、ボコボコと砂塵がまい上がる。

そこを牛車五台がつづいて行動をするのだから、夜のうちこそあまりめだたないだろうが、昼間なら一条の土煙りをなびかせての行軍となったであろう。

だが、夜行軍だとはいっても、絶対に安心とはいいきれない。ときおり道路上に低空で敵機が飛んできておびやかされる。さすがの敵機も、昼間とはちがって目がきかないようだから、たんなる牽制かおどかしなのであろう。

ある朝のこと、かっこうの遮蔽物である林の中に牛車を入れて大休止をしていると、突然、ビルマ人の盛装をした男たちが四、五人でやってきて、しきりになにごとかいいかけるのだが、なかなか言葉が通じない。長いことビルマ語と日本語をまじえてやりとりした結果、わかったことはつぎのようなことであった。

この男たちは、ここからほどちかい部落の代表者たちであり、この日は部落の高僧がきてなにやら行事があるという。日本流にいうと、彼岸の法要みたいなものであろうか。

『ビルマに協力をしてくれる日本軍の兵隊さんに、ぜひ一名でも二名でもこの行事に参加してほしいので、なんとかきてはくれまいか』という趣旨の高僧の使者なのであった。

これには中村軍曹もいささか困惑のていで、いかにもこまったという表情で私に声をかけた。

「おい斎藤、どうする、こまったな。すげなく断るのも悪い気がするし……」

「班長殿、行ってきたらいいでしょう」

という私の返事に、ちょっと考えていたが、すぐにきっぱりといいきった。

「斎藤、ここはひとつ二人で行くことにしよう。オレ一人じゃあ、言葉がわからないし、心ぼそい。すぐ行くことにするぞ」

二人が行くということがわかると、ビルマ人の使者たちはよろこんだ。

彼らの案内で寺院に着くと、すでに大勢の老若男女がきれいな衣服をまとい、広い礼拝堂にビッシリの人ごみだった。大きい仏陀の前に粛然と大勢の僧侶が座し、さらにその前方に座っているのが、くだんの高僧であろう。

案内された私たちは、大勢の僧の横に席をあたえられた。その場所に正座した私たちは、まず仏陀に、つぎに高僧に礼をすると、ていねいな返礼があった。

それを合図のように高僧の読経がはじまり、その声に合わせて大勢の僧が唱えだし、さながら読経の一大合唱となった。しかし、その長いことにはへきえきした。日本兵の代表とあってみれば不行儀もできず、足がしびれ、はては自分の足か他人の足かわからないぐらいまで、じっとがまんの子であった。

終わってホッとする。すぐとなりの建物に案内されると、そこにはズラリとビルマ料理が準備されていて、ひさしぶりにたらふくご馳走になった。

その帰り道、中村軍曹が「とんだ日緬《にちめん》親善をはたしたな」と、笑っていった。ビルマ人の大半は、極度に英人をきらっていた。それは日本軍がいるので追従もあったかもしれないが、紅毛碧眼にうとましさをおぼえているようで、鼻の高いのが気に入らないとまでいい、ビルマ人と日本人は顔も似ているので先祖はいっしょだったにちがいない、といって友好ぶりをしめした。

ともあれ、長い間つづいたイギリスの圧政から解放してくれるのが日本軍だ、という考え方が、ビルマの一般民衆をして日本軍びいきにしていたのであろう。

昼は森や林に退避し、夕方から朝方までラングーンに通ずる国道を、牛車の輪だちをきしませながら、功績班は移動をつづけていた。

タダウ村滞在記

昼間は寝て、夜っぴて歩くということは、一日や二日ならまだしも、十数日もつづくと、肉体的にも精神的にも疲れるものである。

思えば昨年三月、インパール作戦の発起いらい、行軍につぐ戦闘、そして退却と、十ヵ月の間で休養をとったのは、サガインですごした約一ヵ月だけであった。

退却につぐ退却——これから一体どうなるのだろう、という危惧《きぐ》の念はだれの頭にもあるのだが、おたがい口には出さず、それぞれの胸の中におさめている。

牛車の立木に吊るしてある及川源二の遺骨の箱が、振動でカタカタと音をたてる。それが、なにやら私に話しかけているような気がして、ときおり抱いてやる。そして、

「おい、貴様も牛車にぶら下げられて疲れたろうが、もう少しの辛抱だからな、がまんしろよ」

と語りかける。もう朝方もちかいと思われた。当時、時計など持っている兵隊など一人もなく、時の経過は、ひたすらカンにたよるほかはなかった。

「おーい、斎藤軍曹、小休止をするぞ！」

前方から中村軍曹のしわがれ声がひびいてくる。後尾の私は、

「リョウカイ！」を告げる。

「川があるから牛車を道路の左側にとめて、牛に水を飲ませろ！」

てきぱきと指示をしている中村軍曹のところへ行くと、十五万分の一の地図を地べたにひろげ、懐中電灯の光をたよりにしきりに見入っていた。

「もう『キャクセ』がちかいと思うのだが、道標も見当たらずぜんぜんわからん、処置なしだな」

キャクセには野戦倉庫があるというので、その近くに落ちついて食料の交付を受けながら、いままでたまっている死歿者の整理をしたいものだと中村軍曹が語る。

「前線のようすもぜんぜんわからんし、これじゃあまるでヤミ夜のカラスだぜ」

中村軍曹と話し合いの結果、夜明けも近いので退避もしなければならず、そこでひとまず幹線道路から左にはずれて、川ぞいの道路をすすむことにする。

幹線道路から約二キロほどきたと思われるころ、一行はようやく、小さな部落に到着した。夜も白々と明けてきたし、部落から少しはなれた地点に森があったので、牛車はここに入れ、兵隊には休憩を命じ、中村軍曹と私は、つれだってここの村長を訪れた。

ここでも私の「へたくそ」なビルマ語をけんめいに駆使をした結果、キャクセまでの距離は約五マイル、この部落の名は「タダウ」ということがわかった。村長にしばらくこの部落に逗留をしたいむねを告げると、迷惑そうな顔もみせずにさっそく、あちらこちらと走りまわって、私たちの宿舎に適当な家屋をさがしてくれた。

宿舎にきまったその家の主人はインド系と思われ、柔和なまなざしが印象的な人物で、物腰もおだやかな五十年輩の長身痩軀、鼻下にヒゲをたくわえていた。妻女も愛想よく、いろいろ世話をしてくれたが、どことなく上品さを感じさせ、育ちのよさをうかがわせた。きっと若いときは美人だったにちがいない。

二階に老夫婦が起居していて、階下が広く空いているので、ここを借り受けることに村長の立ち合いで話がまとまり、私たちをホッとさせた。

十五坪くらいはあると思われる部屋に書類の梱包を積み、兵隊十二名が寝泊まりをしても、さほど不自由とはいえない広さである。

私が手まね身振りのビルマ語で、書類の整理をしたいというと、主人はベランダに案内をしてくれた。そこには大きい机が四つもあり、椅子もちゃんと備わっていて、これを使ってよいというので、さっそく借りることにした。

牛車は部落のはずれの森に入れ、駄牛はその付近の草地に放牧をして、監視の兵隊を交代でつかせることにした。

そしてしばらくの間、私たちのタダウ部落における生活がはじまったのである。部落の戸数は七、八十戸で、家なみぞいに幅十メートルくらいのきれいな川が流れていて、水浴をするには絶好の場所でもあった。

住民の私たちにたいする感情も大変によく、村長以下がなにくれとなく協力をしてくれるので、まずは住み心地も上々といった満足感いっぱいの毎日であった。

屈辱にも耐えて

何日つづいた夜の行軍だったろう。それがこの部落に着いてからは、夜はゆっくりと寝られるというのが最大のよろこびであった。

タダウ部落に着いてから二日目の朝、水浴を終えて宿舎にもどった私に声がかかった。

「おい斎藤、ご苦労だが、兵隊一名と牛車二台で、キャクセに糧秣受領に行ってきてくれんか」

この中村軍曹の言葉に、私はさっそく長江兵長に牛車の準備をさせて、出発することにした。

昼間のこととて、いつ、どこから敵機が襲ってくるかわからない。野戦倉庫に糧秣受領に行くのにビルマ人の服装でも行けまい。

牛車は、やがてマンダレーからラングーンをむすぶ幹線道路に出ると、両側にうっそうとした街路樹が十数メートル間隔に亭々としてそびえたっている。もうここまできたら敵機がやってきても、大樹のかげに退避できよう。

キャクセの街に入ると、いままでわれわれが設営をしてきた部落とことなり、いくぶん都会的色彩が感じられる。やはり、このあたり随一の都会である。

やがて大樹の間隔がせまくなり、緑の色も濃く茂って、陽光をさえぎって涼をさそっている。

その大樹の間に大きな建物があらわれて、日本兵の姿がちらほらと見えた。注意をしてみると、これらの兵隊の多くは、手や足に包帯をしていたり、松葉杖をついているので、ここはきっと病院ではないだろうかと思い、なお建物を観察すると、日の丸とならんで、赤十字の旗が立っていた。

インパール作戦や北ビルマ戦線で傷ついたり、マラリアや赤痢の悪疫におかされた兵隊たちが、再起のため療養をつづけているのであろう。

途中、出合う兵隊に野戦倉庫の所在を聞きながらすすみ、ようやく探し当てておどろいた。街の中心地帯と思える場所にデンとかまえている。見たところ、まだ空襲にも見まわれた気配はなく、そのおそろしさをまったく知らないようであった。前線にくらべるとやはり、このへんの平和のありがたみがしみじみと感じられてならない。

糧秣受領に必要な事項を書きこむ受付用紙に、所要事項を記入してさしだすと、それを手あらく受けとった兵長の服装を見て、またおどろかされた。

略帽は将校用のものだし、半袖のシャツは私物を着こみ、おまけに軍袴《ズボン》の腰ひもはなく、将校用の刀帯をしめ、皮のスリッパばきといういでたちに、私は目をうたがった。

「おい、そこの軍曹、烈の工兵か」

その兵長は私を一瞥すると、無遠慮にこういった。おんぼろにちかい服装をしているとはいえ、これが一兵長の軍曹にたいする言動であろうか。上官侮辱《ぶじょく》もはなはだしいではないか。私はたぎる怒りをじっとこらえた。

これに似た苦い思い出が、脳裏をいなずまのようによぎった。

かつてインパール作戦中に、コヒマで英印軍と死闘をくり返すこと七十日あまり、刀折れ矢つき、食糧絶え、おりから雨将軍の猛威のなか一敗地にまみれて、戎衣は裂け、軍靴は破れてすて去ったはだし姿、兵隊たちはみなまさに幽鬼と化していた。

その私たちが、かろうじてウクルル付近の糧秣交付所にたどりつき、いくばくかの糧秣の交付を受けようとしたとき、血色もよく丸まると太り、パリッとした服装をした兵隊が、餓鬼にひとしい私たちを睥睨《へいげい》してどなった。

「こらっ、敗残兵ども、くさいから近づくな。さがれっ、敗残兵！」

あのときの屈辱をまた、ここでもくり返して味わわなければならないのであろうか。だが、他のものとことなり、支給を受けなければ生きていけない食糧なのだ。生への執念は、この屈辱にもじっと耐えしのばなければならないのである。

配給をする兵隊は、ある種の特権意識と、優越感の上にあぐらをかき、受ける側は恥も外聞もかなぐりすててあわれみを乞うといった、物もらいさながらの卑屈な態度になっていた。

武士は食わねど高楊枝《ようじ》などというたとえなどは、とっくにどこかへ吹き飛んでいた。

「烈というと、コヒマの戦闘に負けて命令も聞かず、かってに逃げ帰ってきた兵団だな」

半ば嘲笑ぎみにいうその言葉に、体内の憤怒の血潮が逆流する思いがした。もちろん、敗れはした。しかし、それにはそれだけの理由があったのだ。それを野戦倉庫勤務の一兵長ふぜいが、とやかく取り上げて罵倒《ばとう》をするような言動をとるとは、心外至極《しごく》である。

その兵長が、私をにらみすえるようにして、

「なんの任務でタダウ部隊にいるのだ」

と詰問するような口調でいった。さすがの私も少し声高に、

「功績書類の整理をしているのだ」

ややつっぱなすようにいってやると、

「それじゃあ、戦闘部隊ではないんだな」

といって、書類を助手の上等兵に渡した。そのとき、ちらりと見えた兵長の指に、キラリと光る金の指輪が私の目を射た。そのうえ彼は、私たちには縁遠いジャワ製の紙巻タバコ「マスコット」の箱を取り出して、器用な手つきでそのうちの一本に火をつけ、紫煙をゆるがせたりもした。

腹の立つこともわすれ、呆然とみつめていた私たちだったが、ようやく十二名の二週間分の糧秣を受領することができた。米、塩、食油、塩干魚、肉、生野菜などなどであった。そ

れらを牛車に積みこむと、私たちはそうそうに野戦倉庫をあとにした。

長江兵長もいつもなら、牛車の手綱をさばきながら、「一杯のコーヒーから」の歌が出るはずだったのに、今日にかぎって沈黙を守っている。野戦倉庫の兵長の不そんな態度が、よほど不愉快だったのであろう。

キャクセの街はずれまできたとき、燃える大きい火の玉とも見える真紅の太陽が、いままさに地平線に沈もうとしていた。

その荘厳ともいうべき光景に二人とも、みずからが戦争の渦中に身をおいていることもわすれて、惚《ほう》けたように陶酔していた。

これはインパール作戦が終わって、後方に落ちついてから聞いた話だが、貨物廠とか野戦倉庫に勤務する兵隊の全員ではなかろうが、一部の者は、私たちがコヒマで一粒の米、一発の弾丸の補給もないまま悪戦苦闘を強いられているとき、後方で物資をほしいままにして、みずからの我欲をみたした、ともいう。

もし、彼らがおのれの職権を悪用したとすれば、これは絶対にゆるされる所業ではない。おなじ日本兵でありながら、食糧とてない前線で生命を賭して戦っている者もあれば、後方の安全地帯で美衣飽食にあまんじている者もいるのだ。その矛盾をいやというほど、たったいま思い知らされたのである。

「おい長江、コヒマで死んだ戦友はかわいそうだったなあ」

しばらくして、私がポツリというと、長江も、「本当ですネ」と相づちをうつだけで、多くを語りたくなかったようだが、おたがいの胸の中がわかる気がした。

やがてタダウ部落につき、中村軍曹に糧秣受領の報告をしたが、あの不愉快きわまる野戦倉庫でのできごとは、私と長江兵長の二人だけでたくさんなので、口をつぐんだままであった。

親泣かせ「強盗団」

前線では連日、血みどろの攻防戦が展開されていることであろうが、ここタダウ部落はきわめて平穏である。

ときおり、相当な高度で敵の大型爆撃機の編隊を見ることがあったが、それはただ上空を通過するのみである。

私たちが家を借りている家の主人は、一見、五十年配と思われ、妻と二人暮らしである。朝になって、私と中村軍曹が起きだし、洗面を終えたところで、二人を二階の部屋にまねきいれ、ミルクコーヒーをご馳走するのが日課になっていた。

話のついでに子供がいないのかと聞くと、二十六歳になる息子が一人いるということだったが、子供の話になると、なにやら浮かない顔をするので、それ以上は聞くのを遠慮していた。

ある夜のこと、私は先日から尻のあたりに吹き出ものができて、それが化膿したのかジクジクと痛み出し、なかなか寝つかれずにいると、この家の主人とだれかが話し合う声がボソボソと聞こえてきて、それが耳に入って、なおのこと目がさえてきた。

そのうち二階の話し声がだんだんと大きくなり、なにかしきりと口論をしているらしい。尿意をもよおすまま私が戸外で用をたしにかかったころ、二階の声はますます高くなり、尋常でないことを感じたので、好奇心にかられたわけではないが、足音をしのばせ、二階のすき間からソッと中をのぞいた。

すると、テーブルの前に、この家の主人がいつもの温顔はどこへやら、血走った目をカッと見開き、憤怒の形相ものすごく座っている。

それに相対しているのは若者で、その端正な横顔は、この家の主人にそっくりだ。私は心の中で、「ああ、これは息子だ」と思った。母親がしきりに横合いからとめているようだが、ぜんぜん聞き入れるようすはない。

興奮をしている親子は、私が扉のところで見ているとはツユ知らず、大声を上げて口論をつづけているのだが、いずれも早口なので内容はまったくわからない。

二人はいよいよ激昂した。と、突然、若者はテーブルの上にあった灰皿をつかんだと思ったら、いきなり主人めがけて投げつけた。灰皿は主人の頭をかすめて、壁に当たって木端みじんに四散した。

すると、椅子からスックと立ち上がった主人の右手には、手ごろなガラスのビンがしっかとにぎられていた。

「主人もやる気だな、ここでとめなければ……」

私は前後の思慮分別もあればこそ、ドアを荒々しく開いてとびこみ、いましもビンをふり上げた主人の右腕をしっかとおさえた。

「主人《シャジー》、少し待て《カナネパオン》！」

ビルマ語のへたな私の口からとっさにでた、「名せりふ」である。

私におさえられた主人の腕がワナワナとふるえているのが、はっきりと私の腕に伝わってきた。数呼吸ののち、やがて主人の手から、ビンがポトンとにぶい音を立てて床の上にころがった。

主人の腕の「ふるえ」は、腕から体ぜんたいにおよび、その端正な顔が流れる涙でくしゃくしゃになった。

「兵隊《マスター》さん、はずかしい」

こういうと、両手で顔をおおうようにして椅子に腰をおろした。私はそれまでつかんでいた主人の腕をはなしたが、妻女はただおろおろとして泣きつづけているだけである。

息子はと見ると、虚勢をしめすようにやたらに煙草をふかしている。重苦しい沈黙がしばらくつづいて、私もなにやら自分の呼吸の音まで聞こえるように思えた。

息子がその静けさをやぶって、するどい目を主人に向けると、またも早口にどなるようにいったが、私には何のことかてんでわからない。いい終わった息子がドアの方に歩いてゆく。

「帰るのか《ビャンドメーラー》」

私が主人の近くに行って小声で聞くと、

「そうです」と答える主人の体が、まだ小きざみにふるえている。妻女が、いそいで息子のあとをおうようにして出ていった。

二人が階段を下りる足音を聞いて、私はなにか複雑な感慨をふかくしていた。

主人と私がドアのところまで出てのぞいたら、若者と妻女がしばらくボソボソとしゃべっていたが、そのうち息子がするどく、「ピュッ、ピュッ」と口笛を吹くと、どこからともなく乗馬姿の五、六人が出てきた。息子はその連中の群れにまじって、ひづめの音を残して暗やみのなかに姿をけした。

妻女がよわよわしい足どりで二階にもどってきたのをしおに、私も階下に降りて寝ようと、ドアの方に歩みだしたところ、あらたまって主人が話を聞いてほしいというので、むげに帰ることもできずに話を聞くことになった。

ビルマ語の不得手な私にとって、全部はわからないにしても、だいたいは知ることができた。要約すると、つぎのようなことである。

さきほどの若者は主人と老妻の間に生まれた、たった一人の息子であり、年齢は二十六歳だという。わりと経済的にもめぐまれて育った彼は、十七、八歳ごろから不良グループに入り、だんだんと生活もみだれて、父母の手にはおえない状態になっていた。金を持ち出す、牛は売りとばして「賭博」「酒」「女」に狂っていった。このあたりはビルマも日本も同様らしい。

身も心もむしばまれた息子は、さらに親類縁者から、手当たりしだいにウソでかためて金品を借り受けてまわり、結局、そのシリは主人がぬぐわなければならなかった。

ありとあらゆる悪事のかぎりをつくした彼は、もうタダウはもちろんのこと、キャクセ付近にも身のおきどころがないほど世間をせまくしていた。

マンダレーに出たものの、もともと仕事ぎらいでハデ好みの彼は、ここでも一攫《いっかく》千金を夢みて賭博にうき身をやつしたが、まもなく零落の一途をたどることとなり、自暴自棄のはてやくざ仲間に入りこみ、いまではもう「強盗団《ダコー》」とよばれる一団とともに、ときおり金品をゆすりにくるということであった。

今日もきょうとて、すごみをきかせ、いくばくかを予定してきたところ、階下に日本兵が宿泊しているのにおどろいた。そこで集団で行くのはまずいと考え、仲間を近くに待機させ、一人でやってきたのだという。

息子のいうには、階下に日本兵をおいたのは、無心におとずれる自分をふせぐために、たのんでおいていると誤解し、さらに怒りに油をそそぐ結果になったとつけくわえた。

一部始終を語る主人の目からも、合いづちをうつ妻の目からも、ひきもきらず涙が流れていた。また、話を聞いている私も、はるけき祖国の老父に思いをはせていた。

ビルマの若者は不行跡のかぎりをつくし、父を泣かしめており、一方、私は国是と軍命によるとはいいながら、異域万里のビルマくんだりまでつれてこられ、音信もままならずにどこにいるやら生死のほどもはっきりしないまま、故国の父を涙させているのだろう。善悪、理非はともかく、どちらも親を泣かせている点はおなじだなあ、と思った。

工兵司令官の激怒

前線の戦況はまったくわからない。いまとなっては連隊本部と連絡をとる手段も、方法もない。まさに孤立しているといえよう。近くに他部隊でもいれば、出向いてようすを聞きたいと考えているが、その部隊も見当たらない。

ただ、川ぞいの民家を借り受け、兵站《へいたん》病院勤務の兵隊が二名、医薬品の梱包を山積みにして、倉庫代わりの民家の監視に当たっていたが、彼らは衛生兵だから、前線のようすなど知るはずがあるまい。

二月になると連日、敵の戦闘機の飛来がはげしくなり、ときには四発のコンソリデーテッドとよばれる大型爆撃機が、編隊を組んでわが後方に飛んで行くのは、後方の兵站線か軍事設備を爆撃するのが目的であろう。

この敵戦闘機の来襲の度合いとか、爆撃機の編隊にも、戦況の逼迫《ひっぱく》を感じないではいられなかった。

この家の主人が私たちが軍服でいると、敵機に発見されて攻撃目標になったら大変なので、ビルマ人の服装をした方がいいといいだした。そして、私たちが着る衣裳があるからといって、古くはあったがそれらしき衣服を持ち出してきた。

そこでさっそく、私と中村軍曹が話し合いをし——これだけビルマ人の世話になっていて、もし軍服を着ているために発見されて爆撃や銃撃を受けたら、この部落は甚大な被害を受ける破目となる。つまり、それでは恩を仇で返す結果となってしまう。ここは主人のいうとおりに、ビルマ人の服装をすることにしよう——ということになった。

この結論には、当の主人も大いに満足したようである。とにかく暑いので、上半身はだかなのはビルマ人も日本兵も変わらないが、問題は下にはく〝ロンジー〟というビルマ独特の民族衣裳だ。これは日本流にいうとコシマキ状のもので、これを腰の部分でキュッとしめる。

すその方はスカート状といえよう。

これをはくと大変にすずしく、おりもおり私は尻に南方潰瘍《かいよう》（おでき）ができて化膿しているため、軍袴をはいて歩くとすれて、痛くてまいっていたときだけに大助かりとばかりに、ありがたく借用することにした。

ことの結果に大いによろこんだ私は、さっそく主人に謝意を表したが、ところが後日、そのために「大目玉」を食う結果になろうとは、まさにオシャカサマでもわからなかったことだろう。

それから二、三日後のこと、私たちがベランダの机に向かって書類整理中のことである。おりしも洗濯ものを干していた内田上等兵が、突然、大声で、

「敬礼っ」とどなった。

「なんだろう、内田の奴、血まよったかな」と思って硬筆をおいたとたん、長靴の音をガタガタと荒々しくたてて、一人の将校が、ずかずかと庭先を横切り、ベランダに近づいてきた。その後方には、完全軍装をした下士官と兵の二名をしたがえている。

「敬礼」の声から少し間をおいて、私たちもあわてて立ち上がり、十五度の敬礼におよんだ。

その将校の階級章を一瞥して、私たちはびっくり仰天した。大佐だったのだ。私たちがいつもなにかとキンタマをちぢませる思いをさせる連隊長が中佐であるのに、突如、まったくふってわいたように、私たちの前に立ちはだかっているのは大佐ドノだったのだ。

大佐ドノは、たったいままで私たちが整理をしていた書類を、無遠慮にかきまわしながらしばらく見ていたが、

「おい、お前たちはどこの部隊か」

眼光もするどく質問の一矢をはなった。

「はい、烈の工兵隊であります！」

日本軍陣地を爆撃するコンソリデーテッドB24リベレーター。こうした大型機の編隊を見た著者は戦局の逼迫を感じていた。

中村軍曹がこう答えると、おうむ返しに、

「なに、烈の工兵だと！」

こういうと、じろりと私たちをねめまわしてから言葉をつづけた。

「烈の工兵隊がいまどき、どうしてこんなところにおるのだ。連隊長以下、イラワジ河畔でいま、英印軍を阻止するため日夜がんばっているのだぞ」

「はい、自分たちは連隊命令で功績班として、書類の輸送と整理に当たっています！」

「なに……功績班だと。うむ……では、連隊命令の写しを見せろ」

中村軍曹が命令綴りのなかから、その部分を開いてさし出すと、するどく目をはしらせた。

「よし、わかった。では、官姓名を名乗れ」

ときた。まず、中村軍曹が名乗り、つづいて私が、

「陸軍軍曹、斎藤政治！」というぐあいに官姓名を

名乗り終えると、ここで大佐は一呼吸おいてから、

「わしは工兵司令官の加藤大佐だ！」

と名乗るのを聞いて私は、アッと息をのんだ。まぎれもなく、第五工兵司令官加藤国治大佐殿なのだ。

かつて面識がある――などといったところで、大佐と当時は伍長だった私とでは、まさに月とスッポンである。

この司令官との出合いは、インパール作戦発起前のこと、一村落に設営して、やがて作戦中は輸送路となるであろう、道路修理と架橋作業をしているときのこと、私たちの宿舎で夕食をとられたことがある。

夕方というよりもう夜といった方がよいと思われるころ、副官らしい中尉があわただしくやってきていった。

「おい分隊長、工兵司令官殿が、ここをかりて夕食をとられる。こられたら状況報告だぞ！」

一方的でややびっくりしたが、私たちの連隊も司令官の隷《れい》下にあったのだから、とうぜん状況報告をしなければならないだろう。

やがて副官の先導で、オンタイが宿舎に姿をみせた。

「工兵第三十一連隊第一中隊……」うんぬんから、異状なく作業に任じております、という型通りの報告を受ける司令官の機嫌はきわめて上々で、

「ご苦労、ご苦労！」

を連発して、作業の労を多とされた。

司令官にこう愛想よくされたら、私もだまっているのが悪いような気がして、とっておきのバナナ一房を献上した。

「これは、これは、分隊長、ありがとう」

相好をくずして大変よろこばれた。

二度目も作戦前のこと、チャンギー川を利用して前線にイカダで糧秣を流送したが、途中に岩石があってイカダの流れがじゃまされるので、その爆破を命ぜられた私以下一コ分隊がぶじ作業を終えて〝結果報告〟に出向いたときも、みずから報告を上機嫌で受けられ、好好爺司令官という感じだった。

だが、この日の司令官の表情はきびしかった。

「見れば、貴様たちの服装はなにか。ロンジーをはき、ビルマ人然としているとはなにごとか。貴様たちの戦友の大半は、コヒマで死んだであろう。残った戦友はいま、イラワジ河畔で玉砕をしてもと防御陣地についてがんばっているというのに、貴様たちのこの姿はなにごとか……姿ばかりか、根性までくさりはてているのだろう！」

まさに青天の霹靂《へきれき》である。ロンジーにいたっては無実の罪、つまり冤罪《えんざい》である。英軍機の目をたぶらかすためにという主人の厚意も、いまとなっては仇となってしまった。「じつはこうこうしかじか」と理由をならべたてたところで、しょせんは司令官の怒りを買うだけであろう――これは私の丸五年にわたる兵隊生活を通じて体得した処世訓でもあるのだ。怒られたときは、困りはてた顔でしかられるにしくはない。これこそ最善の防御手段である。

「貴様たちの連隊長の鈴木は、西式健康法を守り、布団の上でなく床板に毛布をしいて寝る男だぞ。清廉潔白をもってなる鈴木の部下に、貴様らのようなフヌケがいるとはもってのほかだ、皇軍の恥辱もはなはだしいぞ！」

今日の司令官は、かつてバナナの献上を受けたときの温顔でもなく、岩石爆破の報告をにこやかに聞いた表情でもない。

「ぐずぐずせずに、すぐロンジーをぬいで軍人らしい服装をしろ！」

私たちのもっとも恐れをなしている連隊長を、「鈴木」と呼びすてにするのだから、大したものである。きっと士官学校時代の先輩にちがいない。

「はやくしろ！」

再度の大声にせき立てられて、ロンジーをぬいで軍袴にはきかえた。いそぐあまり、股ボタンを一コかけわすれた私はたちまち、

「こらっ、そこのはらわたのくさった軍曹、股ボタンをかけろ！」

こうまで怒られて私も腹にすえかねたが、泣く子と地頭には勝てないのたとえ、ジッと唇をかみしめた。

服装を正しくさせてからも、目から火が出るくらいにしかられた。

さらに司令官は戦局の重大さを披瀝し、いまこそ全軍協同、一致団結をして難敵を撃破しなければならない旨を強調した。そして最後に、

「服装をビルマ人にしていると、心までビルマ人になり切ってしまう。いいか、今後は皇軍の矜持をわすれてはいかんぞ。書類の整理も、敵戦車へ爆薬を抱いて突進する肉薄攻撃もお

なじこと、この精神をわすれるな、わかったか。よし、これで終わりっ！」

でむすんだ。

「敬礼っ」の声に答礼をしながら、長靴の音を高々とさせ、従兵二名をともなってゆうゆうと立ち去った司令官の後ろ姿を、私たち一同はポカンとして見送った。

ようやくわれにかえったように、

「とんだ台風だったな」

まず中村軍曹がこういってから、

「おい斎藤、〝そこのはらわたのくさった軍曹〟はケッサクだったな」

けらけら笑いながらいうので、私もつい先ほどの腹立ちもわすれて、いっしょになって笑っていた。

私たちが司令官にこてんぱんに怒られているようすを終始どこで見ていたのか、この家の主人が出てきて、「えらい兵隊さんか」と聞くので、「そうだ」と答えてから、「ホーラインスリースター、大佐だ」と教えると、主人が頭から湯気が出るジェスチャーをして、司令官の激怒ぶりを表現したので、中村軍曹と私はおたがい顔を見合わせ、思わず苦笑をした。

ある中隊長の悲劇

きわめて平凡な事務整理の日がつづいた。ロンジーを禁止されたので、その日以後、軍袴の暑さからのがれることはできなかった。

そんな、ある日の午後、

「おい斎藤、暑さしのぎに魚すくいをやるか」

かつて、入隊前に漁師の経験のある中村軍曹が、むかしの商売気を出してか、こういった。さっそく梱包《こんぽう》のなかから、カヤが一枚とり出された。これがアミ代わりである。全員がフンドシ一本になり、中村軍曹の指揮にしたがう。まず川幅いっぱいにカヤを張り、二人が両岸の底に沈めておき、他の者は上流から魚を追いこんで、中村軍曹の「上げろ」の指示で、すばやく両岸の者がカヤを上げるという方法である。

ところが、メダカ一尾も入らないのだ。場所がわるいのだろうと、あちらこちらと移動してやってみるが、カヤに入るものはゴミばかり、ついに収穫ゼロという結果に終わった。

ものはついでにと水浴をすませた一同が、宿舎にひきあげてきて「アッ」とおどろいた。書類整理に使っている机の上で、一人の男が飯盒のふたをとり、手づかみで飯を食っているではないか。口のまわりはもちろん、手やら机の上もメシつぶだらけである。

「こらっ、貴様はだれか！」

私は思わずこうどなるようにいうと、その男が図々しいというか、けだるそうにゆっくりとこちらを見た。そのヒゲ面の男の階級章を見たとき、私は再度、おどろきの目を見はらざるをえなかった。「中尉ではないか」——しかし、その中尉殿のひとみはうつろだし、焦点もさだかではなかった。私は心の中で、「ああ、これはきっと正常の精神状態ではないな」と思った。

その中尉は、私たちが大勢いる方向にうつろな視線をちらりと向けただけで、ふたたび飯

盒から飯をつかみ出してほおばっている。中村軍曹が机に静かに近づいて、

「中尉殿、中尉殿……」

と声をかけたが、それには答えようともせず、飯盒からのつかみ食いをやめようとしない。何度目かの「中尉殿」の呼び声に、ちらっと中村軍曹の方を見たが、また食い出した。

「これは相当なキ印らしいぞ」

小声でだれかがこういったとき、ドカドカという軍靴の音を立てて、軍曹と伍長の二人づれがきて、この場のありさまをひと目見るなり、

「中隊長殿！」

悲鳴のような声をあげて、二人がこもごもに呼んだが、中隊長殿と呼ばれたヒゲ面の中尉は、表情一つ変えず、ゆうゆうとつかみ食いをつづけている。

「中隊長殿、やめて下さい」

伍長が叫ぶような声でいうと、中尉の手にすがった。中尉がようやく焦点のさだまらない視線を伍長の方にうつしたが、その顔つきは無表情で、能面を見るようであった。

「中隊長殿、中隊長殿、はやく帰って下さい」

いまにも泣き出しそうな声でいった。ここで中村軍曹がベランダの長いすに毛布をしいて、

「ひとまず、中隊長殿を休ませてあげた方がよいでしょう」

という。さっそく軍曹と伍長の二人が、両側から中隊長をささえるようにして椅子に横にすると、赤ん坊のようにされるままにしていた。伍長がいそいでぬれた布で頭を冷やしている。

と、軍曹が私たちに向かって、

「どうも突然ご迷惑をかけて、本当に申しわけございませんでした。じつはこの方は、私どもの中隊長殿でして……」

こう前おきをして、つぎのような話をした。

通信部隊としてインパール作戦に参加をしたが、戦闘は熾烈をきわめた。そのさなか突然、中隊は敵の戦車の急襲を受け蹂躙され、相当数の人的損害を受けたのはもちろん、通信機をことごとくうしなってしまった。

この作戦では砲のない砲兵隊、通信機を失った通信隊もめずらしいことではなかったが、中隊長が責任をいたく感じているやさきに、上司からの叱責を受け、悶々の日を送っているときにマラリアにおかされた。そして発熱した翌朝、突然、

「オレは、これから通信機をとりもどしてくるぞ」

こう叫ぶと、四十度の高熱の体でガバと起き上がり、日本刀をサヤ走り壕の上にはい登った。その目は異常にひきつり、もはやふつうの顔ではなかった。

「おそれ多くも陛下にたいし申しわけがない。通信機をとりもどしてくるぞ!」

絶叫とともに走ろうとしたが、高熱のため足がもつれて、どうと倒れこんだ。

「刀をくれ、オレの刀をくれ、腹を切るんだ」

この悲痛な声に当番兵がかけより、抱き起こしたときの中隊長は、おそろしい形相で失神していた。いらい、中隊長の精神は錯乱状態をつづけているという。

かつては部下を愛し、兵から慈父のようにしたわれていた中隊長だったゆえに、部下のお

どろきとなげきは大きかった。突然の発狂だけに、なにかの拍子に正常にもどるかもしれない、という淡い一抹の希望もすてきれず、いまだに病院にも送らず看病をつづけているということである。

私は、みずからが軍人であることをわすれたわけではないが、戦争というものはどれだけの人を不幸におとしいれるのであろうか、死んだり、傷ついたり、はては狂ったりするにもかかわらず、遂行しなければならない意義はなんだろう、などと考えたのは、卑怯きわまる弱兵だったからであろうか。

この中隊長にも妻はあろうし、子供もいるだろう。狂った夫、父を見たら、どんなに嘆き悲しむことであろうか。

「一室に保護をしておりましたが、ちょっとのすきに室から出て、こちらさんに迷惑をかけたのです。本当に申しわけございません、ありがとうさんでした」

ていねいに何度もくり返し、くり返し礼をいう軍曹のひとみが、うっすらとぬれていた。

「さあ、中隊長殿、帰りましょう」

こういって、軍曹と伍長が両側から中隊長を抱き起こし、肩と腕でささえるようにして立ち去った。そのときも中隊長の顔は、いぜん無表情だった。

それから机に向かって書類の整理をはじめたが、先刻の中隊長の顔が明滅し、さっぱり作業は進捗しなかった。

夕方になるころ、先ほどの軍曹の使いで一人の兵隊が、米を飯盒で一杯ほどと、塩干魚一枚をとどけてきたのは、中隊長が無断で食った飯盒めしのつぐないのつもりだったのであろう。

その兵隊が帰る背中に、中村軍曹が声をかけた。

「どうもご馳走さまと伝えてくれ。それとな、中隊長殿が、一日もはやく治るようにいのっているぞ」

すると、その使いの兵隊はくるっと回れ右をして、挙手注目の敬礼をして帰っていった。

「ああ、きっと、いい中隊長だったんだな」

中村軍曹が、しんみりとつぶやいた。

戦場で発狂するということは、それほどめずらしいことではない。ただ、戦闘の惨烈さに恐怖症じみた心理状態になった兵隊は実在するが、それがために狂気になったというのは見聞しない。発狂するというのは、マラリアの高熱によって、中枢神経がおかされるからであろうか。

四十度の高熱と体力の低下が原因かもしれない。作戦前、マラリアの高熱に連日あえいでいても、発狂をしたということは聞かないが、作戦が失敗し、食糧がなくガイ骨みたいにやせ細ったときにマラリアの高熱にかかると、発狂する兵隊も多かった。

余談になるが、終戦後のこと、武装解除を受けて集団捕虜としてミンガラドン・キャンプに収容されているときのことである。

英軍の使役に行くため収容所の衛兵所（日本兵が服務していた）を通るとき、そのちかくに精神異常者のみを収容する病室があって、周囲は頑丈なサクがつくられていた。

そこに収容されている数名の患者が、私たちの隊列を見ると、みじかい木片を打ちふりながら「バンザイ、バンザイ」を連呼するかと思うと、「天に代わりて不義をうつ」などと軍歌を口ぐちに歌っていたのは、たとえ精神が錯乱しても、出征時の感激が頭のどこかに残っていたのではあるまいか。これは伝え聞いたうわさだが、高級参謀の中にも発狂者が出たともいう。

戦没者、戦傷者はもちろん戦争犠牲者だが、これら発狂者も痛々しい犠牲者であろう。

敵機にねらわれて

事務整理でつかれると、しばらくの間、部落はずれの駄牛を放牧している草原に出かけるのも、私の日課の一つになっていた。

十余頭の駄牛を二名の兵隊が、午前と午後の二交替制で監視をした。夜間は、宿泊している主人のむかしの牛舎につないでおくのである。

広い草原でゆうゆうと草を食む駄牛の群れを見ていると、遠い過去の少年の日をふと思い出すこともあった。

私の育った家のとなりは牛飼いで、十数頭の牛がいた。牛舎から牧草地までに鉄道線路があって、出し入れは踏切りを通らなければならないので、通過列車の時刻表を頭に入れておかなければならなかった。

ある夏の日曜日の朝、牛舎から放牧地に牛をつれて行くため、牛飼い一家の少年二人と手伝いの私の三人が、手に手に長いムチを持って十数頭の牛を追い立てつつ、鉄道の踏切りにさしかかったときのことである。

「ピイッ！」

ときならぬ機関車の警笛である。この時間帯には列車は通らないはずだ。ハズであるのにピーがなったのは、きた証拠といわざるをえない。牛飼い一家の主役二名と自発的応援の私の三名は、びっくり仰天した。牛の数頭はすでに踏切りを通過し、いままさに通過中の牛もいたのだ。

「ピイーッ！」再度の汽笛で、黒い巨体が轟音をたてて目の前を通ったが、ギーギィーギーというブレーキの音がしばらくきしって、列車が止まった。

「なんで踏切りを通すのに気をつけんのか」

どなるように大声を上げてちかづいてきたのは機関手で、

「一頭は機関車にぶつかって、鉄橋下に落ちて死んだらしいぞ」

こう叫んだのは機関助手らしかった。

このときはじめて私は、鉄路の上を走るのは定刻ものと、臨時列車という二種類があることを知った。いまどきくるはずがないのにやってきたのが臨時列車というわけであった。

被害は一頭にとどまったが、オヤジさんが警察だか鉄道関係者によばれて大目玉をくったとか、罰金をとられたと聞かされ、だいじな牛が死ぬわ、しかられるわ、罰金までとられたとあっては、世の中も不条理なものだとそのころ考えたのは、自分たちの過失を計算に入れなかったからなのだ。

遠いビルマの戦場にきて、ずいぶんとくだらないむかしのことを思い出すのも、きっと望郷の念の作用であろうと思われた。

少年の日の追憶から、ふと現実にもどる。いま、目の前で草を食んでいる駄牛の尻に、よくみると、カタカナで「レコ」という焼印が押されている。焼印といってもかんたんなもので、六番線を適当に折り曲げてタキ火で赤く焼き、これを牛の尻べたに押しつけただけのものである。

なぜ「レコ」という焼印を押すかというと、烈の工兵、そのあたまをとって「レコ」というわけで、他部隊の駄牛とまじっても一目でわかるように、各部隊ともそれぞれにカタカナで焼印を尻べたに押す仕組みになっていた。

さて、宿舎に帰ろうかと草原から立ち上がろうとしたとき、「キューン」という音とともに、スピットファイアが一機、超低空で森のこずえをならして飛んだ。

「きやあがったか、イングリめ！」

心の中で舌打ちしながら、ちかくの太い灌木に身をよせる。つづいてまた一機、頭上をかすめて飛んだ。

「敵さん、ひょっとしたら、この部落に照準をつけ

出撃間際のスピットファイア戦闘機。超低空の機関砲攻撃から村長の娘を救った著者は、そのお礼として夕食に招待された。

たのかな」

と飛行コースを目で追ったときである。三、四十メートルほど前方に、色彩もあざやかな服装をしたビルマ人の少女が、逃げ場をうしなってうろうろしているではないか。私はとっさに走った。

放牧地のあちらこちらに、敵の空襲にそなえてタコツボ（一人用の壕）を掘ってあるので、近くのタコツボに少女を横抱きにして乱暴に放りこんだ。飛行機の音がはげしくせまってきたので、私も近くのタコツボに転がりこんだ。

旋回してきた敵機は、こんどは機首を下げ、射撃態勢をとり、「ダダッダ……」と機関砲の連射をし、二機目もおなじように銃撃をした。

「いよいよこの部落にねらいをつけたのか、大変なことになるぞ」

そう思って恐怖と不安の気持で空をあおぐと、敵機はこの連射をおみやげのようにして、機首をたてなおして飛び去った。威嚇か、またはさぐりを入れたのかもしれない。

ホッとした私は、さきほど押しこむようにタコツボに入れた少女のことが気になって壕に行くと、衣服はドロだらけだった。自力で壕から出られないので、手をひいて上げてみてびっくりした。その少女は、村長の娘のマ・チエだったのだ。

「やあ、マ・チエじゃあないか」

大声でいうと、ちょっとはにかみをみせていた。宿舎への途中にある村長の家まで、マ・チエとつれ立って歩き、家の前で分かれて帰った。

「おい斎藤、敵さんの奴も、そろそろこんな部落までねらうようになったからには、気をつけんといかんなあ」

中村軍曹が暗い表情でいった。

夕方、村長がやってきた。敵の飛行機がきて娘が逃げまどっているときに、壕に入れてもらってありがとう、そのお礼にどうしても夕食にきてほしいということである。

一度はことわったが、どうしてもという申し入れに、厚志もだしがたく、私と中村軍曹がでかけて行き、ヤシ酒をぞんぶんにいただいた。鶏肉料理はいいとしても、トウガラシのきいている手料理を、ホウホウと声を出して食うさまに、村長は手をうって笑った。

村長の妻がマ・チエをともなって礼をいい、私たちのトウガラシのホウホウには、体ぜんたいで笑いころげた。マ・チエは十六、七歳、ビルマでは娘ざかりである。

村長も微醺をおびて、日本軍がはやく目玉の青く鼻の高いイギリス軍を、こてんぱんにやっつけて戦争を終わらしてくれというのには、ちと耳が痛かった。

日本軍はいまに勝つというと、村長はよろこび手をたたいて、ビルマの歌をうたった。

村長の家を辞して宿舎に帰る道すがら、村長の娘マ・チエを見ているうち、私は故国の妹を思い出していた。その妹も今年二十二歳の結婚適齢期になったなあ、などと肉親の上に思いをはせた。

野良犬と化した狼

さきに糧秣を受領した日から、はやくも二週間がすぎた。私と長江兵長の二人が、ふたたび牛車を仕立てて、糧秣受領のためキャクセの野戦倉庫に向かうことになった。

中村軍曹に、「糧秣を受領してきてくれ」といわれたとき、あの野戦倉庫の兵長の服装や、態度のことを思い出して気が重かったが、命令であればいたしかたがない。

キャクセの街に入ると、例の大樹の並木があるので涼しい。やがて野戦倉庫の前にきたが、ひっそりかんとしている。いぶかしく思って配給をしていた位置にきて見ると、人っ子一人いない。「ひょっとしたら引っ越しかな」と思って、さらに入口のドアのところを見ると、貼り紙がしてある。

『糧秣の支給は、都合により十六時からにします』と、書かれていた。きっと空襲を考慮して、日中の支給を中止したものと思われた。そうすると、六時間も時間があるが、一体どこですごそうかと長江兵長と相談の結果、街はずれの林に行って駄牛を草原につなぎ、私たち二人は木かげで昼寝をすることにした。

携行してきた昼食の飯盒めしをすませると、長江兵長とならんであお向けにひっくり返る。青空にふんわりと白い雲が浮かんでいる。あの空のはてに祖国日本があるんだなあ、本土空襲もあるというが、故郷の美瑛町にも被害があるのだろうか――。

そこには旭川第七師団の演習のための廠舎があり、軍事施設として敵の空襲の目標になっているのではなかろうか――。

みずからの身をおくビルマの情勢が、悪化の一途に傾いているのをよそに、はるかな祖国に思いをいたすなど、オレはやっぱり弱兵だなあといましめたりする。

望郷の念にかられているうちに、いつかぐっすりと深い眠りにおちていた。

「班長殿、そろそろ時間ですよ」

長江兵長に声をかけられて目をさますと、陽はだいぶかたむきかけている。彼はとっくに起きて、駄牛の出発準備を終えていた。

「いや、すっかり眠ってしまったな。あれからいままで一眠りだったよ」

「あまり気持よさそうに寝息をたてて寝ているので、起こすのが気の毒みたいでした」

長江兵長がこう言って笑った。

「ヘエーノア、ヘエーノア」

ムチをあてると、駄牛がしかたなさそうに、のろのろと動き出した。

まもなく野戦倉庫に着くと、例の兵長は相変わらず紙巻きタバコをくわえていたし、指にはやはり金ピカの指輪が光っていた。

支給を受けるために必要事項を書きこんだ紙片を手あらく受け取り、これに一瞥をくれてから、

「えーと、烈の工兵は、人員が十二名、任務は書類の整理と後送か。宿営地はタダウ部落……」

こう読み上げているのを聞いて、ひとつ思い当たることがあった。先日、工兵司令官が見まわってきて、えらく気合いをかけられたが、私たちの所在は、この野戦倉庫にきて、糧秣受領簿から隷下部隊を調べ上げたうえでやってきたにちがいないと気がついた。さすがは古ダヌキだわいと、妙なところで感心をした。

人員に応じて助手の上等兵と使役のビルマ人の若者が手伝って、米、塩、食油、粉味噌、

粉醤油、野菜、塩干魚の分配をうける。

「今日は特別に酒とタバコの支給があるぞ！」

兵長が恩きせがましくこういい、飯盒にちょっぴりの椰子酒と、ビルマタバコを少々くれた。支給された糧秣類を牛車に積んでいるときのこと、

「こらっ、貴様たちはどこの部隊か？」

大声でわめくのが聞こえた。ふと見ると、みすぼらしいというより半裸にちかい兵隊が、飯盒をぶらさげ、ツエをついて立っていた。

「部隊はどこかと聞いているんだ」

再度の兵長の大声に、ぼろぼろ兵の、

「はい、狼兵団（第四十九師団）です」

かぼそい声がした。

「なんだ、狼だと。野良犬のかっこうじゃあないか」

こういって苦笑をしてから、

「その狼が、どうしたのだ」

「はい、糧秣をいただきたくてまいりました」

アセとドロにまみれた、おんぼろ服のえりには、まぎれもなく伍長の階級章がついている。ふと私は、その伍長の足元にうずくまっている兵隊が二名いるのに気がついた。もちろん、この伍長のつれにちがいない。

一人だと思っているところに、またぞろ二人のぼろ兵隊がいることに気づいたかの兵長も、

少しおどろいたのだろう。

「一人だと思ったら、貴様らも仲間か」

　と渋面をつくり、

「あまり近くによるな、くさくていかん。少しはなれておれ！」

大げさにこういって鼻をつまむしぐさをすると、助手の上等兵と、ビルマの若者がくすりと笑った。

　私は先刻からこのようすを見て、内心、煮え湯を飲む思いがした。このぼろぼろ服姿の狼兵団の兵隊も、前線でどれほどの苦労をしたことであろうか。体力を使いはたし、きっとマラリアにかかり、こんなにやせほそったが、気力でがんばったのであろう。

　私は、数ヵ月まえにコヒマから撤退をしてきたわが身を見るような気がした。おなじ日本兵、いや日本人同士でありながら、境遇がことなることによって、こうもちがってよいものであろうか。私は憤怒の情が体内をかけめぐる思いがした。だが、いまの自分の力ではどうすることもできないのが情けなかった。

「もう四、五日、メシらしいメシを食べていないんです。糧秣を下さい」

　伍長が兵長に哀願をしているのだ。食うこと、すなわち生きることが、どれほど尊いものなのか、それは執念であり、本能なのであろう。ミエも外聞もかなぐりすてて、あわれみを乞う姿であった。

　私はこの場に居合わせて、だまって見ているのが、卑怯者のそしりをまぬがれないような気がして、

「糧秣庫の兵長さん、支給してあげなさいよ。この兵たちは前線でそうとう苦労してきたんだ。見れば、三人ともマラリアにやられているらしいぞ」

という私が、すでに下級者の兵長に「さん」づけをしていた。私自身ここでは卑怯者になっていたようである。

私の助言ばかりでもあるまいが、兵長が不承不承に支給を指示した。米をもらうだんになると、ぼろぼろ姿の伍長が、どこからどうして手に入れたものか、私らが「ズタ袋」とよんでいる、ビルマ人が肩からつるして小物を入れる袋を出し、袋の口を開き、米が入れられるたびにペコペコと頭を下げていた。

彼らが支給の終わるのを待って、

「君たち、そうとう体も弱っているようだから、入院をしたらどうですか。ここキャクセには病院があるから、もし入院するのだったら、自分たちは帰る途中、病院の前を通るから、なんだったらそこまで牛車に乗せて行ってあげますよ」

というと、三人はしばらくボソボソと話し合っていたが、

「軍曹殿、では入院をすることにいたします。すみませんが、牛車に乗せて行って下さい」

といった。しかしながら、牛車に乗るのにも自力ではのぼれず、私と長江兵長が尻やら足をおし上げて乗せた。

「ヘエーノア、ヘエーノア……」

長江兵長が舌をならし、手綱をひいて牛に出発をうながし、牛車が野戦倉庫を出発したときは、もうあたりに暮色がせまって、はるかのパゴダ（仏塔）のシルエットも、夜のとばり

に消えるころだった。

牛車に乗っている三人と、歩く私たち二人は、それぞれの感懐を抱いて無言であった。野戦倉庫からおよそ一キロほどきたであろうと思われたころ、かすかな爆音が聞こえてきた。なにか不吉な予感が私をおそった。

「長江、牛車をいそがせろ！」

金色に輝くパゴダ。夕闇にそのシルエットが溶け込む頃、キャクセの街に敵機の焼夷弾攻撃がはじまった。

ムチをくれると、駄牛が肩をせり上げるように左右にゆすって、歩度をはやめる。

飛行機がキャクセの上空にきた、と思われたときである。ドドン、ドドーンと、すさまじい音がして閃光が走った。はっとしてキャクセの方向にふり返ったら、大きい火の玉状のものが地上ちかくに落ちたと思った瞬間、小さい火の玉が無数に四散した。

と、またもドドン、ドドーンと大音響がして、大きい火の玉が落下してきたと思うと、地上ちかくで無数の小さい火の玉が飛び散った。そして、たちまち一帯は火の海となってゆく。うわさに聞く親子焼夷弾であろうか。

「長江、きっと、親子焼夷弾だぞ」

「きっと、そうです。牛車をいそがせます」

敵機が何機かで旋回をしながら、焼夷弾攻撃を反覆しているとみえて、大きい火の玉が落ちてきて地上寸前で無数の小さい火の玉となり、飛び散っていくのがくり返される。

長江兵長のムチが、駄牛の尻でピシリとなって、そのつど牛が体をゆする。

街の中心地帯は、まだ焼夷弾攻撃が行なわれているとみえ、遠くから見るそれは、幼いときにみた線香花火を思い出させてくれる。

炎々と燃えているキャクセの猛火を見ながら、ついさきほどまで私たちをヘイゲイしていた、野戦倉庫勤務の態度の大きい兵長に思いをはせた。彼はどうしているだろうか、きっとうろたえていることだろう。「ざまあみろ」とは思ったものの、あの山積みしてある食糧品は、火災からまぬがれることができたであろうか、などとしきりに考えていた。

病院の前まできたころには、一時あれほどに燃えさかっていた火の手も下火になっていた。

牛車を止めて、

「このおくに病院があるから、ここで下りて入院をした方がよいでしょう」

とうながすと、三人の兵はよろよろと立ちあがったが、牛車からおりるときも、手をかしておろさなければならなかった。

「病院で一日もはやく元気になって、おたがいがんばろうや」

これが私のせめてもの別れのはげましであった。

「軍曹殿、ありがたくありました」

姿勢をただしたつもりであろうが、体はよろよろとしていた。挙手の敬礼をして病院に向かった三人の背中に向かって、「元気になれよ、さようなら」と、私は心の中でつぶやいていた。

つい先日まで平和と思われた、ここキャクセも火攻めにされるようでは――戦闘圏内にいよいよ組みこまれてしまったことを思い知らされた。

キャクセの郊外に出たとたん、突然、頭上を並木のこずえをかすめるように超低空で、敵機が私たちの前進方向に飛び去った。思わずヒヤリとしてふりあおぐと、夜目にもくっきりと星のマークを見た。かつてこの戦線では見られなかった米軍機であるだけに、いっそう戦局の容易でないことを感じた。

ふたたび飛んできて銃撃でもくったら大変だと思い、牛車をいそぎ道路横の大木の下に入れて、しばらくようすを見ることにした。

それから十分ほどたってからのこと、上空を再び飛び去った。星のマークがついていたので、さきほどの米軍機であろう、おなじコースを航行していった。夜間、しかも単機で道路上を飛ぶということは、敵の空軍基地がそれだけ近くまで進出してきたことを物語っている。これには、以後の戦局の容易でないことをひしひしと感じないではいられなかった。

陽もかげる重爆群

身に危険がせまると、それとなく感知するのが動物的本能だというが、この時期になると、なにかあるという予感がひしひしと近づいてくるように思えた。

中村軍曹は、いつでも出発できるように、書類の梱包をして防空壕にうつし、現在手がけている書類のみを出すという方法で事務整理にはげんだ。

私と長江兵長がキャクセに糧秣受領に行き、親子爆弾の投下を見てから五、六日後のことである。

昼ちかくなって飛行機の爆音がした。さすがに最近は爆音になれている私たちだが、その日の爆音はいつもとちがって、異状さを感じさせた。

「これはわずかばかりの飛行機ではないぞ」

全員が机の上の書類をすばやくまとめ、抱きかかえて防空壕に走った。そして、壕の入口から上空をあおいで、みな、いちようにアッとおどろいた。

なんと四機編隊の重爆撃機コンソリデーテッドB24がぞくぞくと、大空をおおうようなほどの数で南下してゆく。一体どれくらいの数だろうかと、私は頭上を通過する重爆機を数えてみた。

ちょうど九十六機目を数えたとき、キャクセの方向で一大轟音がしたと思うと、私たちの入っている防空壕がぐらぐらと激しくゆれた。と同時に天井からも側壁からも土砂が、私たちの頭から首筋からザーッと流れこんできた。機数をかぞえるのも、ここでついに中断せざるをえなかった。

こちらから見ていると、キャクセ上空の爆撃機が爆弾倉から投下する大型爆弾が、太陽の光を反射してキラキラと光りながら落ちるのが、はっきりと見えた。

これら敵機の大挙しての攻撃目標は、キャクセにあったのである。

四機編隊が大きな円を描くようにしながら旋回をつづけ、爆弾の雨をふらせる轟音は、ひきもきらずに地軸をゆるがせた。さながら連続する大地震そのものである。

爆発音と、つぎに起こる地軸をゆるがす震動のため、壕が土砂にうめつくされるような気がする。

ふたたび私たちの上空に敵機が近づいたと思ったつぎの瞬間、ザザッ、ザザッと耳を打つ、うす気味の悪い音は、爆撃機から投下された爆弾が、風を切って落ちてくるさいの、地獄の底から聞こえてくるような無気味きわまるものであった。この音が聞こえている間は、地上からは相当な距離があるが、ザザッという音が消えたとたん、ドカンとくる仕組みなのだ。

こわいもの見たさの心理であろうが、こわごわ壕の入口から上空を見ると、タダウ部落上空を四機の一編隊が旋回しており、キャクセ方面の爆撃は、まだ執拗につづけられていた。

私たちのいるタダウ部落へも、爆撃は二度にわたって行なわれた。至近弾の震動はズシンズシンと腹にひびき、とたんに壕がぐらぐらとゆれ、そのたびに土砂がくずれて、私たちは半ば壕の中の土砂にうまってしまう、という状態であった。その間にきこえるタタッタタッ……という軽快な音は、爆撃機からの機銃掃射であろうか。

爆撃の時間は、壕内にいる私たちにとっては何時間にも感じられたが、実際は二十分か三十分であったろう。

　やがて、重爆撃機の大編隊が、潮騒のようにひいていき、あたりはまたもとの静けさにもどった。中村軍曹の後につづいて私も、まちかねたように壕から飛び出していった。

「やられたのは、川向かいだぞ！」

　爆撃の目標はおそらく、医薬品を集積していた倉庫ではないか、と考えながらいそいだ。橋を渡りながら薬品類を貯蔵している建物を見たが、あとかたもなくけし飛ばされていて、監視の兵隊が二名、呆然と立ちつくしていた。直撃弾をくらったのだ。建物跡は大きいスリバチ状の穴になっている。

「からだに異状はないか」

　中村軍曹が、こう声をかけると、衛生兵の兵長が、

「はい、からだに異状はありませんが、薬物がぜんぶ木端みじんに吹っとんでしまいました」

　兵長の声はうつろだった。

　前線はもちろんのこと、後方でも欠くことのできない医薬品の山が、爆撃で吹きとばされて無為に帰したことは友軍にとって、どれほどの甚大な被害であったことだろう。

　このとき突然、橋の方で、

「お母さん《アメー》！……」

と泣き叫ぶ男の声が聞こえてきた。その声はだんだんと大きくなり、号泣をつづけながら、

なおも叫びつづけている。

「お母《アメー》さん！」

その悲痛な声はいったい、どこから聞こえてくるのだろうと、近づいてみて「アッ！」と私は息をのんだ。

老婆が倒れている。いまの爆撃のときの爆弾の破片が腹部に当たって、腸であろうか、内臓が細長くどろどろと地上に露出しており、そばで息子が泣きながら、それを元通りに腹の中におしこもうと、けんめいに内臓をにぎっているのだ。

「お母《アメー》さん！　お母《アメー》さん！」

泣き叫びながら、滂沱《ぼうだ》と流れ落ちる涙もぬぐおうともしないで、母を呼んで絶叫している。

「もうだめだ《マヤブ》、だめだ《マヤブ》……」

そう小声でつぶやく老婆の声も、だんだんと弱まってゆく。まもなく出血多量でこと切れることだろう。

この老婆は、いつも橋のたもとの大樹の下でモー（餅か団子のようなもの）を売っていた。とてもほがらかな性質の人で、あんなお人好しの婆さんのこれが末路なのかと、その非情さに私は暗然とした。

書類整理が終わった夕方、よく橋の上に立ったものだが、私の姿を見かけると、

「兵隊さん、モーはいりませんか」

「私、食事終わった、いりません」

こんな同じ文句の会話を、何回くり返したことだろう。私には、この程度のビルマ語しか

話せなかったのである。

　その老婆が、こんな最後をとげるということは、憐憫《れんびん》の情はもちろんのこと、私にはたえがたいものがあった。

　これも戦争がまねいた悲劇とかたづけられることだろうか。

　私たち日本兵がこの部落にいなければ、敵の爆撃は受けずにすんだはずである。したがって、老婆をこんな非業の死に追いこんだのは、私たち自身なのである。直接手を下さなかったが、老婆の死の大半は、私たち日本兵がおうべきであろう。

　やがて若者の「お母さん《アメー》」の叫びも、老婆の「だめだ《マヤナー》」の声も絶えた。

　後日にして思えば、薬品倉庫の爆撃は、敵の諜報員の情報にもとづく、ねらいうちであったのである。

　老婆の死の現場にいたたまれず、私はいそいで宿舎にもどった。

　この老婆の最期と、これにすがって泣き叫ぶ息子の姿は、あれから四十年余の歳月が流れても、まざまざとその光景が浮かんできて、母と子でかわす悲痛きわまる叫びは、耳底から消えることはない。

果てなき星空の出発

　私はそのようなことがあったあと、先日の、糧秣受領のさいすすめて入院させた狼兵団の三人の兵隊の上に思いをはせていた。

キャクセの街がことごとく猛撃の雨下にあった以上、きっと病院まで被害を受けたにちがいない。すると、彼らも爆弾の洗礼を受けたのではあるまいか。もし、そんなことがあったならば、私にすれば厚意と思ってやったことが、逆に彼らを死に追いやる結果となったのではなかろうか。

　こんなことをくよくよと考えるのは、私の気の弱さのためだったのかもしれない。中村軍曹もこの時点で、躊躇すべきでないと決心したようである。

「今夕、当地を出発し、サジ方面に向かって出発する。すみやかに準備をしろ！」

この指示のあと、私たちは梱包類を再点検したあと、出発にそなえた。

夕闇がせまるころ、五台の牛車にそれぞれ梱包類を積んで、出発準備が完了した。私たちの鳥の飛び立つような出発に、主人夫妻は涙さえ浮かべて別れをおしんでくれた。また村長夫妻も、娘のマ・チエをともなって見送ってくれた。そのほか近所の顔見知りの老若男女も、ぞろぞろと集まってきた。そして口々に別れをおしんでくれた。

　となりに住んでいて、私たちが「おとら婆さん」とよんでいた老婆は、生きているニワトリを二羽、足と羽根をしばったのを牛車の支柱にくくりつけてくれて、大声で、

「兵隊《マスター》さん、食べてよ《サバー》」

　と、目をしばたかせた。支柱にくくりつけられたニワトリはケッケッと鳴き、白い目をむいた。ニワトリのくくりつけられた支柱の上部には、これまた及川源二の遺骨がしっかと結んであった。

　なかにはタバコや砂糖をくれる者もおり、にぎやかな出発風景である。

村長が私のそばにきて、

「ダダッポッポッ……」

と、鉄砲をかまえて射ち合うしぐさをして、

「終わったらきなさい」

つまり戦争が終わったら、またきて下さい、という意味だったのだろう。そして、私の手をぐいとにぎってくれた。

そして小声で、妻と娘を呼んだ。すると、マ・チエが、布包みを私にさし出した。

「ビルマの衣裳《バーマー・エンジー・ロンジー》」

ささやくようにいった。戦況の最悪の場合、軍服をぬいでこれを着ろ、という意味だったのかもしれない。

「先頭車から出発、斎藤軍曹、最後尾！」

中村軍曹のしわがれ声が、低いがしっかりした口調でひびいた。

「村長《テジー》、主人《シャジー》、さようなら」

私は直立不動の姿勢で、一装用の挙手注目の敬礼をして、静かに牛車の後から歩き出した。

牛車の軋《きし》みが妙に哀調をそそった。

しばらく歩いてからふり返ると、見送ってくれたビルマ人たちの姿は、ヤミの中にとけこんでいた。

「おい、及川、またいっしょに行こうな」

牛車の支柱につるしてある及川の遺骨に、こう話しかけて仰いだ空に、満天の星がいやに

きれいな夜であった。
私のひとみにうつっていた星くずが、ボウとかすんで消えた。
昭和二十年二月中旬のことであった。

あとがき

満二十歳で現役兵として北支那に入隊、時は昭和十五年十二月、紀元は二千六百年の奉祝歌が巷に流れていた。十八年、ビルマに転進し、翌十九年三月に発起されたインパール作戦に参加、烈兵団（第三十一師団）の一員として、インパール東北方、敵の牙城コヒマ攻略戦に小隊の先任分隊長として、七十余日、血みどろの攻防戦に喘いだ。

撃っても、攻めても、敵の堅城を抜くことはできなかった。その間、一粒の米、一発の弾丸の補給もなされなかった。それでいて第十五軍は、死守すべしの命令を変更しなかった。

夜間の肉弾攻撃が反覆されたが、戦果のわりに人員の消耗は激増の一途を辿った。

「俺に限って死なんぞ、死んでたまるか」

こう言って戦友が次第に姿を消していった。海行かば水漬く屍、山行かば草むす屍——戦友たちは祖国の勝利を信じ、二十三、四歳の若い生命をコヒマ周辺の戦闘で散華させた。

戦争は残酷なものであり、公然たる殺し合いである。こんなことが許されることなのだろうか。昭和十九年五月五日、五一二〇高地に突撃、決死隊として夜行動中、つまずく敵味方の死屍累々を見たとき、一瞬、背筋に冷たいものが走るのを覚えたのは、私が分隊長職にありながら、日本軍の弱兵の最たるものだったからであろう。

それから四十七年の歳月が流れた。私たちは兵団長の慈愛とも思える退却の英断で、命拾いをしたと言っても過言ではあるまい。

いま静かに当時を想うとき、眼頭が熱くなる。あの小隊長も、先輩も、戦友も、部下も、雨と降りしきる弾丸に斃れてしまったのかと。

よく運がいいとか、悪いとか言うが、インパール作戦前の編成だが、私の第三小隊は終戦のときに調べたら、松永昌晴小隊長以下、各分隊長、分隊員とも、だれ一人残っていない。四十五名くらいはいたはずだが、私だけが残っている。四十五分の一なら、運がいいと言わなければならないだろう。

五一二〇高地の壕に入っているとき、敵の砲撃で私の両側の兵が重傷で、後日死亡した。真ん中の私は足に軽傷を負い、頭の方は鉄兜の縁に破片を受け、あと一センチ下なら「コメカミ」で死了《スーラ》だったろう。悪運が強かったに違いない。

さて、私の拙い文が一冊にまとめられ発刊されることになったが、小著が亡き戦友の鎮魂に役立てば望外の幸いである。

謹んでわが工兵連隊、井汲少佐殿以下七百二十五柱の英霊にあわせ、各部隊の戦死者の英霊に対し、その御冥福を遥かにお祈り申し上げたい。

今年も常夏の国、ビルマの山野にやがて、火焔樹《セッタバン》の燃えるような花が咲くことだろう。あたかもコヒマで流した戦友たちの殉血で染め抜かれたような真紅の花が……。

私は「恵庭市民文芸」の会の一員として著作活動をつづけてきたが、作家の棟田博先生には、これまでどんなにか励まされたことか。師と仰いだ先生が元気でおられたら、どんなにか喜んでくれたことであろう。これまでの励ましに対し、わずかではあるが酬いられたのではないかと思っている。

最後に、出版にあたり御助力、御指導いただいた光人社常務取締役牛嶋義勝氏に厚くお礼を申し上げる。

平成三年二月十四日

窓から恵庭岳を見ながら

斎藤政治

単行本　平成三年三月　光人社刊

NF文庫

「烈兵団」インパール戦記 新装版

二〇二二年四月二十一日 第一刷発行

著 者 斎藤政治

発行者 皆川豪志

発行所 株式会社 潮書房光人新社

〒100-8077 東京都千代田区大手町一-七-二

電話／〇三-六二八一-九八九一(代)

印刷・製本 凸版印刷株式会社

定価はカバーに表示してあります

乱丁・落丁のものはお取りかえ致します。本文は中性紙を使用

ISBN978-4-7698-3260-7 C0195

http://www.kojinsha.co.jp

NF文庫

刊行のことば

第二次世界大戦の戦火が熄《や》んで五〇年——その間、小社は夥しい数の戦争の記録を渉猟し、発掘し、常に公正なる立場を貫いて書誌とし、大方の絶讃を博して今日に及ぶが、その源は、散華された世代への熱き思い入れであり、同時に、その記録を誌して平和の礎とし、後世に伝えんとするにある。

小社の出版物は、戦記、伝記、文学、エッセイ、写真集、その他、すでに一、〇〇〇点を越え、加えて戦後五〇年になんなんとするを契機として、「光人社NF（ノンフィクション）文庫」を創刊して、読者諸賢の熱烈要望におこたえする次第である。人生のバイブルとして、心弱きときの活性の糧《かて》として、散華の世代からの感動の肉声に、あなたもぜひ、耳を傾けて下さい。